Au Cœur du Labyrinthe

John Bierce

Au Cœur du Labyrinthe

Tome 1

Podium

Au Cœur du Labyrinthe - Tome 1

Traduit par Félix Huet

Titre Original *Into the Labyrinth*

Language Originale: Anglais

Copyright © 2018, 2022 John Bierce et SAGA Egmont

Tous droits réservés

ISBN: 978-1-0394-6100-0

1ère édition

www.podiumentertainment.com

À mon chat. Pourquoi pas ?

Au Cœur du Labyrinthe

HUGUES D'EMBLIN N'ÉTAIT pas bon à grand-chose, mais il n'avait pas son pareil pour se cacher. En l'occurrence, il s'en félicitait, puisqu'il avait vraiment intérêt à ne pas se faire attraper.

— Où est-ce que tu te planques, petit berger ? Plus tu nous feras perdre de temps, plus tu vas morfler !

Hugues s'aplatit davantage, afin de s'enfoncer encore plus profond dans l'interstice entre l'étagère et le mur. Rhodes et ses comparses avaient beau adorer le martyriser, plus que n'importe quel autre élève, ils se lassaient généralement assez vite. S'il parvenait à leur échapper suffisamment longtemps, ils abandonneraient pour se mettre en quête d'une autre source de divertissement.

Il attendit que le bruit s'éloigne avant de laisser échapper un long soupir de soulagement. Manque de chance, il avait relâché sa vigilance trop tôt ; une main plongea dans sa cachette, l'empoigna par le bras et le tira sans ménagement hors de son refuge. Hugues se réceptionna tant bien que mal, à quatre pattes sur les dalles de granite poli de la bibliothèque.

— Eh bien, qu'est-ce que tu fabriques ici, petit berger ?

Hugues inspira profondément et releva les yeux. Encadré d'une paire de laquais goguenards, Rhodes Charax le toisait d'un air suffisant. Il était l'antithèse parfaite d'Hugues, et la comparaison ne jouait guère en faveur de ce dernier. Rhodes l'éclipsait en tous points : grand, fort et beau garçon là où Hugues était petit, frêle et anodin, il descendait en outre d'une famille noble, tandis qu'Hugues n'était que roturier, fils de marchands. Les yeux bleus et les cheveux blonds du jeune tyran ne faisaient qu'accentuer le contraste, comparés à ceux d'Hugues, résolument bruns. Sans compter que Rhodes était un bien meilleur mage que ce qu'Hugues pouvait jamais espérer devenir. Même leur uniforme scolaire marquait le fossé qui les séparait : celui de Rhodes, couleur de neige, apparaissait clairement fait sur mesure, tandis que le gringalet nageait dans des habits blanc cassé trop grands fournis par l'académie.

— Tout le monde sait que les bergers ne savent pas lire, donc tu dois t'être perdu, hein ? Alors, qu'est-ce que tu fais à la bibliothèque, petit pâtre ?

— Je ne suis pas un berger, bredouilla Hugues à mi-voix.

Il sentit le sang lui monter aux joues.

— Qu'est-ce que t'as dit ? l'invectiva Rhodes.

Hugues lui jeta un regard noir et répéta, d'un ton plus ferme.

— Je ne suis pas un berger.

Un vif coup de pied dans les côtes l'envoya rouler à terre.

— Personne ne t'a donc appris qu'il ne fallait pas mentir à ses supérieurs ? railla le nobliau. À moins que tu ne cherches à dire que tu fais partie du bétail. Dans ce cas, je pourrais te le concéder…

La moquerie suscita un rire gras chez ses comparses. Hugues serra les poings tout en se hissant de nouveau à quatre pattes.

— Tu ferais mieux de rester au sol, petit berger, gronda Rhodes en levant le pied pour le frapper à nouveau. C'est là qu'est ta place.

— Il me semble que sa place est en salle de classe, l'interrompit soudain une voix. Et c'est valable pour vous trois.

Rhodes et ses acolytes firent brusquement volte-face, ce qui donna à Hugues l'occasion de se relever, chancelant.

— On est en pause, rétorqua Rhodes.

Il ne semblait pas le moins du monde inquiet. En vérité, il n'avait aucun souci à se faire : lui et sa clique avaient déjà commis bien pire sous le nez des professeurs, sans qu'on ne lui en fasse jamais reproche. Rien de surprenant, au vu de l'influence politique considérable de la famille Charax, qui s'étendait bien au-delà des frontières de leur domaine.

— Eh bien, allez passer votre récréation ailleurs, répliqua sèchement la voix mystérieuse.

Ses assaillants bouchaient la vue à Hugues, et ce dernier n'arrivait pas à distinguer de qui il s'agissait.

— De toute évidence, vous n'êtes pas ici pour étudier, et n'avez donc rien à faire ici.

Rhodes jeta un regard mauvais à Hugues, par-dessus son épaule ; il n'en avait pas fini avec lui. Pourtant, la brute s'éloigna d'un pas vif, suivie de ses deux sous-fifres. Ils n'attendirent même pas d'être hors de portée d'oreille pour éclater d'un rire qui arracha une grimace à Hugues. Pendant les jours qui suivaient l'intervention d'un professeur ou d'un autre mage haut placé, leurs brimades n'en devenaient que plus cruelles.

Le bibliothécaire responsable de cette interruption le fixait d'un regard perçant. Sec et dégingandé, il arborait sur le crâne une épaisse tignasse brune, hirsute et emmêlée. Hugues, qui n'avait que quinze ans, ne lui en donnait guère plus du double.

Après quelques instants de silence, l'homme poussa un soupir.

— Comment vous appelez-vous ?

— Hugues.

Il détourna le regard, dans l'espoir que l'homme s'en irait et le laisserait chercher un endroit où s'isoler.

— Seulement Hugues ?

— Hugues d'Emblin, précisa-t-il. On m'appelle comme ça pour ne pas me confondre avec les autres Hugues.

L'archiviste lui jeta un regard interloqué. Hugues s'attendait aux questions habituelles. Jamais aucun mage ne naissait à Emblin. Pourtant, c'était bien de là qu'il venait. Non pas qu'il disposât d'un grand talent pour la magie – tout le contraire, en fait. À sa surprise, l'homme ne le questionna pas à ce sujet.

— Souhaitez-vous que je signale ces élèves à vos instructeurs ? demanda-t-il.

Hugues en demeura muet de surprise. Le bibliothécaire attendit patiemment qu'il retrouve la parole.

— Ce ne serait pas une bonne idée, soupira Hugues.

L'homme haussa un sourcil.

— Comment ça, pas une bonne idée ?

Hugues baissa le regard. Il voulait juste qu'on le laisse repartir. Au bout d'un moment, il comprit que son interlocuteur semblait décidé à patienter, toute la journée, si nécessaire.

— C'était Rhodes Charax, monsieur.

L'archiviste continua de le fixer du même regard impassible.

— Le neveu du roi de Hautval, monsieur, ajouta Hugues. C'est l'élève le plus prometteur de notre promotion. Les professeurs ont tout intérêt à se ranger de son côté. Moi, je ne suis qu'un moins que rien. Personne ne risquera son poste pour venir à ma défense.

L'homme sembla considérer la situation quelques instants, avant de laisser échapper un petit chuintement désapprobateur.

— Très bien.

Il commença à partir, mais se retourna pour s'adresser de nouveau à Hugues.

— La prochaine fois, essayez de vous cacher dans le dépôt, plutôt que dans la section principale des textes juridiques. Il y a de bien meilleurs endroits où se faire oublier, et des lectures plus intéressantes pour passer le temps.

Il rouvrit la bouche, comme s'il s'apprêtait à poursuivre, puis se ravisa. Pivotant sur ses talons, il disparut entre les étagères.

Hugues soupira. Au moins, cette fois, il s'en était tiré à bon compte. Et le conseil du bibliothécaire lui serait certainement utile.

Chapitre deux

En cours

Fort heureusement, Hugues ne croisa ni Rhodes ni ses comparses en se rendant à son cours suivant. Un répit négligeable, puisqu'il s'agissait d'une classe d'incantations intuitives fondamentales – des tours de magie, dans le langage commun. Pour les élèves de première année comme lui, n'ayant pas encore harmonisé leurs pouvoirs, c'était censé être l'une des matières les plus accessibles. Dans son cas, cela constituait l'une des causes principales du cauchemar qu'était sa vie à Fort-Céleste. N'importe qui d'autre aurait accueilli cette nouvelle existence comme un rêve éveillé : étudier à l'académie de Fort-Céleste, l'une des écoles de magie les plus prestigieuses de tout le continent d'Ithos, quel privilège !

À son grand dam, Hugues n'était pas n'importe qui d'autre.

Il se glissa derrière un bureau au fond de la classe, là où il aurait le moins de chances d'attirer l'attention. Ceux de ses camarades qui ne se joignaient pas à Rhodes pour le harceler avaient tendance à l'ignorer ; il ne craignait donc réellement que les regards des professeurs. Malheureusement, la jeune femme pétillante qui leur faisait cours ce jour-ci le remarqua immédiatement.

Cette année, trop peu de mages compagnons s'étaient portés volontaires pour enseigner en première année, et la classe d'Hugues voyait donc défiler une interminable procession de professeurs intérimaires. Il ne connaissait pas le nom de celle-ci, mais cela n'avait que peu d'importance. Chaque nouveau suppléant, averti des difficultés notoires de ce petit mage d'Emblin, se croyait invariablement capable de l'aider à rattraper son retard. Sans exception, ils s'y cassaient tous les dents.

La leçon du jour consistait à apprendre un sort destiné à enflammer du petit bois. Difficile de faire plus simple. Hugues savait déjà ce que l'enseignante allait leur dire, mais nota tout de même scrupuleusement ses instructions sur la manière appropriée de canaliser le mana. C'était précisément dans le but d'étudier ce sortilège à l'avance qu'il s'était rendu à la bibliothèque. Rhodes l'avait intercepté sur le chemin de la sortie.

Hugues inspira profondément et se concentra sur le bâtonnet qu'il tenait en main. Certains élèves rencontraient des difficultés, mais la plupart parvenaient déjà à arracher au moins quelques filets de fumée à leurs baguettes de bois. Il se concentra sur la sienne, visualisant parfaitement les formules, et canalisa son mana avec une intensité consciencieusement mesurée. Il se rendait bien compte que l'instructrice le dévisageait avec insistance – ainsi qu'un bon nombre de ses camarades de classe, curieux de découvrir comment il allait bien pouvoir rater son coup, cette fois.

— Lorsque vous serez tous arrivés à allumer vos bâtonnets, nous passerons au contrôle de l'intensité de la flamme, déclara la professeure. Peut-être même que nous aurons le temps d'apprendre à en changer la couleur !

Soudain, la baguette qu'Hugues tenait devant son visage s'embrasa d'un rayonnement magique aveuglant, juste le temps d'une seconde, avant de s'éteindre. Il avait tenté de fermer les yeux à temps, mais lorsqu'il ouvrit les paupières, une foule de points noirs dansait dans son champ de vision.

Le morceau de bois ne paraissait même pas roussi.

— T'es un vrai danger public, le berger, lui murmura un de ses voisins.

Autour de lui, il entendit s'élever les chuchotements de protestation de plusieurs autres élèves.

— Je ne suis pas un berger, grommela Hugues.

— Ça arrive à tout le monde de faire une erreur, l'encouragea l'enseignante. Essaie encore, Hugues.

Il cligna des yeux pour chasser les dernières taches qui s'attardaient dans son champ de vision, et regarda à la ronde. Tout le monde s'était tourné vers lui, désormais.

— Tu penses qu'il va se passer quoi, cette fois ? murmura une autre voix.

Hugues déglutit avec difficulté, s'efforçant de refouler la colère qui grandissait en lui. Il se concentra de nouveau sur la baguette de bois. Tout d'abord, visualiser les formules : les diagrammes géométriques invisibles que tout mage devait conjurer dans son esprit afin de lancer un sortilège. Il avait passé plus d'une heure à les mémoriser et les connaissait par cœur. Ensuite, canaliser le mana : celui-ci se comportait comme un fluide, impossible à faire entrer de force dans une formule, uniquement capable de suivre son cours naturel. Tenter d'en diriger le flot serait revenu à s'efforcer de dévier un ruisseau à mains nues. Les modèles géométriques mentaux des formules permettaient de guider le mana pour le plier à sa volonté.

L'énergie se mit à affluer le long du tracé de la formule, en remplissant les traits à une vitesse parfaitement maîtrisée, selon un chemin impeccablement formé. Pourtant, rien ne se produisit. Ou peut-être que… Oui, il sentait quelque chose.

Le bâtonnet cracha une piteuse gerbe d'étincelles. Les escarbilles s'évanouirent avant même de toucher le bureau.

— Allez, Hugues, encore une fois, l'incita la suppléante. Vous pouvez y arriver.

Les regards moqueurs de toute la classe demeuraient braqués sur lui et les chuchotements allaient bon train. Il aurait été bien en peine de le leur reprocher. Après tout, il était de loin le moins doué de tous les étudiants de Fort-Céleste.

Hugues prit une inspiration tremblante et se focalisa de nouveau sur la baguette de bois. Visualiser les formules ; canaliser le mana. Visualiser les formules ; canaliser le mana. Visualiser les formules ; canaliser…

L'instrument lui glissa brusquement des doigts et vint le frapper en plein milieu du front, sous les quolibets de ses camarades hilares.

CHAPITRE TROIS

L'HEURE DU DÎNER

L'INSTRUCTRICE LE FIT réessayer six fois de plus devant toute la classe avant d'enfin abandonner. Elle ne cherchait pas à se montrer cruelle et essayait certainement de l'aider en toute sincérité, ce qui n'arrangea néanmoins pas l'opinion d'Hugues à son égard, pas plus que celle qu'il avait de ses camarades. Dans le meilleur des cas, ils le considéraient comme un sujet de pitié. Pour la plupart, cependant, ils ne lui réservaient que de la dérision ou du mépris.

Une fois qu'elle se fut résignée à le laisser en paix, il s'avachit sur sa chaise, au fond de la classe, le regard fixé sur le plateau de bois de son bureau, sans vraiment prêter attention au reste du cours. À la fin de la leçon, il s'empressa de sortir, à l'arrière du groupe compact d'élèves qui se précipitait vers la porte. Tout le monde discutait gaiement, en route vers la cantine où le dîner les attendait, sauf Hugues, qui releva à peine la tête, les yeux baissés sur ses chaussures. La suppléante tenta bien de l'appeler alors qu'il se glissait hors de la salle, mais il fit mine de ne pas avoir entendu, dans le brouhaha.

Il arriva au réfectoire en retard et dut attendre un long moment avant de pouvoir être servi. Au menu : poisson et pommes de terre. Certains élèves s'en plaignaient, mais cela convenait parfaitement à Hugues. Un tel repas lui rappelait la maison. Les patates et la pêche faisaient partie des ressources les plus abondantes d'Emblin. Les deux autres richesses de sa terre natale étaient le bois de coupe et la laine de mouton.

Il alla s'installer seul sur un banc, priant silencieusement pour que personne ne vienne s'asseoir à côté de lui ou ne lui adresse la parole. Heureusement, personne ne s'y essaya. Il aperçut Rhodes, de l'autre côté du réfectoire, en compagnie de ses laquais et de quelques filles. Le grand blond surprit son regard et claironna à ses voisins de table quelque chose qui les fit beaucoup rire, mais ne fit rien de plus.

Hugues passa la majeure partie du repas dans une humeur maussade, à jouer distraitement avec la nourriture dans son écuelle. Cependant, alors que la pause du dîner touchait à sa fin, il surprit une bribe de conversation qui lui fit relever la tête.

— … Mordragon va venir ici ! s'exclama un des élèves qui mangeaient à la table située derrière lui.

Hugues tendit l'oreille. Se pouvait-il… ?

— T'es fou ! rétorqua un autre. Aedan Mordragon a pas pris d'apprenti depuis des années !

— J'ai entendu deux profs qui en parlaient, insista le premier. Il va choisir un nouveau disciple cette année !

Intrigué, Hugues se retourna pour écouter la conversation.

— Vous pensez qu'il va choisir qui ? lança un troisième.

L'un des garçons de la tablée, un des parasites qui gravitaient autour de Rhodes, remarqua Hugues et lui adressa un rictus mauvais.

— Peut-être qu'il va nous débarrasser d'Hugues, railla-t-il.

La suggestion suscita l'hilarité générale. Se sentant rougir, Hugues se pencha précipitamment sur son écuelle.

— Ç'a beau être un pourfendeur de dragons, je pense qu'apprendre la magie à Hugues serait un exploit trop grand, même pour lui ! ajouta le garçon.

Un nouveau concert de rires retentit et Hugues se leva brusquement, attrapant son assiette pour l'apporter au guichet de l'arrière-cuisine. Une fois ses couverts déposés, il se glissa jusqu'à la sortie, soulagé de ne voir Rhodes nulle part.

Tandis qu'il regagnait sa chambre d'un pas traînant, il sombra dans une mélancolie encore plus profonde. Il ne restait plus que quelques courtes semaines avant l'Initiation. Tous les ans, des centaines de mages venaient inspecter les étudiants pour en choisir un ou deux comme apprentis. Chaque élève finissait par trouver un maître, mais tous les précepteurs ne se valaient pas. La plupart des jeunes mages entreraient au service de sorciers relativement ordinaires, dont les contributions à la réputation de Fort-Céleste ne suffisaient pas à les dispenser d'entraîner des novices. Plus le prestige d'un mentor était grand, plus il avait préséance en matière de choix ; Aedan Mordragon, l'un des mages les plus renommés encore en vie, avait certainement déjà sélectionné son futur élève depuis des semaines, mais l'annonce des noms devrait attendre la cérémonie de l'Initiation. De nombreux néophytes seraient placés sous la tutelle de mages déjà employés à Fort-Céleste. Le personnel de nettoyage avait toujours besoin de mains pour aider à diverses tâches, comme éponger les flaques de réactifs alchimiques renversés…

Pourtant, Hugues doutait que quiconque veuille de lui. Il se voyait déjà attendre, tout au long de la cérémonie, jusqu'à ce qu'il ne reste plus que lui dans la grande salle. Avec un peu de chance, peut-être que les mages concierges daigneraient l'accueillir…

Ces préoccupations l'accaparaient tellement qu'il ne se rendit pas compte que la porte de sa chambre était entrouverte avant de tendre la main vers la poignée. De l'autre côté, il découvrit une scène de dévastation totale. Ses uniformes et ses draps gisaient au sol, entremêlés, arrachés à ses tiroirs et à son lit, et piétinés sans ménagement. Quelqu'un avait uriné sur son matelas, et ses manuels scolaires gisaient éparpillés aux quatre coins de la pièce, avec des pages cornées et pliées. Même sa fronde, l'un de ses rares souvenirs d'Emblin, avait été découpée en petits morceaux.

Hugues se figea dans l'encadrement, pétrifié. Par le passé, Rhodes et ses complices avaient su faire preuve d'acharnement, mais jamais encore ils ne s'étaient attaqués directement à sa chambre. Il avait pourtant pris soin de verrouiller la porte et les seuls sorts pour lesquels il possédait un modeste talent étaient les sceaux de protection. Pour celle d'un première année, sa chambre était bien défendue ; ses harceleurs n'auraient pas dû être capables de s'y introduire, puisque les sortilèges d'effraction ne figuraient pas au programme avant l'an prochain. Rhodes avait dû convaincre un professeur de lui donner des leçons privées.

S'il ne pouvait même plus compter sur la sécurité et l'intimité de sa propre chambre, Hugues était certain qu'il allait finir par devenir fou. C'était tout ce qu'il lui restait. Il n'avait aucun ami, personne à Emblin, ne serait-ce que pour lui écrire de temps à autre. Toute sa famille avait honte de lui, honte que leur irréprochable lignée ait pu engendrer un sorcier. Dès les premières manifestations de ses dons magiques, ils s'étaient empressés de l'envoyer à Fort-Céleste. Cela valait mieux pour eux, afin de faire oublier l'opprobre que son existence faisait peser sur leur nom. Non pas qu'ils aient jamais nourri une quelconque fierté à son égard.

Il claqua la porte derrière lui et s'y adossa, se laissant glisser au sol. Assis, la tête entre les genoux, Hugues succomba aux larmes.

Chapitre quatre

Une fois qu'il eut calmé ses sanglots, Hugues erra de longues heures dans les couloirs de l'académie, hébété par le chagrin. S'il entendait ou apercevait quelqu'un au détour d'un corridor, il s'enfuyait dans la direction opposée, évitant même de croiser les gardes. En fin de compte, ses pas le guidèrent jusqu'à un lieu familier : la bibliothèque.

Ici, comme dans les couloirs, la lumière, pâle, mais suffisante pour y voir clair, provenait de cristaux d'éclairage enchantés. Hugues choisit d'éviter les sections principales. Même à cette heure, il pouvait encore y avoir des gens. Il s'enfonça dans les profondeurs du dépôt.

L'archiviste ne mentait pas : l'endroit regorgeait de cachettes. Contrairement aux autres sections de la bibliothèque accessibles aux première année, organisées en allées bien rangées, le dépôt ne semblait répondre à aucune logique précise. Des séries de tunnels anarchiques donnaient sur d'innombrables pièces aux fonctions mal définies et aux murs tapissés de rayonnages pleins à craquer au pied desquels des bureaux d'étude croulaient sous les volumes empilés. Il découvrit une allée obstruée par une étagère déplacée, formant par la même une sorte de couloir secret, puis une pièce remplie de caisses en bois contenant de vieux manuels scolaires. Un refuge idéal.

Mieux encore, plus loin, derrière une rangée d'étagères dont les livres couverts de poussière semblaient ne pas avoir été touchés depuis des années, il déboucha dans une salle presque entièrement vide. La porte s'ouvrait même vers l'intérieur – une chance, puisque sinon, les rayonnages l'auraient bloquée. Dedans, il trouva quelques armoires vides, une pile de vieux manuels et un bureau. Le plus incroyable, cependant, restait la présence d'une fenêtre.

Le cadre tordu était vétuste, avec des carreaux de verre troubles et décolorés, mais en forçant, Hugues parvint tout de même à l'ouvrir. L'ouverture donnait à l'ouest, sur le panorama de l'immense mer de sable connue sous le nom d'Erg Sans-fin. Lors du dernier segment de son voyage vers Fort-Céleste, il avait navigué sur ces dunes à bord d'une grande nef des sables. Le désert avait beau ne pas s'étendre réellement à l'infini, il recouvrait tout de même une superficie hallucinante et présentait bien trop de dangers pour qu'on s'y aventure à pied. Si la chaleur cuisante de la journée ne suffisait pas à tuer les imprudents, ce serait les nuits glaciales ou la soif, sans parler des monstres terrifiants qui rôdaient dans les étendues sèches. Un vent particulièrement glacial soufflait, ce soir-là. Le solstice d'hiver approchait à grands pas.

Hugues porta son regard en contrebas, vers le port de nefs des sables au pied de la falaise, puis de chaque côté. D'ici, il avait vue sur les flancs de Fort-Céleste. L'académie, façonnée à même la roche, était creusée et sculptée dans le sommet d'une montagne dont les hauteurs se divisaient en deux pics. Un réseau de tunnels labyrinthique traversait l'éminence de part en part, et une incroyable profusion de tours, citadelles, terrasses et autres structures – toutes taillées dans la même pierre à laquelle elles s'accrochaient – criblait ses versants. Ce monumental complexe géologique devait accueillir des dizaines de milliers d'habitants, sans que personne ne soit capable d'établir un recensement exact. Rien qu'à l'académie, on comptait près de trois mille étudiants, dont un tiers en première année.

Face à un tel spectacle, Hugues perdit quelque peu la notion du temps, et passa plusieurs heures à observer le paysage. Depuis son arrivée, quelques mois auparavant, il avait rarement eu l'occasion de voir l'extérieur. Aucune salle de classe ou chambre d'internat ne disposait de fenêtre et, la plupart du temps, il avait bien trop à faire pour se mettre en quête d'une lucarne ou d'un balcon. Il ne se souvenait même pas de la dernière fois qu'il avait pris l'air. Lorsqu'il s'arracha enfin à sa contemplation et referma la fenêtre, un plan prenait déjà forme dans son esprit.

Hugues consacra les heures qui suivirent à transférer ses effets personnels vers la salle vide du dépôt, dans la plus grande discrétion. À sa surprise, il parvint d'ailleurs à récupérer bien plus d'habits et de couvertures que ce à quoi il s'attendait initialement. De toute évidence, Rhodes et ses complices avaient agi avec précipitation et dû mettre un terme au saccage prématurément. Même avec toute la bonne volonté du monde, Hugues ne pouvait en aucun cas transporter son matelas ; pour le moment, il se contenterait de dormir dans un nid de couvertures. Constatant que le bureau n'avait pas de chaise, il s'en procura une dans une pièce voisine et, non sans difficultés, parvint à la faire entrer dans son nouveau refuge. Enfin, en guise d'ultime mesure, il traça de nouveaux sceaux de protection à l'entrée.

Il acheva son travail au petit matin et s'assoupit presque instantanément, lové au milieu de ses couvertures entassées, d'un sommeil si lourd qu'il ne fit aucun rêve.

Chapitre cinq

Une modeste amélioration

Hugues sécha ses cours du matin, sans trop s'en soucier ; en théorie du mana, une sortie de classe était prévue pour aller inspecter les défenses magiques des fortifications de Fort-Céleste. Son absence passerait inaperçue. L'après-midi venu, il se sentit enfin prêt à retourner en cours. Fort heureusement, la journée se déroula sans incident. Après le fiasco de la veille, même la nouvelle prof de tours de magie le laissa tranquille.

Au cours des jours suivants, Hugues commença à adopter une nouvelle routine. En fouillant dans les remises du dépôt, il amassa un certain nombre de vieux sacs, documents oubliés et autres matériaux de fortune dont il fit un matelas rudimentaire mais relativement confortable. Quant à ses uniformes scolaires déchirés, il n'eut aucun mal à s'en procurer de nouveaux : l'école prévoyait que les élèves ruinent un certain nombre de tenues en s'entraînant à lancer des sorts.

Il découvrit aussi que le dépôt disposait de ses propres toilettes. Moins confortables que celles des dortoirs étudiants, elles avaient néanmoins l'eau courante – un luxe qu'il n'avait jamais connu avant de quitter Emblin – et, en dépit de l'absence de douches, il arrivait à y faire sa toilette avec un torchon et l'eau des lavabos.

Cependant, même dans ce refuge bien camouflé, Hugues ne pouvait plus se fier à ses sceaux de protection. Après tout, ceux de sa dernière chambre s'étaient avérés parfaitement inutiles. Mais vivre à la bibliothèque présentait des avantages : il dénicha un vieux tome sur les sceaux, mal catalogué dans les rayonnages. En théorie, les ouvrages des sections publiques, à disposition de tous les élèves, ne comprenaient que les grimoires d'initiation les plus élémentaires. Ce manuel, en revanche, avait dû être égaré depuis des décennies. Le volume, vieux d'au moins un siècle, contenait des formules archaïques et passées de mode, mais qui se révélèrent bien plus efficaces que ce qu'il avait pu apprendre jusque-là.

Bien que la pièce soit dépourvue de cristaux d'éclairage, Hugues n'osait pas risquer d'amener une lanterne dans la bibliothèque. De toute façon, la pénombre ne le gênait pas : mis à part les sceaux de protection, les sorts de lumière basiques comptaient parmi les seuls qu'il était parvenu à maîtriser. Il avait évidemment passé beaucoup plus de temps que la normale à les apprendre et ses premières tentatives s'étaient soldées par des flashs aveuglants, beaucoup trop brillants, mais il avait fini par trouver l'équilibre nécessaire, à sa grande surprise et celle de son professeur.

À Emblin, Hugues n'avait jamais accordé beaucoup d'importance à la lecture. Sa famille ne possédait qu'une poignée de livres et déjà, à l'époque, il s'efforçait de ne pas rester dans leurs pattes, préférant passer le plus clair de son temps dans les bois, loin du domicile familial. Tout cela ne lui avait guère laissé l'occasion de se pencher sur cette activité.

Depuis son arrivée à Fort-Céleste, cependant, il s'était découvert une véritable passion pour les livres, notamment parce que cela constituait son unique moyen d'oublier la misère du quotidien. Désormais qu'il vivait au dépôt, il y consacrait presque tout son temps libre, dévorant des ouvrages d'histoire, de botanique et même d'astronomie. En compulsant d'innombrables bestiaires remplis de descriptions de monstres fantastiques, il découvrit avec grand amusement qu'il était extrêmement commun de trouver deux manuels zoologiques donnant des descriptions parfaitement contradictoires du même animal.

Hugues passait aussi de longs moments à observer les golems d'origami animés par les archivistes. Nombre d'entre eux maîtrisaient les enchantements du papier et savaient donner vie à des créatures de feuilles pliées pour les assister dans toutes sortes de tâches. Les grues et dragons miniatures faisaient office de messagers, se dépliant pour être lus en atteignant leur destinataire, tandis que des singes de papier qui lui arrivaient au genou exploraient les archives pour leurs maîtres, à la recherche de titres spécifiques. Lorsqu'il le pouvait, Hugues les aidait à attraper les tomes les plus difficiles à atteindre.

Étonnamment, aucun membre de la faculté ne sembla remarquer sa disparition des dortoirs. Peut-être n'était-ce pas si surprenant, en fin de compte. La plupart le considéraient comme une cause perdue.

Hugues pouvait compter sur le fait que ses professeurs ne lui accordaient aucune importance, mais il se méfiait davantage des archivistes. La journée, il planifiait méticuleusement ses allées et venues et prenait toutes les précautions pour croiser le moins de monde possible. En général, les bibliothécaires ne lui prêtaient pas grande attention. L'immensité du lieu jouait en sa faveur ; s'il avait été bâti hors de la montagne, les seules sections accessibles au public auraient suffi à remplir un château. Hugues n'était certainement pas le premier à échapper à la cruauté de ses camarades en se réfugiant au dépôt, même s'il doutait qu'y élire domicile soit une pratique aussi commune.

Lors des semaines qui suivirent son déménagement officieux, il croisa à plusieurs reprises l'archiviste qui l'avait sauvé des griffes de Rhodes. Celui-ci ne tenta jamais de l'approcher, mais lui jetait occasionnellement quelques regards curieux. Lors de leur première rencontre, Hugues n'y avait pas prêté attention, mais son uniforme différait de celui de ses confrères : au lieu du court manteau gris clair que portaient la plupart d'entre eux, le sien lui descendait jusqu'au genou et était orné d'un liseré rouge. Hugues n'avait pas la moindre idée de ce que cela signifiait, mais il nota que l'homme ne semblait jamais se départir d'une sacoche débordant constamment de tomes et de rouleaux de parchemin.

Malheureusement, le fait qu'il avait abandonné sa chambre n'échappa en rien à Rhodes, et Hugues se trouvait fréquemment contraint de lui échapper en empruntant de longs détours pour ne pas risquer de le mener à son sanctuaire caché. Il prit l'habitude de manger dans un autre réfectoire, moins apprécié des élèves, car plus éloigné des dortoirs et fréquenté principalement par les archivistes et mages compagnons. Hugues ne s'en plaignait en rien.

Rhodes, privé de son exutoire favori, devint de plus en plus cruel avec lui, lorsqu'il parvenait à l'attraper. Il s'écoulait rarement une journée sans qu'on lui fasse un croche-patte dans les couloirs ou qu'on lui inflige un des tours de magie que le jeune noble et sa clique avaient appris en classe.

Pourtant, sa vie prenait un tour bien plus agréable que ce qu'il avait dû endurer jusque-là. Hugues n'aurait pas pu prétendre être heureux, mais au moins, son existence devenait un peu plus supportable.

Chapitre six

L'Initiation

La cérémonie de l'Initiation devait se tenir au solstice d'hiver, à peine un mois après qu'Hugues ait déménagé dans sa petite chambre au cœur de la bibliothèque. La date fatidique approchait, et cela faisait maintenant des semaines que ses camarades ne parlaient plus que de ça. Même Rhodes commença à lui accorder moins d'attention. Les élèves n'arrêtaient pas de bavarder entre eux à propos de leurs mentors idéaux, si on les laissait choisir, et du genre de mage qu'ils espéraient devenir. Pour la plupart, le maître rêvé demeurait de loin Aedan Mordragon.

Désormais, des sorciers confirmés arpentaient sans cesse les couloirs de l'académie, s'arrêtant fréquemment pour discuter avec des étudiants ou venir observer les classes, ce qui perturbait grandement le déroulement des cours. Avec tout le chaos généré par l'excitation ambiante, la plupart des enseignants avaient abandonné tout espoir d'apprendre quoi que ce soit à leurs élèves.

Le processus de sélection pour l'Initiation était pourtant bien moins chaotique qu'il n'y paraissait. Les mentors potentiels n'avaient pas à compulser les listes complètes de candidats de première année : seulement celles qui recensaient les jeunes gens dotés d'affinités leur correspondant.

Tout le monde possédait une affinité particulière ; une propension naturelle à pratiquer un certain genre de magie. Le mana extrait de l'Éther par tout un chacun était une matière brute et uniforme que seule l'absorption par l'organisme d'un mage transformait selon certaines règles occultes. Un sorcier doté d'une affinité naturelle pour le feu aurait plus de facilité à convertir le mana éthérique en énergie pyromantique, tandis qu'un autre, en harmonie avec les plantes, le changerait naturellement en phytomana, et ainsi de suite. Il existait des centaines d'affinités magiques reconnues, dont bien des catégories se croisaient et se recouvraient. Pour compliquer encore la chose, de nombreux mages possédaient des affinités connexes : un thaumaturge doué pour les sorts de terre et de feu serait aisément en mesure d'enseigner à un apprenti dont le mana résonnerait spécifiquement avec les énergies du magma.

Bien que rien n'obligeât un novice à poursuivre des études magiques en accord avec ses affinités naturelles, aller à l'encontre de celles-ci s'avérait souvent extrêmement ardu. Pour bien des mages, la difficulté rendait la tâche virtuellement impossible, sans compter que se conditionner à canaliser un type de mana particulier finissait par opérer un processus dit « d'harmonisation », qui compliquait encore la pratique d'autres écoles de magie. Rares étaient ceux capables de s'harmoniser avec plus de deux types de mana, et la vaste majorité se contentait d'un seul. Il y avait bien quelques cas particuliers, des prodiges maniant trois affinités ou plus, mais il s'agissait d'exceptions. Rhodes appartenait à cette dernière catégorie, et la fierté qu'il en tirait ne lui arrangeait en rien le caractère.

Quant à Hugues, son deuxième plus grand problème résidait dans la question de son affinité : il semblait n'en avoir aucune. S'il possédait un quelconque talent pour la magie, cela aurait potentiellement pu présenter un avantage ; n'importe quel mage confirmé aurait pu le prendre sous son aile. S'harmoniser avec un mana spécifique nécessiterait sûrement beaucoup d'efforts, mais cela restait envisageable. Pas avec plus d'un élément, mais il s'en serait contenté. Combiné avec son incapacité totale à lancer les enchantements les plus simples, cependant… Hugues doutait que quiconque puisse vouloir de lui comme apprenti. Les concierges, peut-être ? Après tout, leur métier ne demandait rien de plus que la capacité à manier le mana brut pour le canaliser dans des dispositifs arcaniques.

À l'approche du jour de l'Initiation, l'effervescence touchait à son comble. Hugues semblait le seul que cette perspective plongeait dans un désespoir de plus en plus profond. Le jour même, il était au trente-sixième dessous.

Il eut toutes les peines du monde à prêter la moindre attention au discours de la proviseure Tarik. En temps normal, Hugues aurait été pendu à ses lèvres. Dans sa jeunesse, elle avait été l'une des plus puissantes lithomanciennes de tout le continent ; la légende voulait que, lors des conquêtes expansionnistes de l'empire Havath, elle avait – à elle seule et en moins d'une semaine – fait sortir de terre une forteresse et, par la même occasion, arrêté les envahisseurs sur le chemin de la guerre. Aujourd'hui, cependant, Hugues n'arrivait pas à s'arracher aux sombres pensées qui lui murmuraient que tout le monde dans la grande salle trouverait un mentor, sauf lui, et qu'il se retrouverait seul, unique rebut de sa promotion.

Enfin, Tarik quitta le pupitre enchanté à l'avant de l'estrade dressée pour l'occasion. L'objet permettait de projeter à travers le grand hall la transcription des mots de ceux qui s'y exprimaient, en lettres de feu. Tandis qu'elle regagnait sa chaire, le premier des mages à annoncer son choix s'avança : Aedan Mordragon.

Pour déterminer l'ordre dans lequel les mages de Fort-Céleste annonçaient leurs disciples pour l'Initiation, le prestige primait sur toute autre considération, et personne ne pouvait prétendre à plus d'honneurs qu'Aedan Mordragon. Il avait mérité ce nom alors qu'il n'était que mage compagnon, lorsqu'il avait à lui seul terrassé un vénérable wyrm de glace qui semait la désolation dans son pays natal de Tsarnassus. Depuis cette époque, il avait pourfendu au moins une douzaine de dragons adultes, deux wyrms vénérables de plus, ainsi qu'une interminable liste de drakes, wyvernes et autres créatures draconiques mineures. Pourtant, si ces adversaires redoutables constituaient sa spécialité, il ne se dérobait pas face aux autres monstres, tous plus terrifiants les uns que les autres. On lui attribuait notamment la victoire sur une hydre colossale qui hantait les ruines d'une cité ithonienne perdue, au fin fond d'une jungle impénétrable, et tant d'autres exploits que même le peuple d'Emblin, pourtant connu pour son mépris des sorciers, prononçait son nom avec une certaine admiration.

Le secret de son incroyable puissance résidait dans le nombre sidérant d'affinités qu'il maîtrisait à la perfection. Pas moins de cinq ! Parmi les élèves, ses pouvoirs exacts demeuraient un mystère, même s'il était célèbre pour savoir voler et commander à la foudre. Quant à ses autres domaines d'expertise, les rumeurs allaient bon train. L'une des fables les plus ridicules à son sujet – mais aussi l'une des plus tenaces –voulait qu'il puisse se changer lui-même en dragon.

Hugues n'aurait pu, en toute franchise, nier qu'il avait lui aussi rêvé de pouvoir apprendre sous la tutelle de cet illustre héros. Mais, en dépit de ses réserves de mana considérables pour son âge, il ne disposait d'aucun réel talent, et avait rapidement dû se faire une raison. Ces rêves ne seraient jamais rien de plus que des fantasmes. Incapable de lancer la plupart des sorts et dépourvu d'affinité comme il l'était, il ne deviendrait jamais un mage de combat.

Debout derrière le pupitre, Aedan passa près d'une minute à scruter l'assemblée d'un air sévère. N'importe quel autre magicien se serait vu contraint par le protocole d'annoncer immédiatement son choix, mais l'arcaniste aux cheveux gris et au visage couturé de cicatrices aurait pu les faire attendre bien plus longtemps, s'il l'avait souhaité. L'assistance au complet retenait son souffle. On aurait pu entendre une mouche voler. Même les autres mages confirmés n'auraient osé intervenir. Enfin, il s'exprima.

— Rhodes Charax, de Hautval, annonça-t-il simplement, avant de quitter l'estrade.

Hugues eut l'impression qu'on lui serrait le cœur dans un étau. Il n'avait jamais réellement entretenu un quelconque espoir qu'Aedan le choisirait, mais voir cet honneur accordé à Rhodes ? C'en était trop. Il était à deux doigts de se lever pour fuir la grande salle, sans attendre.

Le reste de leur promotion ne partageait pas son avis. Un tonnerre d'applaudissements éclata, attisé par les innombrables amis, sbires et admirateurs de Rhodes. Ce dernier affichait une expression triomphale en se levant pour aller rejoindre son nouveau maître, sur le côté de l'estrade.

Hugues dut produire un effort de concentration énorme pour prêter attention au reste de la cérémonie d'Initiation, et ne prit note que de quelques choix parmi les plus remarquables. Sulassa Mandemarées – une hydromancienne qui avait un jour détourné toute une rivière pour éteindre un feu de forêt – prit pour disciples des jumeaux, une fille et un garçon dont les yeux et cheveux bleus miroitaient comme la surface de l'océan. Artur Brisemurailles, un maître de la pierre et du métal de plus de deux mètres de haut qui arborait un marteau dont le poids devait dépasser celui d'Hugues tout entier, sélectionna un jeune homme qui ne pouvait être autre que son fils. À en juger par sa carrure, le gaillard était destiné à dépasser son père, une fois adulte.

Mis à part quelques instants qui lui firent relever la tête, Hugues passa le plus clair de la cérémonie à s'enfoncer dans son propre désespoir. Le défilé des mentors et des disciples occupa quasiment toute la journée. Hugues resta assis, à mesure que la salle se vidait. Un quart des élèves s'éclipsa, puis la moitié, puis il ne resta que le dernier quart. Les mages confirmés se faisaient de moins en moins nombreux ; une fois que tous auraient élu leurs apprentis, ce seraient aux corps professionnels de sélectionner les étudiants restants. Tout ce qu'Hugues espérait encore, c'était de ne pas atterrir chez les concierges.

Il se sentait sur le point de fondre en larmes. Bien sûr, les autres qui demeuraient sur les bancs n'affichaient pas des mines trop réjouies. Il n'y avait guère d'honneur à se voir assigner à un corps professionnel. Qui aurait préféré passer encore plusieurs années dans des classes communes, plutôt que d'étudier sous la tutelle d'un maître, peu importe son rang ? Mais il ne restait plus qu'une poignée de mentors, et…

— Hugues d'Emblin.

Chapitre sept

Le maître

Hugues releva la tête en direction de l'estrade, stupéfait. Il avait dû mal entendre. Derrière le pupitre se tenait la dernière personne à laquelle il s'attendait : l'archiviste. Celui-là même qui l'avait sauvé de Rhodes et lui avait suggéré d'explorer le dépôt. Pendant un bref instant, il se sentit transporté par l'espoir, avant d'apercevoir deux étudiantes qui s'étaient levées et se dirigeaient vers l'estrade. Son cœur se serra, submergé par la déception. Un mentor ne prenait jamais plus de deux apprentis.

Le bibliothécaire posa son regard sur Hugues et répéta, en énonçant exagérément les syllabes de son nom.

— Hugues d'Emblin.

Abasourdi, Hugues se leva de son banc et avança d'un pas chancelant. On l'avait choisi ! En fin de compte, il ne resterait pas seul dans un hall désert ! Il avait beau ne rien savoir des affinités de son nouveau maître, ni même son nom, il éprouvait un soulagement plus intense que tout ce qu'il avait pu ressentir depuis que ses pouvoirs magiques s'étaient manifestés pour la première fois.

Pas à pas, cependant, le doute s'insinua à nouveau en lui. Son nouveau maître pouvait tout aussi bien être le représentant du corps des bibliothécaires… Non, derrière lui, Hugues distinguait clairement l'archiviste en chef et ses assistants, qui attendaient pour appeler leurs nouvelles recrues. Dans ce cas, ce devait être de la pitié. Après avoir été témoin des mauvais traitements infligés à Hugues, le bibliothécaire avait dû consulter son dossier et, devant ses résultats catastrophiques, décider de faire acte de charité. Lorsqu'il atteignit le bord de l'estrade, Hugues était certain qu'il s'agissait de la seule explication possible.

À sa grande honte, il devait bien reconnaître qu'être choisi par pure miséricorde lui convenait mieux que de rester sur la touche.

Tout en descendant les marches de l'estrade, leur nouveau mentor ne les quitta pas du regard, lui et les deux autres qu'il avait appelées. D'un simple geste, il leur fit signe de le suivre. Il était grand et maigre, et ses longues jambes le portaient à une allure qu'Hugues peinait à suivre. Tandis qu'ils quittaient la grande salle au pas de charge, le garçon d'Emblin prit le temps d'étudier ses condisciples. Il ne leur avait prêté aucune attention jusque-là et ignorait jusqu'à leurs noms. Vu qu'il y avait près d'un millier de jeunes mages en première année, rien de surprenant à ce qu'ils ne se soient jamais rencontrés.

La première, une fille qui dépassait Hugues de près d'une tête, avait la peau sombre et la longue chevelure pâle tirant davantage sur le blanc que sur le blond typique des natifs des cités côtières du sud-ouest. Il nota la présence d'importantes cicatrices sur ses mains et l'une de ses joues, comme un réseau de fines brûlures dont l'aspect évoquait les branches nues d'un arbre mort. Son visage n'affichait aucune expression et elle conservait le regard fermement braqué droit devant elle.

La seconde était encore plus petite qu'Hugues, avec le teint pâle et une impressionnante tignasse de longs cheveux roux. Elle arborait aussi plus de tatouages que quiconque qu'il lui avait jamais été donné de rencontrer. Les motifs géométriques entrecroisés, tracés à l'encre bleu vif, donnaient l'impression qu'on lui avait inscrit des formules magiques dans la peau. Ils lui couraient le long des bras, jusqu'au bout des doigts, tout autour du cou et même sur les joues et le front, bien que la peau du reste de son visage demeurât vierge. Hugues n'avait jamais rien vu de tel et aurait été bien en peine de deviner d'où elle venait. Alors qu'il la dévisageait, elle remarqua son air curieux et lui renvoya un regard furibond. Il détourna les yeux, trop gêné pour maintenir le contact visuel.

Au bout d'une minute ou deux, Hugues parvint enfin à rassembler assez de courage pour s'adresser à son nouveau mentor, sans pour autant arriver à produire plus qu'un murmure.

— Euh… Monsieur… Je… J'ai peur de ne pas avoir retenu votre nom.

— Pas étonnant, tu te souvenais même pas du tien, la première fois qu'il t'a appelé ! rétorqua la petite rousse d'un ton incisif.

La pique, assenée du tac au tac, arracha à Hugues une grimace honteuse.

Sans s'arrêter de marcher, l'archiviste fit volte-face pour s'adresser à eux. Pourtant, il ne ralentit aucunement l'allure. Si Hugues avait essayé de marcher à l'envers même moitié moins vite, nul doute qu'il serait immédiatement tombé à la renverse.

— Mes excuses, lança l'homme en plaçant une de ses mains grêles sur sa poitrine. C'est la première fois que je prends des disciples. Tout ceci est parfaitement nouveau pour moi.

Cette déclaration n'inspira à Hugues qu'une confiance très modérée.

— Je me nomme Alustin Haber, archiviste errant, se présenta-t-il.

Il avançait à reculons, sans regarder où il allait. Pourtant, alors qu'il s'apprêtait à entrer en collision avec un mage obèse suivi de ses deux apprentis, il effectua un écart aussi soudain que précis, évitant le choc de justesse.

— Et, au cas où vous n'auriez pas saisi ceux de vos collègues... Ce jeune homme s'appelle Hugues d'Emblin. Cette grande demoiselle, Sabae Kaen Das. Et notre jeune amie au visage tatoué, Talia, du clan Castis.

Sans attendre de réponse, il pivota sur ses talons – toujours sans ralentir.

Talia, la petite rousse, leva vers lui un regard assassin.

— On n'est pas amis, maugréa-t-elle à mi-voix.

Hugues s'empressa de détourner les yeux. Sabae, elle, demeurait parfaitement impassible, son visage comme taillé dans le marbre.

Leur étrange troupe poursuivit sa route quelques minutes durant. Hugues venait de réaliser qu'ils se dirigeaient vers la bibliothèque lorsque Sabae prit enfin la parole, d'une voix ferme et claire.

— Maître Alustin, qu'est-ce qu'un archiviste errant ?

Il fit de nouveau volte-face, tout en maintenant l'allure.

— Excellente question, Sabae ! Un archiviste errant est un mage bibliothécaire dont la mission est de s'aventurer hors de Fort-Céleste, afin de procurer à l'académie des volumes perdus. Grimoires volés dans nos collections, tomes enfouis dans les repaires bardés de pièges et de malédictions de magiciens décédés depuis longtemps, manuels qui auraient dû être restitués il y a des lustres… Ce genre de choses.

Sur ces mots, il se détourna, sans cesser d'avancer.

Hugues cligna des yeux, pris de court. Ce qu'il venait de décrire lui paraissait relativement enthousiasmant. Bien plus que ce à quoi il s'attendait. Qui aurait cru que cet Alustin appartiendrait à la catégorie des mages de combat ? Mais une nouvelle question le taraudait désormais… Pourquoi diable un tel spécialiste s'intéressait-il à lui ?

Chapitre huit

Le bureau

Ils ne dirent plus un mot jusqu'à ce qu'ils aient atteint la bibliothèque. Une fois sur place, seul Alustin se permit de prendre la parole, pour saluer ses collègues lorsqu'ils en croisaient. Les autres archivistes paraissaient assez contents de le voir, et accordèrent des regards fort curieux à ses nouveaux apprentis.

Le bureau de leur mentor se situait dans les profondeurs des sections réservées au personnel. Au bout d'un moment, il leur fit signe de s'arrêter devant une porte dépourvue de plaque dont l'aspect évoquait davantage un placard à balais que l'entrée d'un bureau. De l'autre côté, cependant, ils découvrirent une salle étonnamment vaste. Mis à part un plafond très bas, il y avait suffisamment d'espace pour que plusieurs mages puissent s'y entraîner au combat. Grand comme il l'était, il valait certainement mieux qu'Alustin n'essaie pas de sauter ici, sous peine de se cogner le haut du crâne.

— Entrez, entrez ! les invita-t-il. Ne soyez pas timides !

Les sections des parois qui ne disparaissaient pas sous les étagères surchargées de documents étaient couvertes de larges tableaux noirs où s'étalaient des milliers de lignes de texte inscrites à la craie en pattes de mouche, des diagrammes arcaniques et des formules hautement complexes, ainsi qu'un certain nombre de dessins d'une qualité surprenante. Après quelques pas, Hugues réalisa que le sol lui-même était en fait une immense plaque d'ardoise lisse.

Au fond se dressait un bureau massif qui n'aurait pas dépareillé dans les appartements d'un roi ou d'un proviseur du temps jadis. L'énorme meuble, qui devait avoir au moins un siècle, avait énormément souffert ; la moindre surface présentait une myriade d'éraflures, de copeaux arrachés et même, çà et là, quelques échardes dépassant du bois. Impossible qu'on l'ait fait entrer par la porte – Hugues en avait la certitude – et encore moins par l'étroit escalier de fer forgé en colimaçon qui montait à travers le plafond, dans un des coins de la pièce. Le bureau croulait sous les tomes, les parchemins et les feuilles volantes, à tel point qu'Hugues peinait à déterminer s'il y avait encore assez de place pour travailler dessus. Au lieu d'une chaise en bois, comme on aurait pu s'y attendre, la table monumentale se voyait assortie d'un fauteuil en cuir capitonné proprement gigantesque, dans lequel même l'archiviste errant serait passé pour un nain. Tout comme le bureau, le siège se trouvait dans un état pitoyable. Face à celui-ci, trois fauteuils de taille normale au cuir élimé et fendu mais d'aspect relativement confortable étaient disposés en demi-cercle.

Alustin gagna son poste de travail à grandes enjambées. Ses disciples lui emboîtèrent le pas, mais la dénommée Talia s'arrêta net en plein milieu de la pièce. Hugues et Sabae, qui marchaient juste derrière, s'immobilisèrent, confus.

— Par les mille diables des mille enfers, qu'est-ce qui vous a pris de choisir quelqu'un qui est incapable de lancer le moindre sort ? apostropha-t-elle brusquement Alustin.

Elle avait l'air encore plus furieuse qu'auparavant.

Hugues se sentit rougir de honte. C'était donc la raison de sa colère ; elle devait connaître sa réputation et se sentir insultée qu'on la force à étudier à ses côtés. Il jeta un coup d'œil à Sabae. Celle-ci détourna le regard, toujours parfaitement impassible. Elle aussi lui reprochait sa présence, à tel point qu'elle refusait de le regarder dans les yeux…

— Tu n'es pas une incapable, Talia, répliqua calmement Alustin.

La honte qui étranglait Hugues s'évanouit soudainement, remplacée par une intense surprise.

— Oh, n'essayez pas de me faire prendre le blizzard pour un soleil d'été, monsieur l'archiviste ! s'emporta la jeune fille rousse d'un ton acerbe. Pas un membre de mon clan n'a réussi à m'apprendre quoi que ce soit, pas plus que mes tuteurs étrangers ! J'aurais dû devenir une vraie mage de guerre, comme mes frères et mes parents avant eux ! Mais je suis bonne à rien ! Par contre, je vous préviens, c'est pas parce que j'ai aucun avenir sur le champ de bataille que je vais vous laisser me traiter comme une femme de ménage ou une gratte-papier, enfermée dans un bureau sans fenêtres ! Et hors de question de me ménager ou de me prendre en pitié !

Hugues n'y comprenait plus rien. Talia parlait d'elle-même ? Mais alors, pourquoi Sabae...

Alustin attendit patiemment que Talia ait fini sa tirade.

— Tu n'es pas bonne à rien, Talia, insista-t-il avant de se tourner vers Sabae, puis Hugues. Aucun de vous ne l'est. Vous n'êtes ni des mages ratés ni des rebuts. C'est l'académie qui a échoué à vous former adéquatement. On a voulu vous forcer à suivre le même curriculum que tout le monde, mais la magie ne saurait se plier à des règles aussi strictes.

— Mais qu'est-ce que vous nous chant... commença Talia.

Cette fois, Alustin l'interrompit sans ménagement.

— Je ne vous ai pas choisis par charité, ni parce que j'avais besoin de valets pour trier la paperasse. Si j'ai décidé de vous initier, c'est parce que je crois que vous avez du potentiel et que vous ferez un jour d'excellents mages.

L'expression d'incrédulité totale de Talia traduisait parfaitement ce qu'Hugues ressentait intérieurement, et même Sabae finit par trahir une pointe d'émotion, sous la forme d'un regard inquisiteur à leur mentor. Alustin...

Alustin était fou.

Hugues ne pouvait plus tenir sa langue.

— Tous les enseignants qui ont essayé de m'apprendre la magie ont abandonné, lança-t-il piteusement. Je ne suis pas un vrai mage. Je... Je suis juste... une erreur de la nature.

L'archiviste le considéra d'un air dubitatif.

— Il vaut mieux se méfier de ce que tout le monde pense, Hugues, rétorqua-t-il en ajustant les feuilles d'une pile de papier devant lui. Moi aussi, à l'époque, on disait que je ne ferais jamais un vrai mage de combat. Ça ne m'a pas empêché d'y arriver.

Hugues ne trouva rien à répondre. Alustin semblait s'échauffer quelque peu, désormais.

— À Fort-Céleste, la tendance actuelle est de traiter les élèves comme des pièces interchangeables et la magie comme s'il n'y avait qu'une seule façon de l'enseigner. La taille des classes augmente sans cesse et on exige que tous apprennent les mêmes sorts, dans des manuels strictement réglementés.

Il se pencha légèrement en avant.

— Ce n'est pas comme ça que notre art fonctionne. Il y a autant de façons de le pratiquer qu'il y a de mages, si ce n'est plus. De toute évidence, notre chère académie l'a oublié, et les cas particuliers qui dévient trop de la norme sont livrés à eux-mêmes.

Alustin prit une longue inspiration et se calma quelque peu.

— Je comptais attendre un peu pour m'entretenir en privé avec chacun de vous, mais je me rends bien compte qu'il vaut mieux ne pas laisser la question en suspens. À force d'échecs et de brimades, vous avez tous les trois acquis la certitude d'être parfaitement incapables de devenir des mages à part entière. J'ai bien l'intention de vous démontrer le contraire.

CHAPITRE NEUF

UNE FOIS CONFORTABLEMENT installé, Alustin leur fit signe de prendre place dans les sièges face à lui.

— Asseyez-vous.

Ils demeurèrent figés quelques instants. Étonnamment, ce fut Sabae qui réagit la première. Hugues s'empressa de l'imiter. Talia hésita un moment de plus, avant de s'asseoir dans le troisième fauteuil. En s'enfonçant dans le rembourrage défraîchi, Hugues réalisa qu'en dépit de leur aspect miteux, les sièges étaient incroyablement confortables.

— Tout d'abord, il ne m'appartient pas de vous dévoiler le passé de vos camarades, débuta Alustin. Sans compter qu'en dépit de recherches assidues, je n'en connais que des bribes. Je vous encourage d'ailleurs chaudement à échanger entre vous, sans pour autant l'exiger formellement. Néanmoins, il est indispensable d'aborder le sujet des complications thaumaturgiques rencontrées par chacun d'entre vous.

Hugues se sentit à nouveau rougir. S'il avait su…

— Comprenez-moi bien. Je ne cherche pas à vous humilier, mais pour travailler ensemble, les mages doivent se comprendre. Au cours des prochaines années, vous serez amenés à collaborer constamment, tous les trois. Vous me suivez ?

Sabae lui adressa un hochement de tête sec, suivi d'Hugues, plus hésitant. Talia se contenta d'un grognement. Alustin inspira profondément.

— Talia, ici présente, descend d'une prestigieuse lignée de pyromanciens. Ses parents, certains qu'elle suivrait la tradition familiale, lui ont fait tatouer des formules destinées à attiser le mana des flammes avant même que ses premiers pouvoirs ne se manifestent. Malheureusement, Talia n'est pas une mage de feu ; à la place, elle possède de très fortes affinités avec l'os et le rêve, deux spécialités aussi puissantes que rares. Cependant, ses tatouages ont inhibé sa capacité à contrôler ses dons, en la forçant à manipuler ses affinités comme on le ferait en canalisant du pyromana. Cela a déjà causé la destruction accidentelle d'au moins une salle de classe.

Hugues osa un coup d'œil en direction de l'intéressée. Elle le foudroya d'un regard qui semblait le mettre au défi de faire un commentaire. Il détourna promptement les yeux. Souffrir d'un tel handicap lui paraissait horrible, mais au moins, elle possédait des affinités. Peut-être existait-il un moyen d'effacer ces tatouages ?

— Sabae aussi descend d'une grande famille magique, reprit Alustin. Des manieurs de tempête dont la triple affinité avec la foudre, le vent et l'eau ont fait la renommée. Notre jeune amie, cependant, semble incapable de contrôler ses pouvoirs hors d'un rayon de quelques pouces autour d'elle. Pour bien des sorciers, ce serait un désagrément mineur, mais les katamanciens n'œuvrent jamais à courte portée. De plus, ce qui est hautement inhabituel, Sabae est née avec une quatrième…

— Non, le coupa Sabae avec un regard noir.

— Je ne m'apprêtais pas à en dire plus, Sabae, simplement…

— Il ne vous appartient pas de le dire, maître Alustin, répliqua-t-elle fermement.

L'archiviste soutint son regard quelques instants, puis laissa échapper un soupir.

— Fort bien. Nous en discuterons plus tard, en privé.

Hugues était stupéfait. Les doubles affinités étaient monnaie courante et la plupart des mages qui n'en avaient qu'une seule pouvaient espérer en développer une seconde – cela demandait plus de travail que de suivre une inclination naturelle, mais le jeu en valait la chandelle. Les triples affinités, en revanche, faisaient figure de rare curiosité. Apparemment, Sabae en avait quatre. Même en prenant en compte son handicap supposé, c'était incroyable. À la connaissance d'Hugues, le seul mage qui en maîtrisait plus n'était autre qu'Aedan Mordragon, avec pas moins de cinq.

Bien sûr, cela ramena ses pensées vers Rhodes. Combien d'affinités possédait-il, pour qu'Aedan le choisisse ? Assurément, même son sang royal n'aurait pas suffi à impressionner un mage d'un tel calibre si le jeune homme ne disposait pas de dons particuliers.

— Et enfin, le dernier mais pas le moindre, nous avons Hugues.

Le garçon se raidit dans son fauteuil et s'empourpra encore davantage. Ses condisciples avaient des problèmes, cela ne faisait aucun doute, mais il restait possible d'y remédier. En dépit de ce que pouvait prétendre Alustin, Hugues était une cause perdue…

— Il se trouve qu'Hugues souffre d'un problème qu'aucun de ses professeurs n'est parvenu à diagnostiquer, même après tout ce temps. Notre première rencontre a piqué ma curiosité, mais je ne suis parvenu à démêler le vrai du faux qu'au terme de plusieurs semaines de recherches. Comme vous vous en souvenez peut-être, Hugues est originaire d'Emblin.

— Tout le monde sait qu'il n'y a pas de mages à Emblin, intervint Talia. Seulement des moutons et des bergers.

Hugues baissa les yeux.

— Je ne suis pas un berger, grommela-t-il dans son col de chemise.

— Talia, qu'est-ce que j'ai dit, à propos des choses que tout le monde pense ? répliqua Alustin.

Il y eut un silence, puis elle grogna de nouveau. Leur mentor parut décider que cela constituait un substitut d'excuses acceptable, et reprit.

— Il est vrai que très peu de mages se manifestent à Emblin, mais cela n'a rien à voir avec une caractéristique intrinsèque des habitants de ce pays. En vérité, Emblin est l'un des déserts de mana les plus pauvres en énergie de tout Ithos.

Hugues releva les yeux, interloqué.

— Mais, Emblin n'est pas un désert, monsieur. C'est une région montagneuse, et on a beaucoup de forêts.

Alustin lui adressa un regard quelque peu agacé, et Hugues détourna les yeux, honteux.

— Un désert de mana, Hugues. Pas un désert tout court.

— De quoi s'agit-il ? demanda Sabae.

— Un désert de mana… commença-t-il. Ne vous a-t-on donc rien appris sur les mouvements de l'Éther, en classe ?

Tous trois conservèrent un silence prudent, ce qui suscita un nouveau soupir de la part d'Alustin.

— Nous aurions de quoi occuper toute une conférence avec le sujet. Pour l'instant, contentons-nous de dire qu'Emblin ne dispose que d'infimes quantités de mana utilisable. Même les sorciers accomplis peinent à y canaliser les énergies de l'Éther et rares sont donc ceux à s'y aventurer. Un mage nouvellement éveillé et non entraîné qui se manifesterait à Emblin serait, pour l'essentiel, incapable de canaliser du mana de quelque façon que ce soit. En fait, il se pourrait qu'Emblin abrite autant de mages potentiels que n'importe quelle autre nation, mais que ceux-ci soient virtuellement incapables d'exercer leurs talents.

Hugues n'avait jamais entendu quoi que ce soit de la sorte à propos de son pays natal. Chez lui, les gens se contentaient de dire que s'il n'y avait pas de mages, c'était parce qu'on les avait tous chassés des siècles auparavant, après la chute de l'Empire ithonien.

— Si Hugues avait été moins puissant, il n'aurait certainement jamais manifesté un quelconque pouvoir. Néanmoins, il est né avec un don d'une ampleur proprement astronomique. À seulement quinze ans, ses réserves de mana sont aussi conséquentes que celles d'un thaumaturge diplômé. À mesure qu'il gagnera en âge et en expérience, elles ne feront qu'augmenter.

Hugues n'en croyait pas ses oreilles. Un talent spécial, lui ?

— La contrepartie de cela, Hugues, c'est que ton organisme s'est adapté à un état de pénurie et fournit des efforts disproportionnés afin de manifester des sortilèges, même les plus anodins. C'est la raison de tes difficultés avec les tours de magie : tu canalises instinctivement des quantités de mana bien trop importantes dans chacun des sorts que tu essaies de lancer.

Hugues cligna des yeux, abasourdi.

— Trop de mana, monsieur ? Tout ce temps, mon problème, c'était que j'avais trop de mana ?

Il resta bouche bée quelques secondes, s'efforçant de former des mots en silence, puis explosa de rire. Un rire nerveux, dépourvu de joie, qui se fondait presque en un hurlement. C'était ça, ou pleurer.

Au bout d'une minute ou deux, il parvint à retrouver son sang-froid. Talia et Sabae le dévisageaient toutes les deux d'un air légèrement inquiet. Alustin, lui, se contentait d'attendre patiemment.

— Non, il n'y a pas que ça, reprit-il. Sinon, j'aurais pu me contenter d'en avertir le corps enseignant et cela aurait été réglé. J'ai découvert deux autres anomalies dans la façon dont tu pratiques la magie. Tout d'abord, il y a ton absence apparente d'affinités naturelles. Il est extrêmement rare que quelqu'un en soit dépourvu. Certes, il y a des exemples, mais ce sont des… moutons à cinq pattes, si tu me passes l'expression. Ce n'est pas nécessairement une bonne ou une mauvaise chose. D'un côté, cela pourrait te permettre de t'harmoniser avec n'importe quel type de mana, contrairement à la plupart des mages… De l'autre, le procédé risque de t'être beaucoup plus difficile que pour les autres. Extrêmement difficile.

Talia souffla sèchement par le nez, visiblement irritée.

— Pouvoir choisir son affinité, moi je m'en plaindrais pas, récrimina-t-elle. Si c'est juste une question de travail…

Alustin l'ignora.

— Pour finir, il y a cette aptitude exceptionnelle pour les sceaux de protection.

Hugues le fixa d'un regard incrédule. Une aptitude exceptionnelle ? C'étaient les seuls sorts qu'il arrivait à lancer correctement et, de toute évidence, il manquait encore de pratique, vu la facilité avec laquelle Rhodes les avait brisés…

— Comment savez-vous pour mes sceaux, monsieur ? s'étonna-t-il.

Alustin plissa les yeux d'un air malicieux.

— Je vous ai bien dit que je vous avais observés, tous les trois, avant de vous sélectionner. Tes sceaux surpassent ceux de nombreux mages confirmés. La plupart des élèves de première année sont incapables de produire quelque chose de plus complexe qu'une alarme sonore. Les tiens, en revanche, dissuadent non seulement les intrus potentiels de les franchir, mais font la différence entre les sujets. Toi, par exemple, ils ne t'affectent pas ; ce n'est pas commun, pour un débutant.

— Est-ce que c'est parce qu'il y investit plus de mana ? hasarda Sabae.

— Pas du tout, répondit leur mentor en secouant la tête. Les sceaux sont des créations complexes et difficiles à maîtriser. Une surcharge de mana ne servirait qu'à les faire s'effondrer. Non, Hugues accomplit quelque chose de bien plus étonnant. Il les imprègne de sa volonté.

— Je fais quoi ? bredouilla Hugues, incrédule.

— Tu parviens à matérialiser ta volonté dans les formules de tes sceaux de protection, ce qui te confère un degré de contrôle bien supérieur à la normale.

— Je…

Hugues ne termina pas sa phrase. En réalité, il n'avait aucune idée de ce que tout cela signifiait.

— L'imprégnation psychique peut s'apprendre, mais il n'y a qu'un seul type de mage qui soit dépourvu d'affinités et manifeste une prédisposition naturelle à cette technique.

Hugues sentait le poids de tous les regards peser sur lui.

— Tu es ce qu'on appelle communément un démoniste.

CHAPITRE DIX

HUGUES ÉCARQUILLA LES yeux, saisi de panique.

— Mais je n'ai jamais pactisé avec des démons ! se récria-t-il.

Son cœur battait la chamade. De chaque côté de lui, les deux filles avaient instinctivement reculé dans leurs sièges pour s'éloigner de lui. À leur attitude, difficile de savoir si elles se préparaient à fuir ou à combattre.

— Personne ne s'imagine que tu as pactisé avec… commença Alustin, avant de pousser un soupir exaspéré. Laissez-moi deviner, on ne vous a jamais expliqué non plus ce qu'est un démoniste ?

Hugues, terrifié, se recroquevilla dans son fauteuil autant qu'il le pouvait et laissa échapper un glapissement indigné.

— Je ne suis pas un démoniste !

Alustin soupira derechef.

— Du calme, Hugues… Personne ne t'accuse d'avoir pactisé avec les forces du mal.

Notant les mines outrées de ses deux autres disciples, il s'adressa à elles.

—Talia, Sabae, Hugues n'a pas pactisé avec les forces du mal, insista-t-il fermement. Je vous le garantis. Il n'y a aucun problème.

Sabae lui jeta un regard en biais, mais sembla se détendre quelque peu. Talia, en revanche, paraissait prête à lui sauter à la gorge s'il bougeait un sourcil.

— Un démoniste est un type de mage particulier, capable de développer ses dons grâce à des contrats avec toutes sortes d'entités de grande puissance, expliqua Alustin. Oui, il est vrai que certains, dans leur quête de pouvoir, se lient à des démons, mais ce sont des cas très rares. Si jamais j'avais suspecté Hugues de tels agissements, j'aurais pris des mesures drastiques.

Cela ne fit rien pour le rassurer.

— Mais les pactes de démoniste peuvent être conclus avec bien d'autres créatures. Élémentaires, dragons, esprits… Même avec certains artefacts de pouvoir. Les seules conditions sont que l'entité concernée doit être de nature magique, suffisamment puissante et douée de conscience – ou du moins capable d'en développer une.

Du bout du doigt, Alustin fit remonter ses lunettes sur l'arête de son nez.

— Prenez les chevaucheurs de griffons de Tsarnassus, par exemple : techniquement, ce sont des démonistes qui passent un pacte magique avec leur monture. De même, les Paladins Sanctifiés de Havath sont des démonistes qui signent un contrat sacré avec l'esprit de leurs armes.

Après avoir mentionné ces derniers, Alustin fronça légèrement les sourcils.

— Comment diable est-ce qu'on peut signer un contrat avec une épée ? s'étonna Talia.

— La réponse est longue et complexe et je préfèrerais garder cela pour plus tard. Pour l'instant, il vous suffit de savoir que les démonistes sont libres de choisir l'entité à laquelle ils se lient. Cela signifie aussi qu'il vaut mieux faire preuve d'une extrême prudence dans ce domaine, puisque le pacte détermine les affinités et les pouvoirs du démoniste. Sans compter qu'une erreur de négociation pourrait se révéler terriblement désavantageuse pour le mage… Et il ne serait pas non plus judicieux d'aller clamer sur tous les toits qu'Hugues est un démoniste. Leur mauvaise réputation a beau être en grande partie usurpée, elle leur colle à la peau.

Apparemment convaincues, Talia et Sabae arrêtèrent enfin de le dévisager avec défiance.

— Mais, bien sûr, si Hugues n'était qu'un démoniste ordinaire, son cas ne serait pas aussi intéressant.

Encore une affirmation qui déplut profondément à l'intéressé.

— La plupart des démonistes possèdent des réserves de mana minuscules. Ils n'ont guère besoin d'en stocker, puisqu'ils tirent leur pouvoir des pactes. Mais, dans le cas de notre jeune ami, ses réserves considérables présentent des possibilités… fascinantes.

Les trois apprentis gardèrent le silence, tandis qu'Alustin les jaugeait du regard. Puis un sourire s'étala sur son visage.

— Bon ! lança-t-il. Il est l'heure de discuter de votre emploi du temps !

Il entreprit de leur expliquer qu'ils abandonneraient tous les trois l'ensemble de leur cursus thaumaturgique. Les seules classes générales auxquelles ils continueraient d'assister seraient l'histoire et les mathématiques. Alustin demanderait à les faire transférer sur les horaires du matin. Quant aux après-midis, ils les passeraient sous sa tutelle – un programme qu'il leur annonça avec un sourire fort peu rassurant, de l'avis d'Hugues.

Avant de les congédier, il leur donna à chacun un livre. Talia reçut un fin volume intitulé « Songefeu ». À Sabae, il confia un manuel légèrement plus épais qui traitait des techniques de canalisation du mana et semblait encore bien plus ancien que le grimoire de sceaux découvert par Hugues au dépôt. Quand vint son tour, cependant, Alustin lui déposa entre les mains un tome proprement monumental, presque impossible à soulever sans utiliser les deux bras. La reliure de cuir – dont Hugues devina qu'il s'agissait d'une peau autrement plus rare que celle d'une vache – était gaufrée d'innombrables diagrammes de formules magiques.

— Le Bestiaire de Galvachren, monsieur ? s'étonna Hugues en lisant le titre. Si je peux me permettre, j'ai lu des tas de bestiaires et, en général, ce sont des tissus d'âneries qui se contredisent les uns les autres.

Son mentor étouffa un petit rire.

— La plupart contiennent quelques grains de vérité, mais oui, la majorité d'entre eux est remplie de sottises. Celui de Galvachren, en revanche, est le meilleur de tout le continent. L'auteur est parvenu à en enchanter toutes les copies par un mystérieux procédé, afin de pouvoir les mettre à jour quand bon lui semble. Lorsque je me suis procuré cette copie, j'avais ton âge et le livre était deux fois moins épais.

Hugues contempla l'ouvrage, sidéré. Même moitié moins gros, ç'aurait quand même été le volume le plus imposant qu'il lui avait jamais été donné de consulter. Il devait bien peser une dizaine de kilos.

— Mais pourquoi un bestiaire, monsieur ?

— Pour commencer à étudier des entités potentielles avec qui signer un pacte, pardi. Tu les trouveras dans la section dédiée aux créatures individuelles dont la puissance justifie qu'elles aient une entrée spécifique. Vers la fin.

Cette fois, ce fut à Hugues de soupirer en soupesant le grimoire.

— Je n'ai rien à ajouter pour l'instant, déclara Alustin. Mais j'espère vous voir tous les trois ici, demain. Une dernière chose, avant que vous partiez : arrêtez de m'appeler maître ou monsieur. Alustin, c'est bien suffisant.

Chapitre onze

Devoirs

Dès qu'ils eurent quitté le bureau d'Alustin, Hugues se dépêcha de regagner sa tanière, l'énorme grimoire serré contre sa poitrine. Sabae semblait vouloir leur parler, à lui et Talia, mais il ne lui prêta aucune attention, trop pressé de commencer sa lecture. Il emprunta son circuit habituel à travers le dépôt, en évitant les golems de papier plié, et se glissa derrière les étagères qui bouchaient l'entrée de son repaire – un exercice bien plus compliqué que d'habitude, avec l'énorme Bestiaire de Galvachren entre les bras.

Une fois à l'intérieur, il s'immobilisa, pétrifié. Sa chambre ne ressemblait plus du tout à celle qu'il avait quittée ce matin. À la place de son lit de fortune, il trouva un véritable sommier couvert d'un matelas. Au lieu des vieux meubles bancals se dressaient des commodes et sièges solides. Les étagères, auparavant vides, regorgeaient maintenant de livres : ouvrages sur les démonistes, grimoires de sceaux, et même quelques romans. Sur un des rayonnages, il avisa une horloge. Des cristaux d'éclairage luisaient sur les supports muraux et on avait rénové la fenêtre ; elle possédait des rideaux, désormais, et le cadre tordu aux carreaux décolorés avait été remplacé par un modèle neuf à la vitre limpide.

Sur le lit, il trouva un morceau de papier qui disait : « *Je refuse qu'un de mes disciples dorme sur une paillasse de détritus.* » Au bas, la signature précisait *Alustin Haber, archiviste errant.*

Hugues examina le message quelques instants, sidéré, puis déposa le bestiaire sur son bureau avant d'aller inspecter ses sceaux de protection. De ce qu'il pouvait voir, ceux-ci n'avaient nullement été perturbés. Abasourdi, il se laissa tomber assis sur le lit.

Son esprit fusait en tous sens, tandis qu'il essayait de comprendre comment Alustin avait bien pu contourner ses sceaux, ou comment

– presque plus étonnant – il avait fait entrer un sommier entier dans son refuge. Il y était ce matin encore, pourtant…

Ses pensées s'égarèrent et il commença à prendre la mesure des évènements de la journée.

Submergé d'émotion, Hugues se mit à pleurer à chaudes larmes.

Chapitre douze

Le bestiaire

Phragmos le Croquemisaine : Phragmos est un kraken acariâtre qui hante les eaux au large de la côte nord d'Ithos. Son repaire est une vaste caverne sous-marine au pied des falaises qui se jettent dans la mer, à la frontière septentrionale des monts Percenuages. Nombre de flottes de guerre et puissants magiciens ont tenté de défier Phragmos ; personne n'en est jamais revenu. Bien qu'il n'attaque pas systématiquement les vaisseaux qui traversent son domaine, les marins seraient bien avisés de ne pas voguer trop près de sa tanière.

Quel genre de pouvoirs est-ce qu'un pacte avec un kraken pouvait bien conférer ? La capacité à respirer sous l'eau, peut-être ? Une force surnaturelle ? Une affinité avec l'eau ? Et quel sacrifice une telle créature pourrait-elle exiger en retour ?

Astérion : Astérion est une entité véritablement unique. Son apparence évoque celle d'un minotaure, si celui-ci mesurait vingt pieds de haut et paraissait entièrement fait d'une portion de ciel nocturne étoilé, arrachée au firmament, avec pour yeux deux astres incandescents. Il arpente sans cesse les monts Percenuages et on le rencontre rarement deux fois au même endroit. La seule halte régulière qu'on lui connaisse est une antique cité en ruines, bien plus ancienne que l'empire ithonien. Il ne prête pour ainsi dire jamais attention aux humains et se tient à l'écart de leurs villages. Néanmoins, ceux qui ont le malheur de lui déplaire découvrent en lui un adversaire implacable. Jamais on ne l'a vu manger, ni dormir.

Il avait fallu plusieurs heures à Hugues pour retrouver son calme et se détendre un peu. Au cours des derniers jours, l'angoisse croissante de l'Initiation lui avait mis les nerfs à vif, jusqu'à l'épuisement. En fin de compte, il s'en était mieux tiré que ce qu'il craignait, mais il avait besoin d'un peu de temps pour digérer sa surprise. Cette révélation qu'il n'était en réalité pas un mage raté constituait un des chocs émotionnels les plus intenses de toute sa vie.

Zzthkxz : Zzthkxz est une araignée géante aussi grande qu'un éléphant. Elle réside dans les profondeurs du Labyrinthe qui s'étend sous Fort-Céleste. Cet immense arachnide n'aime rien plus que jouer avec ses proies et leur poser des devinettes, avant de les traîner jusqu'à sa toile pour les ajouter à son garde-manger.

Hugues fut très surpris de trouver mention d'une telle monstruosité vivant supposément dans les souterrains de Fort-Céleste. Il avait bien sûr déjà entendu parler du Labyrinthe ; l'endroit figurait dans toutes les histoires à propos de l'académie et on mettait fréquemment en garde les étudiants de première année de ne jamais s'y aventurer. Apparemment, ses tunnels regorgeaient de monstres et de pièges, et même les sorciers les plus alertes s'y perdaient. Son existence datait de bien avant la construction de Fort-Céleste et, de l'avis de bien des mages, constituait la raison première de la fondation de la citadelle à cet emplacement. Certes, le Labyrinthe recelait bien des dangers, mais les aventuriers et magiciens assez vaillants pour braver ses profondeurs pouvaient espérer en retirer de puissants artefacts magiques ou des composants alchimiques de grande valeur.

Héliothrax : Héliothrax, vénérable wyrm solaire, est une dragonne immense d'une puissance difficilement concevable. Elle est bienveillante à l'égard de l'humanité et s'est déjà illustrée par le passé en apportant son aide à notre espèce pour vaincre diverses menaces surnaturelles. Les légendes de ses bienfaits remontent aux premiers jours de l'empire ithonien.

La grande dragonne Héliothrax paraissait à Hugues la plus intéressante des entités décrites entre ces pages. Un wyrm solaire vénérable, défenseur de l'humanité, qui plus est ? Quels pouvoirs pourrait-elle lui accorder ? Apprendre à voler ? À maîtriser le feu et la lumière ? En tout cas, elle figurait désormais au sommet de sa liste de choix potentiels. Et puis, en son for intérieur, Hugues ne pouvait s'empêcher de penser que signer un pacte avec Héliothrax lui apporterait encore plus de prestige qu'un apprentissage auprès d'Aedan Mordragon.

Jaskolskus, Pyroclasme Vivant : Jaskolskus est un élémentaire de cendres incroyablement ancien et puissant. Il ne quitte que rarement la caldera volcanique qui lui sert de trône, mais lorsqu'on attise son courroux, il est capable de raser des cités entières.

Certes, Hugues espérait se lier à une entité puissante, mais entrer en contact avec Jaskolskus aurait relevé de l'inconscience la plus totale. Dans les meilleures conditions possibles, communiquer avec les élémentaires constituait un exercice complexe et délicat, afin de ne pas susciter leur colère, réputée aussi soudaine qu'explosive. Alors un seigneur élémentaire du rang de Jaskolskus… Même pas la peine d'y penser.

Karna Scythe : Karna Scythe est la nouvelle reine des gorgones, couronnée il y a seulement un siècle et demi. Contrairement à la majorité de ses prédécesseuses, elle a jusque-là fait preuve de bonne volonté à l'égard des humains. Elle tolère que ces derniers visitent le labyrinthe gardé par ses sujets et a même commencé à établir des échanges commerciaux entre les deux peuples.

Lorsqu'Hugues abandonna enfin sa lecture, l'aube approchait. Il laissa le bestiaire ouvert à la page d'Éphyrus, « la lune tombée du ciel », une colossale méduse volante dont l'ouvrage disait qu'elle flottait au sein des nuages d'orage qui tapissent les canopées des jungles du sud-est d'Ithos. Épuisé, il accueillit le sommeil avec gratitude.

CHAPITRE TREIZE

LA NATURE DE L'ÉTHER

LE LENDEMAIN MATIN, les trois apprentis se retrouvèrent devant la porte du bureau de leur maître. Hugues arriva le dernier. Vivre à la bibliothèque ne changeait rien au fait qu'il avait eu grand-peine à se tirer du lit, la faute à une nuit bien trop courte.

En le voyant, Talia ouvrit la bouche, sans doute pour faire une remarque désobligeante à propos de sa ponctualité. Avant qu'elle ne puisse parler, la porte s'entrouvrit soudain et Alustin passa la tête par l'entrebâillement.

— Excellent, vous êtes tous là ! Entrez, entrez !

Hugues s'empressa de suivre Alustin, dans l'espoir d'échapper à la colère de Talia. Il se dirigea vers les fauteuils disposés devant le bureau, mais son mentor le saisit par l'épaule et le fit pivoter, afin de le positionner face à l'un des tableaux noirs accrochés au mur.

— Deuxième leçon ! déclara-t-il d'un air triomphant.

— Deuxième leçon ? hasarda Hugues, un peu décontenancé.

— Je ne tiens pas vraiment le compte, répliqua Alustin avec désinvolture.

Hugues s'abstint de commentaire. Talia et Sabae le rejoignirent et Alustin se mit à griffonner avec une craie sur la plaque d'ardoise.

— Donc, vous souhaitiez en apprendre plus à propos de l'Éther, commença Alustin.

— Pas vraiment, grommela Talia.

— L'Éther est comme un océan, poursuivit-il en traçant une image grossière de ce qui ressemblait à un paysage marin.

Hugues nota que la qualité du dessin n'avait rien à voir avec les croquis incroyablement détaillés qui couvraient certains des autres murs.

— Mais c'est quoi, l'Éther ? lança Talia. Et qu'est-ce que ça peut nous faire que ce soit comme l'océan ?

Alustin se retourna pour les considérer du regard.

— L'Éther est la source du pouvoir de tous les mages. Une dimension de mana pur qui s'étend aux quatre coins du monde et se comporte par bien des aspects, comme je viens de le dire, à la façon d'un océan.

— Y a des poissons, aussi ? renchérit Talia.

Elle cherchait à le provoquer, cela ne faisait aucun doute. Alustin s'apprêtait à répondre quand Sabae prit la parole.

— Tu veux bien arrêter de l'interrompre ? Tu t'en moques peut-être d'apprendre, mais ça nous intéresse, nous.

Talia jeta un regard furibond à l'autre jeune fille, suivi d'un coup d'œil rageur à Hugues. Il s'en serait bien passé, et se détourna hâtivement.

Avant que Talia n'ait pu répliquer, Alustin reprit sa leçon.

— J'espère sincèrement qu'il n'y a pas de poissons dans l'Éther. Ce serait une découverte… profondément terrifiante.

Il secoua la tête.

— Non, ce que je veux dire, en comparant l'Éther à un océan, c'est que, comme un vaste corps aquatique, il est sujet à des courants et des marées, et que sa profondeur varie. Contrairement à l'eau, cependant, la matière et la gravité sont impuissantes à en altérer le flot. L'Éther se meut librement, à moins que…

Alustin se retourna vers le tableau noir et ajouta quelques détails à son ébauche. Il demeura silencieux un moment. Hugues réalisa qu'il attendait que quelqu'un complète son affirmation.

— À moins qu'on le force à faire autrement ! s'exclama Talia.

Cela lui valut un regard désapprobateur de Sabae.

— Je ne pourrais trop vous mettre en garde contre les tentatives de forcer les courants de l'Éther à faire quoi que ce soit, répliqua Alustin sans se détourner du tableau. Avez-vous déjà essayé de dompter l'océan ?

Pour une fois, la réflexion sembla laisser Talia perplexe.

— Bien qu'il soit inenvisageable de plier l'Éther à sa volonté par la force, il nous est possible de former des canaux le long desquels le faire s'écouler. Votre corps est un conduit naturel qui absorbe et stocke le mana contenu dans l'Éther. Grâce aux formules magiques, un mage peut contrôler le flux de ce mana emmagasiné et l'appliquer à toutes sortes d'usages. Lorsque votre corps absorbe le mana éthérique, il draine l'énergie autour de vous. En fonction de la densité de l'Éther ambiant, cette énergie brute se reconstitue, comme l'eau d'un étang remplissant le vide laissé par un seau.

— Est-ce qu'il est possible de canaliser du mana directement depuis l'Éther, plutôt que de puiser dans ses ressources personnelles ? hasarda Hugues.

Alustin hésita un instant, arrêtant sa craie sur le tableau.

— Hypothétiquement, mais c'est une pratique incroyablement dangereuse et qui ne présente pas de réels avantages. Rares sont ceux à s'y essayer. Le mana issu de l'Éther est une matière brute, vierge de toute harmonisation. Il n'a que peu d'utilité. Ce n'est qu'une fois absorbé par l'organisme qu'il s'harmonise. Mieux vaut attendre de reconstituer ses réserves de mana par voie naturelle. Ceux qui tentent ce genre d'expériences ne le font généralement que pour se vanter d'avoir essayé.

L'archiviste demeura quelques instants perdu dans ses pensées.

— Mais revenons au sujet principal. Les fluctuations de l'Éther sont responsables de variations drastiques en termes de mana disponible. Certains endroits, comme Emblin…

Il adressa un petit signe de tête à Hugues, à la mention de son pays natal.

— … présentent une densité si faible que même les tours de magie les plus élémentaires peuvent en drainer toute l'énergie pendant des heures. D'autres, comme Fort-Céleste, disposent de réserves de mana si riches et denses que des milliers de mages peuvent y puiser tous les jours sans qu'une quelconque différence se fasse sentir. Bien évidemment, il est possible de jeter des sorts jusqu'à épuisement de ses réserves personnelles ; celles-ci se rechargent bien plus lentement que l'énergie ambiante.

Il se tourna de nouveau vers eux. Sans qu'ils s'en soient aperçus, il avait transformé son ébauche grossière en un paysage incroyablement détaillé, d'une beauté saisissante. Hugues n'aurait jamais imaginé qu'on puisse atteindre un tel degré de précision et de finesse avec de la simple craie.

— Pouvez-vous deviner quelle question j'espère maintenant que vous allez me poser ? lança Alustin.

Les apprentis restèrent muets, jusqu'à ce que Sabae brise le silence.

— D'où provient le mana ?

Un sourire s'épanouit sur les traits de leur mentor.

— Précisément.

— Tout le monde sait ça, intervint Talia d'un ton suffisant. C'est un produit de la vie elle-même.

La mine joviale d'Alustin s'évanouit et il agita un doigt réprobateur.

— Talia, rappelle-toi de ce que j'ai dit hier, à propos des choses que tout le monde pense.

Il fit volte-face et traça un cercle au tableau.

— Pendant des siècles, ç'a été la théorie prévalente, mais elle comprend une faille aussi conséquente qu'indéniable. À savoir, le fait que les déserts de mana et zones particulièrement riches en énergie ne correspondent pas aux écosystèmes du monde réel. Prenez l'Erg Sans-fin, par exemple ; un lieu désolé où ne vivent que de rares monstres. Pourtant, contre toute attente, il est incroyablement riche en mana. À l'inverse, Emblin – une contrée verdoyante couverte de pinèdes – s'en trouve presque entièrement dépourvu. Les érudits ont formulé des milliers de théories, toutes plus complexes les unes que les autres, pour tenter d'expliquer ce paradoxe apparent. Finalement, il y a une cinquantaine d'années, toute cette rhétorique a fini par s'effondrer. Sans nécessairement rentrer plus dans les détails, désormais, ce que nous considérons comme la source de l'Éther…

Tout en parlant, Alustin avait rempli le cercle de craie de toutes sortes de formes, et changé la figure géométrique en une carte détaillée d'Anastis, avec le continent d'Ithos au centre. Il avait aussi marqué les emplacements d'Emblin et de l'Erg Sans-fin, tout en les mentionnant.

— … c'est la mort de l'univers.

Chapitre quatorze

Les trois disciples dévisagèrent leur maître en silence. Hugues songea qu'Alustin devait vraiment adorer ce genre de pauses dramatiques.

— Mais qu'est-ce que vous nous chantez ? lâcha Talia.

Elle avait l'air tout aussi décontenancée qu'Hugues. Sabae, sans surprise, ne montra pas d'autre réaction qu'un léger plissement de paupières.

— La mort de l'univers, répéta Alustin, visiblement très satisfait de son petit effet. Au fil des éons, l'univers s'érode, petit à petit. Un jour, dans un futur très lointain, certainement bien après que l'humanité se sera éteinte, que nos ruines seront redevenues poussières et que même les étoiles auront cessé de briller, l'univers arrêtera son mouvement. C'est cette lente usure du tissu de la réalité qui génère l'Éther. En quelque sorte, on peut dire qu'il s'agit d'un déchet de notre univers mourant.

Hugues prit quelques instants pour tenter d'intégrer cette notion. Il s'apprêtait à poser une question lorsqu'Alustin reprit. Apparemment, il souhaitait passer à autre chose.

— Maintenant, suivez-moi, direction la bibliothèque. Vous êtes mes apprentis et, à ce titre, vous avez accès au premier sous-sol des sections réservées. Cependant, je vous mets en garde : n'essayez pas de descendre plus bas. Non seulement cela vous est interdit, mais ce serait beaucoup trop périlleux. Les bibliothèques magiques ont tendance à… s'animer d'une vie propre.

Avant que ses disciples puissent dire quoi que ce soit, il s'élança à grands pas vers la porte.

Tous trois s'empressèrent de le suivre. Comme il l'avait fait la veille, il se retourna pour leur parler tout en marchant.

— Sabae, je t'en prie, peux-tu me dire ce que tu as pensé du manuel de canalisation du mana que je t'ai confié ?

La jeune fille soupira.

— Toutes ces techniques me sont inutiles. Elles demandent de concentrer du mana à de telles densités que n'importe quel sort lancé de la sorte deviendrait incroyablement instable, même sans prendre en compte mes... difficultés.

Comme par réflexe, elle effleura du bout des doigts les cicatrices entrecroisées qui couvraient le dos de sa main.

— Si j'essayais de jeter un sort canalisé de cette façon, le résultat serait encore plus désastreux que d'habitude.

Alustin sourit légèrement.

— C'est précisément pourquoi ces techniques sont hors d'usage depuis des siècles. Juste après la chute de l'empire ithonien, pendant une courte période, la mode chez les mages consistait à lancer des sorts surchargés de mana. Presque incontrôlables, en fait. Un moyen de faire étalage de sa puissance primale, ou une sottise dans le genre. Mais je vais devoir insister pour que tu commences à pratiquer dès maintenant.

Pour une fois, Sabae afficha une réaction émotionnelle notable, bredouillant le début d'une réponse, mais Alustin s'était déjà tourné vers Hugues. Descendant une volée d'escaliers à reculons, il les fit entrer dans une section de la bibliothèque normalement fermée aux première année. Ici se trouvaient les grimoires avancés les plus communs, ainsi que quelques véritables tomes enchantés.

— Et notre démoniste ? A-t-il considéré de potentielles entités avec qui passer un pacte ?

Hugues avait effectivement commencé à dresser une liste, avec Héliothrax en première position.

— Cela fait des siècles que d'innombrables démonistes tentent de se lier à Héliothrax, expliqua Alustin. Malheureusement, elle n'en a jamais accepté aucun. Quelques-uns sont parvenus à convaincre Astérion, mais, pour cela, il faudrait le localiser, ce qui n'est pas une mince affaire... Darsammeth me semble une piste plus raisonnable, mais il s'agit aussi d'une des entités les plus prisées par les démonistes... Quiconque en sait un minimum sur ce que tu es serait bien renseigné sur les pouvoirs d'un de ses adeptes. Éphyrus… Un choix audacieux, mais nous avons déjà une mage des tempêtes dans notre petite compagnie.

Pour ponctuer ce dernier commentaire, Alustin fit un geste à Sabae. En fin de compte, il semblait que seul Astérion pourrait convenir.

— Mais tu es en bonne voie, Hugues. Continue comme ça.

Il faillit demander quelle était exactement cette bonne voie, mais une fois de plus, Alustin changea de sujet.

— Talia, as-tu apprécié ta lecture, hier soir ?

— Vous m'avez donné un conte pour enfants, rétorqua-t-elle, l'air contrariée. Une fable pour marmots à propos d'un mage qui aide les enfants à dormir en brûlant leurs cauchemars avec une flamme qui n'existe que dans les rêves.

— Je reconnais que c'est loin d'être l'ouvrage le plus académique sur le sujet, mais c'est un début, non ?

Talia le fusilla d'un regard encore plus amer.

— Un début pour quoi ? Chanter des berceuses aux mioches ?

Alustin éclata d'un rire clair.

— Mais non ! Pour faire de toi une mage de bataille. Tes talents seraient gâchés, autrement.

— Et comment est-ce qu'un conte pour enfants est censé m'aider à…

Mais leur mentor avait déjà fait volte-face et leur tournait à nouveau le dos. Il se pencha de côté pour esquiver une grue de papier plié filant dans les airs. Hugues commençait à croire que, non seulement leur nouveau maître avait le sens du spectacle, mais qu'il prenait aussi un immense plaisir à ces démonstrations théâtrales.

— Voilà, mes chers apprentis. Ceci est le Grand Index.

De ce qu'Hugues pouvait voir, le Grand Index ressemblait à un simple tome aussi épais qu'un dictionnaire, ouvert sur un lutrin au bout d'une rangée d'étagères. Les pages étaient vierges et une plume reposait à côté d'un encrier, sur le rebord du pupitre.

Talia pointa le doigt le long de l'allée qui courait perpendiculairement aux rayonnages.

— Dites, Al, c'est pas un autre Grand Index, là, à même pas vingt mètres ?

Alustin esquissa une grimace renfrognée.

— J'ai beau préférer que vous ne m'appeliez pas « maître », je dois protester. « Al », c'est un peu trop familier. Mais je dois reconnaître avoir légèrement exagéré : il ne s'agit pas du Grand Index, mais d'un tome d'accès à ce dispositif. Le Grand Index lui-même est un mécanisme magique semi-conscient capable de référencer n'importe quel ouvrage dans cette bibliothèque. Du moins, tous ceux qui sont enregistrés ; il y en a un certain nombre qui passe entre les mailles du filet. On peut demander à l'Index de chercher des livres par titre, sujet, ou même contenu. Que dites-vous d'essayer, pour voir comment ça marche ?

— Vous avez des livres sur les archivistes fous ? ironisa Talia.

— Le songefeu, excellente suggestion, Talia ! répliqua Alustin d'un ton sarcastique.

Il trempa la plume dans l'encrier et écrivit « songefeu » en haut de la page qui se présentait à lui. Tout d'abord, rien ne se passa, mais au bout de quelques secondes, une liste commença à se matérialiser sur le parchemin, dans une calligraphie impeccable et facile à déchiffrer : des titres d'ouvrages, assortis de leur emplacement exact. Alustin attendit que le processus s'achève puis, avec un clin d'œil à ses disciples, arracha la page d'un coup de poignet souple.

Hugues, certain qu'un autre archiviste avait dû les entendre, se dit qu'ils allaient avoir des ennuis, mais Alustin resta devant le pupitre et écrivit deux sujets de recherche supplémentaires en haut des pages suivantes : « Harmonisation oniromantique » et « Manifestation onirique. »

Ensuite, il les traîna à travers l'étage, à la recherche des volumes figurant sur les listes produites par l'Index. Tout en les guidant dans le dédale des rayonnages, il commença à leur parler de ce qu'il appelait le songefeu.

— Bien qu'il s'agisse d'un conte assez cocasse, ce livre que je t'ai demandé de lire n'est pas le plus utile pour ce qui te préoccupe, Talia, et de loin. En réalité, le songefeu est un phénomène bien plus étrange et mystérieux. Cela a à voir avec la nature particulière de l'harmonisation onirique, qui compte parmi les affinités les plus versatiles qui soient. Tout d'abord, une telle magie peut servir à altérer et manipuler les rêves d'un individu endormi. Le songefeu décrit dans ce livre pour enfants est un exemple d'une technique élémentaire qu'on peut pratiquer avec de tels dons.

Il se saisit d'un ouvrage sur le sujet, l'examina, puis le replaça sur son étagère.

— Cela te sera probablement impossible, mis à part pour cette technique particulière du songefeu. Tes tatouages pyromantiques t'empêchent de canaliser l'oniromana, et donc d'influer sur les rêves – à moins, bien sûr, que tu ne souhaites faire rêver de flammes. Donc, je suppose que oui, en substance, je vais essayer de t'apprendre à purger les rêves des enfants de leurs cauchemars.

Alustin prit un autre volume et le tendit à Talia.

— Le deuxième usage de l'oniromancie concerne les sorts d'illusion, poursuivit-il. Il est bien plus ardu d'en créer en s'appuyant sur la magie des rêves que sur les enchantements de lumière, mais cela reste tout à fait possible. Dis-moi, Sabae, pourquoi ne t'entraînes-tu pas à canaliser le mana, comme je te l'ai demandé ?

Sabae sursauta, prise de court par le soudain changement d'interlocutrice. Tout comme Hugues, elle semblait parfaitement absorbée par les explications d'Alustin. Elle marmonna des excuses, puis laissa son regard errer dans le vide, tandis qu'elle s'efforçait de se concentrer sur les exercices de manipulation du mana prescrits par leur mentor.

— Les illusions du rêve paraissent souvent moins… concrètes que celles produites par photomancie, mais elles ont le potentiel de devenir beaucoup, beaucoup plus puissantes, et même d'acquérir une certaine consistance.

Il donna à Talia un nouveau volume, ainsi qu'un rouleau de parchemin.

— Ce qui nous amène au troisième usage de l'oniromana : la manifestation physique de fragments de rêve dans le monde éveillé. C'est une technique puissante et dangereuse, utilisable uniquement par les oniromanciens les plus expérimentés et déterminés. Normalement, il faut au moins une décennie de pratique avant de s'y essayer.

— Et alors, pourquoi est-ce que vous voulez que j'essaie tout de suite ? répliqua Talia.

— Eh bien, à cause de tes tatouages, de toute évidence.

Il lui passa un troisième livre.

— Mais, est-ce que ça ne risque pas de compliquer la, euh, l'invocation de rêves, justement ? hasarda-t-elle.

— La manifestation de rêves, la corrigea-t-il. Et oui, absolument, sans aucun doute. Mais il y a une exception notable.

Il se tourna vers elle, un large sourire aux lèvres.

— Le feu.

Talia le dévisagea quelques instants, avant de lui rendre son rictus jovial.

— Je vois qu'on se comprend enfin, Al.

Les coins de sa bouche retombèrent et il poussa un soupir désapprobateur.

— Alustin, s'il te plaît, la reprit-il. Cependant, je dois t'avertir, le songefeu manifesté se comporte très différemment d'une flamme ordinaire, et je n'ai aucune idée de la façon dont tes tatouages vont modifier le résultat, si ce n'est que ce sera certainement une tout autre paire de manches. Donc, si tu veux bien, abstiens-toi d'expérimenter avec ce genre de manifestations si je ne suis pas là pour te superviser.

Il ajouta deux grimoires supplémentaires à ceux que portait Talia. La pile commençait à prendre de la hauteur.

— Ça devrait suffire pour l'instant. Mais n'oublie pas : l'oniromancie n'est qu'une de tes affinités.

Il accorda un dernier coup d'œil aux pages arrachées, puis les jeta par-dessus son épaule. Avant même de toucher le sol, elles se plièrent d'elles-mêmes pour former des golems d'origami – une libellule, un corbeau et un serpent ailé – et repartirent à tire-d'aile en direction du tome d'accès à l'Index dans lequel il les avait prélevées.

— Elles vont se rattacher à leur tome d'origine une fois utilisées, expliqua Alustin, surprenant le regard curieux d'Hugues. Ça fait partie de l'enchantement de l'Index.

Il mena ses trois disciples à un autre tome, dans lequel il inscrivit une série de termes de recherche. Hugues parvint à lire

« *théorie basique des formules magiques* », « *architecture des formules* », « *incantation sans formules* », « *contrats de démoniste* » et « *stratification du mana* », entre autres.

— Pour Hugues, nous allons nous intéresser à deux types d'ouvrages. Tout d'abord…

Il lui tendit un premier livre.

— Divers guides théoriques sur les contrats de démoniste. Un peu aride, mais essentiel. Bien évidemment, je n'ai pas l'intention de t'apprendre immédiatement comment former un contrat à proprement parler. Par contre, j'ai quelque chose de beaucoup plus excitant à te proposer ! Tu vas étudier en profondeur la théorie basique derrière la construction des formules magiques !

De l'avis d'Hugues, rien de tout cela ne semblait particulièrement palpitant.

— Pour être franc, je crains que tu ne puisses simplement te rééduquer à injecter moins de mana dans tes formules, Hugues. Même si c'était purement inconscient, tu as passé les premiers stades, et les plus formateurs, de ton développement magique à déverser bien trop d'énergie dans chacun de tes sortilèges. Il est donc primordial de te permettre d'apprendre des formules capables de supporter ton débit de mana hors du commun.

Tout d'un coup, cela sonnait beaucoup mieux.

— Je pourrais te donner une bête liste de sorts à mémoriser, mais en fin de compte, cela ferait de toi un mage beaucoup moins polyvalent. Un peu comme la plupart des diplômés qui sortent des salles de classe de Fort-Céleste, pour être franc…

— Oh, vous savez, monsieur, je me contenterais bien d'être comme tout le monde, répondit Hugues.

Mis à part quelques fantasmes de devenir l'apprenti d'une dragonne légendaire, il disait vrai : se fondre dans la masse lui aurait parfaitement convenu.

— Alustin, lui rappela-t-il en lui déposant un lourd volume entre les bras. Arrête avec ces « monsieur ». Et il n'y a pas de quoi se réjouir d'être ordinaire. Non, nous allons plutôt faire en sorte que tu puisses improviser des sorts à la volée, afin de parer à toute éventualité.

Lorsque son maître eut achevé de constituer sa liste de lecture, Hugues commençait à craindre de finir écrasé sous le poids des livres. À côté de lui, Talia se donnait beaucoup de mal pour faire comme si sa pile d'ouvrages – aussi haute que la sienne – ne la gênait pas le moins du monde.

Alustin jeta une partie des pages du Grand Index qu'il avait en main par-dessus son épaule. Elles se plièrent en vol, elles aussi, et disparurent entre les rayonnages.

— N'aie crainte, Sabae, je ne t'ai pas oubliée. Pour toi, nous allons nous mettre en quête d'autres manuels pratiques traitant de deux sujets spécifiques : l'incantation sans formules et la stratification du mana.

Hugues ne connaissait aucun des deux termes, mais Sabae réagit vivement. Elle avait l'air scandalisée.

— L'incantation sans formules est réputée incroyablement dangereuse ! protesta-t-elle dans un souffle. On interdit formellement aux étudiants de s'y entraîner avant leur quatrième année au moins !

Cela suscita un petit ricanement chez Alustin.

— À moins que leur mentor les y autorise, si je ne m'abuse. Sais-tu pourquoi cette technique est proscrite ?

Sabae ouvrit la bouche pour répondre, mais ne trouva rien à dire.

— C'est quoi, cette histoire d'incantations sans formules ? intervint Talia.

— Il s'agit d'une façon de lancer des sorts sans s'appuyer sur le cadre des formules magiques. C'est plus rapide, plus puissant, et ça a malheureusement tendance à produire des sorts qui dégénèrent complètement, en particulier lorsqu'ils s'éloignent un peu trop de leur lanceur. Ça vous rappelle quelque chose ?

Sabae lui jeta un regard glacial.

— Donc vous espérez régler mon problème de portée des sorts en m'apprenant à jeter des sortilèges encore plus instables à distance ?

— Pas du tout, répliqua Alustin avec un sourire en coin. Je n'ai aucune intention de te faire jeter des sorts à distance.

La jeune femme aux cheveux blancs paraissait sur le point d'exploser de rage, mais il leva une main pour tenter de la calmer.

— Malheureusement, à cause de… cette histoire dont tu ne veux pas que je parle, il n'y a guère d'espoir que tu puisses un jour apprendre l'incantation à longue portée. Du coup, ça m'intéresse plus de faire de toi une mage de guerre efficace au corps-à-corps.

Outrée, Sabae leva les mains pour lui montrer le réseau de fines cicatrices irrégulières qui lui marbrait la peau.

— J'ai déjà essayé, monsieur. La foudre n'est pas faite pour le combat rapproché.

Il pinça les lèvres en un sourire espiègle.

— Mais tu n'étais pas encore mon élève.

Une lueur d'espoir passa brièvement sur le visage de Sabae, vite supplantée par un profond découragement.

— Même si vous parvenez à m'apprendre ces techniques, la magie de corps-à-corps ne sert à rien, monsieur. Le temps que je m'approche de mes adversaires, ils auront toutes les occasions de me bombarder de malédictions. Personne ne le fait, pour de très bonnes raisons.

— Alustin, s'il te plaît, pas besoin de continuer à m'appeler monsieur, insista-t-il une fois de plus. Et, quant à l'idée qu'il n'existe pas de mages qui se battent en première ligne, je crois qu'Artur Brisemurailles serait étonné de te l'entendre dire.

Sabae allait ajouter quelque chose, mais s'arrêta, pensive.

— Ce brave Brisemurailles possède une double affinité à la pierre et au métal, poursuivit Alustin. Il les combine sur le champ de bataille pour former autour de lui une armure quasi impénétrable, ainsi que pour enchanter cet énorme marteau qu'il traîne partout. Certes, il est capable d'employer ses affinités à distance, mais ne le fait pour ainsi dire jamais, puisque cela réduit grandement l'efficacité de ses sorts fétiches. Pour utiliser le mana de cette façon, il se sert d'une technique qui te sera indispensable : la stratification du mana.

Sur ces mots, il lui tendit quelques livres de plus, puis, avisant un volume qui devait l'intéresser à titre personnel, s'en empara et le glissa dans une de ses poches.

— La stratification du mana consiste à envelopper son propre corps de mana en couches concentriques extrêmement resserrées.

À terme, cela devrait te permettre de développer une armure magique comme celle d'Artur, et certainement d'accéder à diverses techniques de déplacement avancées, afin de couvrir plus facilement la distance entre toi et ton ennemi.

Alustin tira un volume d'une étagère, le tendit à Sabae, mais, après une seconde d'hésitation, le remit à sa place.

— Et d'ailleurs, ces techniques de canalisation à haute densité que je t'ai demandé d'étudier ? Elles complémentent extrêmement bien la stratification du mana et l'incantation sans formules.

Il jeta les quelques dernières pages qu'il avait en main. Celles-ci se changèrent en un vol d'oies de papier miniatures et s'envolèrent en formation.

— Ah, et vous voulez connaître le troisième secret d'Artur Brisemurailles ? Un entraînement physique et martial rigoureux. Ça, vous en bénéficierez grandement tous les trois.

Pour ce qui était de faire du sport, Hugues considérait que les piles de grimoires qu'il leur faisait porter comptaient déjà comme de la musculation.

Chapitre quinze

Alustin les escorta jusqu'à une table, dans un espace aménagé entre les rangées d'étagères, et leur ordonna simplement de commencer à lire, avant de leur apprendre qu'il reviendrait dans quelques heures.

Hugues, qui avait la sensation que ses bras allaient lâcher d'un instant à l'autre, s'empressa de poser sa pile de livres. Après quelques instants à masser ses muscles endoloris, il prit place et ouvrit un des grimoires.

Bien que dévoré de curiosité à propos des contrats de démoniste, il se força plutôt à commencer par un ouvrage sur l'architecture basique des formules magiques.

Tous les trois restèrent assis à lire en silence pendant près d'une heure, jusqu'à ce que Sabae referme soudainement son livre dans un claquement de pages.

— C'est comme ça que vous voulez passer les prochaines années ? lança-t-elle en les dévisageant froidement. Qu'on se contente de s'ignorer en silence, comme si de rien n'était ?

— Ouais, ça me va, rétorqua Talia d'un air mauvais.

Hugues plaça un autre volume dans le tome qu'il consultait, en guise de marque-page, et releva la tête. Cependant, il se dégonfla vite et rebaissa les yeux vers la table.

— On est coincés ensemble, autant essayer de tirer parti de la situation, non ? suggéra Sabae.

Talia la foudroya encore du regard quelques instants, puis poussa un soupir excédé.

— Bon, d'accord. Qu'est-ce que tu proposes ?

Elle donnait l'impression de se moquer complètement de ce que l'autre jeune fille avait à dire.

— Eh bien… hasarda Sabae. Pourquoi ne pas commencer par des présentations en bonne et due forme ?

Cela suscita chez Talia un ricanement sec.

— Dit celle qui nous a bien fait comprendre qu'elle n'avait aucune intention de nous parler d'elle…

La rousse se tourna vers Hugues.

— Alors, et toi, le petit berger ?

Hugues s'empourpra, à mi-chemin entre la gêne et l'irritation.

— Je ne suis pas un berger, marmonna-t-il.

Il rouvrit son manuel et se détourna ostensiblement. Pendant quelques minutes, ils restèrent silencieux. Cependant, de toute évidence, aucun d'entre eux ne tournait les pages de son livre.

Finalement, Sabae reprit la parole.

— Ma quatrième affinité, c'est la guérison.

Hugues et Talia relevèrent tous les deux la tête, stupéfaits.

— Quoi ? lâcha cette dernière.

— Ma quatrième affinité est la guérison, répéta Sabae.

Sa phrase demeura en suspens pendant quelques instants de silence.

— Pourquoi est-ce que tu voudrais cacher ça ? finit par lancer Talia. C'est carrément utile, comme affinité !

Hugues non plus n'avait aucune idée de ce qui pourrait la pousser à dissimuler un tel don. À sa connaissance, le seul endroit où l'on se méfiait des guérisseurs était Emblin, et ces gens-là se méfiaient de tous les magiciens.

Sabae hésita quelques secondes.

— Depuis des siècles, ma famille protège la cité portuaire de Ras Andis. Chaque génération produit des katamanciens d'élite dont le rôle est de défendre la ville contre les tempêtes et les invasions. Ma mère, Andia Kaen Das, est très puissante, même comparée aux autres membres de la dynastie. À cause de fiançailles arrangées alors qu'elle était enfant, elle s'est vue promise à l'héritier d'une grande lignée de mages océaniques. Ils s'attendaient à ce qu'elle se plie à la volonté de ses aînés, mais…

Ses lèvres se plissèrent en un infime sourire.

— Ma mère est aussi l'une des femmes les plus têtues qui soient. Plutôt que d'accepter son mariage avec le fils de ces thalassomanciens, elle s'est enfuie avec mon père, un humble guérisseur. Pendant des années, toute sa famille a refusé de reconnaître leur union, même après ma naissance. Ils nous ont exilés de leur domaine, mais je garde des souvenirs joyeux de cette époque. Mon père était un homme bon. On était heureux. Il avait une petite clinique en ville, et notre maison se trouvait dans les collines, au-dessus. Les gens payaient ce qu'ils pouvaient, quand ils pouvaient. Les plus démunis l'appréciaient beaucoup. Ma mère, plutôt que de faire de la concurrence aux manieurs de tempête de la dynastie, a préféré se limiter aux enchantements d'eau. Elle aidait à purifier et entretenir les puits laissés à l'abandon par le bourgmestre. Les associations de citoyens ne payaient pas beaucoup, mais ils faisaient de leur mieux pour la dédommager. On ne vivait pas dans le luxe, mais on ne manquait de rien.

Elle marqua une pause solennelle.

— Puis, la mort bleue est arrivée à Ras Andis. Un galion dont l'équipage était infecté a fait escale en ville et les autorités n'ont pas réagi à temps pour les placer en quarantaine. En quelques semaines, la pandémie s'est répandue dans toute la ville, en particulier dans les quartiers pauvres…

— C'est quoi, la mort bleue ? questionna Talia.

Sabae demeura silencieuse quelques secondes.

— On vomit, on développe une forte fièvre. On a mal partout. Puis la température du corps chute. Les gens meurent comme s'ils étaient sortis en plein blizzard, même au milieu de l'été, dans une des villes les plus au sud d'Ithos.

Elle joua du bout du doigt avec le rebord de quelques pages.

— Mon père est mort en essayant de soigner les nécessiteux. Il aurait pu stopper la progression de la maladie chez lui, mais pour cela, il aurait dû arrêter de guérir ses patients, par manque de mana. J'ai perdu beaucoup d'autres membres de ma famille, et les survivants ont fini par supplier ma mère de rentrer. Au début, elle a refusé. Elle pensait qu'ils ne lui demandaient de revenir qu'à cause du décès de mon père. Mais quelque chose s'est brisé en elle, quand il est mort. En fin de compte, ils nous ont accueillies à bras ouverts. J'avais huit ans.

Elle soupira.

— Ils ne m'ont jamais maltraitée. Si l'on considère que j'étais une enfant bâtarde qu'ils n'avaient encore jamais rencontrée, ils se sont comportés décemment avec moi. Comme si j'avais toujours fait partie de la famille. Je me suis souvent sentie en décalage avec eux, à cause de leur richesse, mais on m'a toujours traitée avec patience et bonté. Je pense qu'au fil des ans, ils en étaient venus à regretter d'avoir banni ma mère. Cela faisait certainement des années qu'ils voulaient lui demander de rentrer, mais ils n'en avaient pas trouvé le courage, jusqu'à ce que la tragédie de cette épidémie nous frappe tous. Elle a fini par se lasser de la vie au domaine familial. Elle a commencé à accepter des contrats de navigation, pour guider des flottes marchandes jusqu'à bon port à travers des mers déchaînées. Je ne la voyais plus que rarement, et jamais plus d'une semaine ou deux à la fois.

» Quelques années plus tard, mes pouvoirs se sont manifestés. Ma famille a d'abord exprimé de l'enthousiasme. En plus de ma capacité à guérir, ils espéraient que je développerais une ou deux des affinités dynastiques. C'est rare que les enfants héritent de tous les dons de leurs parents. Moi, j'avais les trois, et je savais soigner. Bien sûr, ma malédiction n'a pas tardé à apparaître. Ils ont fait tout ce qui était en leur pouvoir pour m'entraîner et m'apprendre à projeter ma magie hors de mon corps, mais toutes les tentatives se sont soldées par des échecs. Même ma mère, lors d'une de ses rares visites, n'a rien pu pour moi.

» Ils ne m'ont jamais accusée ni punie, mais je me rendais bien compte qu'ils considéraient que c'était la faute de mes parents. Ils en voulaient à mon père d'avoir pollué le sang des Kaen Das. Le pire, c'est qu'ils avaient raison. Presque tous les guérisseurs sont incapables de jeter des sorts à distance. Cela leur confère un plus grand degré de contrôle à courte portée et la plupart d'entre eux ne voient pas cela comme un handicap… En tant que katamancienne, cela fait de moi un rebut.

» Ils m'ont envoyée à Fort-Céleste dans l'espoir de trouver une solution, et l'académie a volontiers offert son aide. Jusqu'à maintenant, aucune école magique n'avait jamais entraîné un des nôtres. J'espère que vous comprendrez que je ne cherche pas à être arrogante quand je dis que c'est une opportunité en or, pour eux. Je suis la première Kaen Das à étudier les arts ésotériques hors de ma famille, et certainement la dernière. Non pas que j'aie réellement l'étoffe d'une Kaen Das. Depuis que je suis arrivée ici, aucun de mes professeurs n'est parvenu à m'aider, d'une manière ou d'une autre. Alors, ils ont pris leurs distances, pour que mon échec n'entache pas leur réputation. Certains élèves ont essayé de rentrer dans mes bonnes grâces, mais il n'y a que la richesse et la renommée de ma dynastie qui les intéressent. Quelques instructeurs ont bien tenté de m'enseigner les arts curatifs, mais la magie de guérison est ce qui a fait ma perte en tant que katamancienne. Je refuse de me déshonorer davantage en suivant cette voie.

Un silence lourd pesa sur les trois jeunes gens pendant un moment.

— Je suis sûre que, dans quelques années, ça va te faire un bien fou de leur mettre le nez dedans avec tes nouveaux pouvoirs, remarqua finalement Talia d'un air goguenard.

Sabae cligna des yeux, décontenancée par son rictus, mais laissa l'ombre d'un sourire passer sur ses traits. Hugues aussi sourit, mais baissa la tête vivement lorsqu'il vit le regard des deux filles se poser sur lui.

— J'avais complètement perdu espoir, avant de rencontrer maître Alustin, ajouta Sabae. S'il est capable de nous apprendre ce qu'il nous a promis…

— N'écartons pas la possibilité qu'il soit totalement cinglé, se gaussa Talia.

Hugues se sentit le courage de tenter un trait d'esprit.

— L'un n'empêche pas l'autre, non ?

Ses deux condisciples étouffèrent un petit rire, et Hugues esquissa un sourire. Encore une fois, le silence retomba, jusqu'à ce que Talia le brise à nouveau.

— Bon, je suppose que c'est mon tour, c'est ça ?

Chapitre seize

L'histoire de Talia

— Le clan Castis est loin d'être le plus grand des clans nordiques des monts Percenuages, commença Talia. En fait, c'est même un des plus petits. On n'est ni les plus riches, ni les plus anciens, ni les mieux placés. Par contre, on fait pas plus redoutables. Le clan Castis a livré mille batailles et en est toujours sorti vainqueur.

Elle leur adressa un sourire carnassier, avant de se reprendre.

— Enfin, presque toujours.

Hugues doutait qu'il s'agisse d'une exagération. Les clans montagnards du nord étaient connus pour leur amour de la guerre et leurs interminables disputes territoriales. Ils ne cessaient jamais de mener des raids entre clans rivaux et s'attaquaient fréquemment aux nations voisines, qui finissaient généralement par décider qu'il valait mieux leur verser un tribut annuel plutôt que de s'acharner à tenter de les combattre sur leurs propres terres. Non pas que certains ne s'y soient pas essayés, mais même l'empire ithonien avait échoué à les soumettre.

— Notre gloire, on la doit à deux choses. D'abord, on n'a pas notre pareil pour commander au feu. Près de la moitié des membres de la tribu sont des pyromanciens. La plupart sont faibles, mais à chaque génération, y en a une poignée de beaucoup plus puissants. Et puis, quand y en a des dizaines, même les mages de feu les plus faibles sont des adversaires terrifiants. Nos sorciers sont pas très versatiles, mais avec le feu, pas besoin de faire dans la dentelle.

» À chaque génération, un des maîtres des flammes les plus puissants est élu chef de guerre. Ça se joue pas nécessairement à la force brute ; les anciens jugent aussi les candidats selon leur sagesse, leur courage et plein d'autres qualités. Le chef de guerre dirige le clan uniquement à la bataille, mais comme on n'arrête pas de se battre…

À cette pensée, elle découvrit encore les dents en un rictus sauvage.

— Mon père, comme sa mère avant lui et son père avant elle, a été élu chef de guerre. C'était le deuxième plus puissant mage de feu de sa génération. Sa principale rivale pour le titre, c'était ma mère. Elle était bien plus puissante que lui, mais en fin de compte, ce qui lui a coûté la place, c'était qu'elle était trop petite et trop colérique.

Son sourire s'élargit de nouveau à cette pensée.

— Elle lui en a voulu pendant des années, à cause de ça. C'est quand même lui qui a dû prouver sa valeur au combat, encore et encore, avant qu'elle l'autorise à lui faire la cour !

» Moi, je suis la cadette de sept enfants. Tous mes frères sont des maîtres des flammes. En fait, y en a même qui sont plus puissants que nos parents. Depuis qu'ils ont commencé à aller à la guerre, notre territoire a bien grandi. Je suis sûre que ce sera un d'eux, le prochain chef de guerre. Et puis, il y a moi…

» Mes parents voulaient une fille depuis toujours. Si j'avais voulu, ils m'auraient choyée, mais j'ai jamais aimé les jouets et les rubans. Dès que j'ai su marcher, j'ai commencé à me battre avec les autres enfants et à explorer la montagne.

Cette déclaration semblait l'emplir de fierté.

— Mes parents s'attendaient à ce que je sois au moins aussi puissante que mes frères. Du coup, ils ont demandé aux anciens de la tribu de me tatouer en avance.

Elle remonta ses manches, pour révéler davantage de tatouages. C'étaient très clairement des formules magiques, mais bien plus complexes que celles qu'Hugues avait pu étudier.

— Ces tatouages, c'est la deuxième raison du succès de mon clan. De génération en génération, on a toujours étudié ces motifs, et on continue d'expérimenter pour les perfectionner. On a tenté de les tracer de tellement de manières, avec tellement d'encres et de variations différentes qu'on en a perdu le compte. Les ancêtres ont demandé conseil à des enchanteurs, des maîtres du feu étrangers, d'autres clans qui pratiquent le tatouage rituel… Il y a quelques générations, un des aïeuls de ma mère a même vogué jusqu'à un autre continent et appris les secrets d'une tribu dont les gens se font des tatouages qui permettent de commander aux vents.

» Les nôtres décuplent la puissance de notre affinité au feu, bien au-delà de ce que nos techniques d'entraînement ancestrales confèrent. En plus, on devient presque insensibles aux flammes et à la chaleur. Ça fait de nous les pyromanciens les plus redoutables du monde. Même les membres de la tribu qui ne sont pas mages portent des formules tatouées qui les rendent encore plus résistants que nos sorciers.

— Comment ça se fait ? s'étonna Sabae.

Talia baissa les bras et secoua la tête, l'air navré.

— Si on inscrit trop de formules de résistance au feu dans la chair d'un mage, ça interfère avec ses capacités.

Elle devint plus pensive.

— Mais c'est pas le seul effet des tatouages. Ils bloquent les autres affinités magiques. Non pas qu'il y ait beaucoup de mages qui manient autre chose que le feu dans notre clan, mais il arrive que certains se marient avec des membres d'autres tribus. D'habitude, ça pose pas de problème ; ils peuvent pas utiliser leurs autres affinités, mais il leur reste toujours le feu.

» Par contre, moi, mes parents ont décidé de me faire tatouer avant que je manifeste mes pouvoirs. Normalement, plus on s'y prend tôt, plus l'affinité au feu est renforcée. Tatouer avant même qu'elle se développe produit les meilleurs résultats. Mais y a peu de parents qui sont prêts à prendre le risque ; si l'enfant est pas un mage, c'est du gâchis. En plus, sa résistance au feu ne peut plus être augmentée. Mais avec deux parents et six frères qui faisaient tous partie de l'élite du clan ? Tout le monde se disait que c'était couru d'avance. Comme si ça suffisait pas, ils ont demandé aux anciens de dessiner les formules les plus complexes et les plus puissantes jamais conçues par notre tribu. Elles auraient même pas fonctionné si elles avaient été tatouées après mon éveil magique.

Talia se renfrogna quelque peu, tout en poursuivant son récit.

— Et puis, mes véritables pouvoirs sont apparus. Les os et les rêves ; vraiment nulles, comme affinités. Mon père était furieux. Il a accusé ma mère de l'avoir trompé avec un homme d'une autre tribu. Ils se sont tellement disputés qu'ils ont fait partir en fumée plusieurs acres d'alpages et de forêt. En fin de compte, les devins ont confirmé que j'étais bien sa fille…

Sa bouche se tordit en un rictus amer.

— Après ça, il a dormi avec les chiens et les chèvres pendant des semaines, avant qu'elle l'autorise à partager le même lit. Pour se passer les nerfs, il a mené un tas de raids.

» Mes parents et les anciens de la tribu ont sillonné la montagne en quête de réponses ; mes frères ont chacun visité une nation différente, pour consulter leurs plus grands sages. Ils sont tous rentrés bredouilles, un par un, jusqu'à ce qu'il n'y ait plus que l'aîné qui manque à l'appel. Au solstice d'hiver, des mois après son départ, il est enfin revenu. Il rentrait de Fort-Céleste, avec la garantie que l'académie m'accepterait. Le message ne précisait pas s'ils pourraient régler mon problème, mais ça restait un espoir. C'est la première fois que le clan Castis envoie un de ses enfants étudier dans une grande académie de ce genre. On a toujours refusé de vouer allégeance à une nation ; heureusement, Fort-Céleste est indépendant.

Son expression s'assombrit encore.

— En arrivant ici, je me suis rendu compte que les élèves et les professeurs m'ignoraient et me regardaient de haut. Qu'ils me prenaient pour une barbare inutile. Y en a même plein qui disaient que j'étais illettrée, alors qu'ils pouvaient bien voir que je sais lire !

Son regard noir fila rapidement entre Hugues et Sabae.

— Comme s'il y avait autre chose à faire que lire et raconter des histoires, quand l'hiver, on est forcés de se calfeutrer dans nos maisons longues et nos chalets !

» Et puis, visiblement, les membres de la faculté avaient pris mon frère à la légère. Ils se disaient que mes problèmes seraient vite réglés par n'importe qui, à condition que ce soit pas un sauvage sans éducation. Quand ils ont réalisé leur erreur, ils ont jeté l'éponge, plutôt que de risquer d'admettre qu'ils s'étaient trompés. Alustin est le premier que j'aie rencontré ici qui m'a proposé autre chose que des excuses d'hypocrite. Pour être franche, avant qu'il me sélectionne pour l'Initiation, j'avais l'intention de m'enfuir d'ici.

Chapitre dix-sept

L'histoire d'Hugues

Le silence retomba sur le trio, puis les deux filles se tournèrent vers Hugues, qui réalisa qu'elles s'attendaient à ce qu'il raconte sa propre histoire. Ses joues devinrent brûlantes et il se sentit virer au rouge. Son regard devait traduire la panique la plus totale.

Sabae sembla le prendre en pitié.

— Prends ton temps, Hugues. On ne mord pas.

Elle adressa un regard lourd de sens à Talia, qui l'ignora complètement. La petite rousse fixait Hugues avec une intensité non dissimulée.

— Je... te dois des excuses, Hugues, finit-elle par dire. Je me suis mal comportée avec toi. Avec vous deux, en fait. T'as rien fait pour mériter ça.

Bien évidemment, elle avait formulé ces excuses avec dans le regard une flamme qui semblait les mettre au défi de les refuser.

— Ne t'en fais pas, la rassura Sabae. Avec ce que tu viens de nous dire, je comprends que tu sois en colère.

— Merci, ajouta Hugues à mi-voix.

Il parvint à fixer Talia droit dans les yeux, juste le temps de prononcer ce mot, mais se détourna bien vite, incapable de soutenir le regard de la jeune barbare. Elle parut se détendre quelque peu.

Hugues, en revanche, se crispait de plus en plus face au regard de ses deux collègues. Elles semblaient vraiment curieuses d'écouter ce qu'il avait à dire.

Mais les histoires de Sabae et de Talia sonnaient comme des scénarios de roman ; elles avaient le genre de passé dont on fait des légendes héroïques. Hugues, lui... Sa vie n'avait aucun intérêt. C'était inconcevable qu'on puisse...

Réalisant qu'il succombait à la panique, il s'efforça de se recentrer et prit quelques profondes respirations pour se calmer. Puis quelques-unes de plus. Allez, plus qu'une longue inspiration…

— Je… balbutia-t-il. Je n'ai aucun mage dans ma famille. Pas de lignée glorieuse ou de généalogie. Juste des gens simples. On vivait à Valcèdre, un petit village de montagne d'Emblin, au milieu de la forêt. Mon père dirigeait la scierie, ma mère était la fille d'un commerçant de bois. Des gens simples, quoi. Pas vraiment riches, même si on était bien lotis par rapport au reste de Valcèdre.

Il leva les yeux et esquissa un sourire gêné.

— Mais comme il n'y a guère plus de quatre cents âmes dans le village et aux environs… pas vraiment de quoi se vanter.

Hugues s'arrêta quelques instants, plongeant de nouveau le regard dans les volutes du bois pour rassembler ses pensées. Du coin de l'œil, il vit Talia ouvrir la bouche et Sabae la faire taire d'un « non » de la tête.

— Quand j'avais dix ans, notre maison a brûlé. Mon père a dû me porter dehors pour me sauver de l'incendie, mais quand il est re-rentré pour aller chercher ma mère et ma sœur, le toit s'est effondré.

Muet de tristesse, il demeura silencieux un moment.

— Le frère de mon père et sa femme m'ont accueilli. C'étaient des bergers. Ils avaient déjà huit enfants. Mon oncle a vendu la scierie. Ils auraient dû en retirer de quoi m'élever confortablement, mais ils n'arrêtaient pas de se plaindre que ça coûtait trop cher, et que j'étais un fardeau.

Son ton se fit plus amer.

— Dès que ça me concernait, ils faisaient tout ce qu'ils pouvaient pour économiser le plus possible. Je n'avais le droit de porter que les habits usés de mes cousins. À table, ils mangeaient tous avant moi. Ils voulaient que je les aide avec les troupeaux, et j'y mettais de la bonne volonté, mais ils n'ont jamais pris la peine de m'apprendre quoi que ce soit ou de m'aider. Et puis, j'ai toujours été petit, pour mon âge. Rapidement, ils m'ont bien fait comprendre que je ne valais rien comme berger. Quand on se disputait, avec mes cousins, leurs parents prenaient toujours leur parti. On vivait loin de la ville, et je n'avais personne d'autre avec qui jouer. Du coup, je passais le plus clair de mon temps à me promener dans les bois.

» Je ne pense pas qu'ils cherchaient à être cruels ou négligents. Ils avaient simplement trop de travail pour s'occuper de moi. La plupart du temps, ils préféraient que je ne reste pas dans leurs pattes. Dès que mes pouvoirs sont apparus, ils m'ont expédié à Fort-Céleste. À Emblin, les gens se méfient de la magie et sont très fiers de n'avoir aucun sorcier chez eux. Mon oncle et ma tante m'ont fait comprendre que j'avais intérêt à ne pas revenir. Je n'ai plus reçu aucune nouvelle.

» Et depuis que je suis ici… c'est… je… bredouilla-t-il avant de souffler longuement, pour calmer les sanglots qui menaçaient de le déborder. Personne ne veut fréquenter un bouseux infoutu de jeter le moindre tour de magie. Je suis juste bon à faire rire les gens. Plusieurs professeurs ont essayé de m'aider, mais à part Alustin, ils ont tous abandonné parce que je leur faisais perdre leur temps.

Hugues était essoufflé. Cela faisait des années qu'il n'avait pas autant parlé. Une fois son histoire commencée, il n'avait pas trouvé la force de lever les yeux. Il savait déjà que les deux filles devaient le mépriser, après avoir dû supporter un récit de misère champêtre chez les ploucs aussi pathétique.

Le silence s'éternisa. Il se sentit rougir à nouveau, sans pour autant oser redresser la tête. Enfin, la voix de Talia troubla la quiétude de la bibliothèque.

— Hugues.

Bien contre son gré, il releva le menton. Sabae le contemplait d'un air navré, mais Talia le fusillait d'un regard absolument outré. Devant sa colère, il sentit ses joues s'empourprer encore plus et se tassa dans sa chaise.

— Ta famille ne vaut pas l'eau qu'ils boivent, cracha Talia. Ceux qui traitent comme ça quelqu'un de leur sang qui est dans le besoin sont des serpents sans honneur et j'aimerais les voir tondus avec leurs fichus moutons ! J'imagine que c'est déjà dur de les différencier…

Hugues la dévisagea, bouche bée, médusé. Sabae le regardait d'un air un peu interloqué. Bien vite, elle se reprit, adopta une expression plus résolue et lui fit un signe de tête.

Il les considéra tour à tour pendant quelques secondes, puis éclata d'un rire nerveux. Tout ça n'avait rien de vraiment comique, mais il avait accumulé une telle tension tout au long de son récit qu'il ne pouvait s'en empêcher. Toute autre réaction que du mépris lui était si étrangère… Alors que quelqu'un se mette en colère pour son compte ?

Les deux filles se contentèrent de le fixer, incrédules, tandis qu'il se tenait les côtes. À un moment, il essaya de s'arrêter pour leur expliquer, mais s'esclaffa de plus belle. Les larmes lui montaient aux yeux. Au bout de quelques secondes, la façade inébranlable de Sabae glissa quelque peu et elle s'autorisa un petit gloussement.

Talia les fusillait tous deux du regard, ce qui ne fit que décupler leur hilarité. Elle semblait sur le point de les invectiver, mais en ouvrant la bouche, elle ne put s'empêcher d'exploser de rire, elle aussi.

Alustin arriva quelques instants plus tard et les trouva tous les trois dans les affres d'une crise de fou rire incontrôlable. Talia se tordait tellement qu'elle était tombée de sa chaise. Pour la première fois, ils virent une expression de surprise se peindre sur les traits de leur mentor.

Il n'en fallait pas davantage pour les faire rire avec encore plus d'entrain.

Chapitre dix-huit

La routine

Par la suite, Hugues commença à s'installer dans une nouvelle routine. Il débutait ses journées aux aurores, avec un petit-déjeuner frugal. Ensuite, c'était l'heure de la gymnastique matinale. Alustin ne plaisantait pas, quand il parlait d'entraînement physique intense ; non content de leur assigner des exercices destinés à développer leur force physique, il insistait pour leur faire courir de véritables marathons sur les pistes des salles d'entraînement les plus vastes. La chose n'en était que plus pénible, car il les accompagnait tout au long de ces exercices d'endurance, en leur dispensant des leçons à propos de sujets aussi variés que la nature de l'Éther, leurs propres affinités ou l'utilité des tours de magie (et l'usage terriblement limité, à son avis, qu'en faisaient la plupart de ses collègues). Bien évidemment, il exigeait d'eux qu'ils prêtent attention à tout ce qu'il disait et lui posent des questions, même à bout de souffle.

Puis, ils allaient se changer pour assister à leurs cours d'histoire et de mathématiques. D'ordinaire, Hugues n'avait aucun problème avec les maths – en fonction des sujets, il était plutôt bon, voire excellent. Cependant, l'état d'épuisement physique dans lequel il arrivait aux cours n'aidait en rien à sa concentration et il s'assoupit en classe plus d'une fois. Mais, là où, par le passé, il serait resté endormi jusqu'à ce qu'un professeur le rappelle à l'ordre, Sabae ou Talia le réveillait à coup sûr – la première avec plus de douceur que la seconde. Quand elles piquaient du nez, il leur rendait la pareille de bon cœur.

Ensuite venait l'heure du déjeuner. Ils étaient souvent trop fatigués pour discuter longuement, mais Hugues appréciait leur compagnie. Difficile de savoir si elles le considéraient comme un ami ; en tout cas, elles ne semblaient pas s'offusquer de sa présence.

L'après-midi, leur instruction magique commençait. Hugues étudiait les principes de construction basiques des formules magiques jusqu'à rêver de formes géométriques dans son sommeil, mais à son grand dépit, il n'apprenait pas encore de sorts. Malgré les promesses d'Alustin, il n'avait pas vraiment l'impression de progresser en tant que mage.

Il existait cependant une exception notable à son découragement : les sceaux. Alustin lui avait ordonné de lire tome après tome sur la création de ceux-ci, tant sur la théorie que la pratique, et il accompagnait chacune de ces lectures d'un cours particulier. Hugues avait amplement l'occasion de pratiquer : désormais qu'il savait tracer des sceaux destinés à le protéger des attaques physiques, Alustin se faisait un plaisir de les mettre à l'épreuve en jetant grimoires, crayons, et tout ce qui lui passait sous la main en direction de son disciple.

Il se mit aussi à exiger qu'Hugues apprenne à construire ses sceaux de plus en plus vite, ne lui laissant fréquemment que quelques instants pour préparer un cercle de protection sommaire avant de commencer à le bombarder de projectiles improvisés. Hugues prit l'habitude de toujours avoir quelques craies dans les poches, pour être en mesure d'en tracer un à tout moment.

Enfin, il continuait de parcourir les pages de l'énorme Bestiaire de Galvachren. À sa grande déception, très peu des créatures qu'il sélectionnait se voyaient ratifiées par Alustin. Pour l'instant, sa liste ne comportait que trois entrées : Astérion, l'esprit de minotaure céleste ; Uolos, un immense serpent de glace du Grand Nord ; et Dagan du Pinacle, le fantôme d'un guerrier tombé des siècles auparavant en défendant un étroit col de montagne contre des monstres sauvages, gardien éternel du lieu de son trépas.

Alustin n'avait fourni à Hugues aucun indice quant à ce qu'il attendait de lui, tout en laissant sous-entendre qu'à l'été prochain, il comptait les emmener tous les trois hors de Fort-Céleste. Le voyage lui donnerait l'occasion de signer un contrat, et servirait à Alustin à mettre ses trois disciples à l'épreuve.

Sabae et Talia suivaient elles aussi un cursus personnalisé et apprenaient en plus un vaste éventail de tours de magie. De toute évidence, leur maître raffolait de ces derniers. Sabae passait des heures tous les jours à pratiquer les techniques de condensation et de stratification du mana qu'il lui avait prescrites. Dès qu'elle fut capable d'appliquer l'une et l'autre séparément, il lui ordonna de s'entraîner à faire les deux en même temps. Hugues s'habitua aux vents concentriques qui soulevaient des tourbillons de poussière autour de sa silhouette et aux détonations occasionnelles, lorsqu'elle perdait le contrôle de son mana. La grande fille aux cheveux blancs n'avait pas encore attaqué l'incantation sans formules, mais Alustin lui faisait étudier la théorie et lui assignait divers exercices mentaux afin de s'y préparer.

Comme si cela ne suffisait pas, sa formation martiale était encore plus intense que celle d'Hugues et Talia, et elle passait parfois des jours entiers sous la tutelle d'Artur Brisemurailles. Le mage de bataille était ravi d'avoir une partenaire d'entraînement pour son fils, mais Sabae se mesurait aussi à divers gardes, aventuriers itinérants venus chercher fortune dans le Labyrinthe et autres guerriers vétérans. Elle devait se familiariser avec toutes sortes de techniques de combat, pour la plupart à mains nues, mais elle apprit aussi à manier un vaste éventail d'armes, selon les styles de nombreuses écoles, pour savoir comment réagir face à un adversaire armé.

Alustin avait bien tenté de la convaincre de développer son affinité pour la guérison et de s'harmoniser, mais ses efforts se heurtaient à un mur. Sabae refusait catégoriquement d'explorer cette partie de ses pouvoirs. Elle avait beau s'être enfin formée à la magie de guerre, elle semblait encore placer la faute de son incapacité à suivre les traditions de sa famille sur cette affinité.

Quant à Talia, son entraînement consistait principalement à méditer pendant des heures et des heures, pour tenter de manifester le fameux songefeu. Au début, Hugues ne réalisait pas à quel point l'oniromancie était une discipline rare et complexe à maîtriser, même sans considérer le handicap de Talia. Apparemment, à Fort-Céleste, les mages harmonisés avec le pouvoir des rêves se comptaient sur les doigts d'une seule main. En général, les professeurs s'efforçaient de décourager les novices dotés d'une telle affinité de l'entretenir s'ils disposaient d'autres options. Parmi ceux qui choisissaient cette voie, un certain nombre n'y survivaient pas. Manifestés, les rêves ne perdaient en rien de leur nature chaotique et imprévisible, et une épée onirique pouvait très bien se changer en serpent et mordre son porteur d'un moment à l'autre. Contrôler la forme de ces fragments de rêves tangibles nécessitait une force de volonté hors du commun.

Pour l'instant, elle n'y était parvenue qu'en de rares occasions. Une fois, la flammèche onirique qu'elle avait invoquée s'était changée en essaim d'insectes mordeurs qui les avaient tous les trois couverts de piqûres (Alustin, bien évidemment, s'en était tiré indemne.) Une autre fois, les flammes avaient gelé en l'air, chutant au sol avant d'éclater en mille fragments aussitôt évaporés. Lorsqu'elle parvenait, exceptionnellement, à manifester du songefeu stable, celui-ci possédait une apparence lugubre et rayonnait d'un éclat vert-mauve irréel projetant des ombres changeantes qui se tordaient en volutes inquiétantes.

Son travail sur les projections oniriques progressait plus rapidement, mais les résultats ne s'avéraient guère probants. Ses illusions prenaient invariablement la forme générale de flammes, mais constituées d'images dansantes d'autres objets : fragments de chevaux, arbres, dragons… Talia ne semblait pas destinée à une grande carrière d'illusionniste.

Malheureusement, Alustin n'avait pas encore découvert de moyen de mettre à profit son affinité avec les os. Il avait bien évoqué quelques pistes prometteuses, mais rien de concret. L'oniromancie, hautement versatile, s'adaptait plus aisément aux méthodes de contournement des limitations imposées par ses tatouages que l'ostéomancie, plus directe et pragmatique.

Le soir, Hugues dînait seul, dans le réfectoire annexe. Une fois de retour dans sa tanière, il passait généralement un peu de temps à parcourir les lectures assignées par Alustin, ainsi que le bestiaire, mais il lui arrivait aussi de s'écrouler sur son lit immédiatement après avoir franchi la porte.

CHAPITRE DIX-NEUF

JOUR DE REPOS

Kleteletet, le Serpent-nuage : Kleteletet est un serpent long d'une douzaine de mètres, entièrement composé d'une brume de poison tangible, qui rôde dans les jungles du sud-est d'Ithos. Il ne se montre que lors des nuits sans lune. Ses victimes agonisent pendant des heures, incapables d'échapper à ses entrailles alors même qu'il les digère vivantes. Leurs hurlements s'entendent à des lieues à la ronde.

AUCUNE CHANCE QU'HUGUES ajoute Kleteletet à sa liste.

Chaque quindi, tous les élèves avaient droit à un jour de repos. Après l'entraînement éreintant imposé par Alustin, Hugues en avait bien besoin et il s'imaginait que les autres aussi. En général, il passait son temps à lire dans sa chambre secrète, au dépôt. Il cherchait encore une entité à laquelle se lier.

Tétragnathe : Tétragnathe est une conscience collective dont l'esprit est réparti entre des millions d'araignées dont les toiles recouvrent entièrement de vastes portions de la forêt d'Aïto, à Tsarnassus. Les profondeurs de ce labyrinthe de soie filée abritent supposément une flore magique d'une grande rareté, très prisée par les alchimistes. Rares sont ceux à ressortir vivants de ces bois, mais pour se débarrasser de Tétragnathe, il faudrait brûler ses toiles, ce qui menacerait de détruire ces plantes inestimables. De plus, Tétragnathe ne manifeste aucun désir d'étendre son territoire, ce qui rend sa présence plus tolérable que celle d'autres entités de puissance similaire.

La présence d'un nombre étonnant de créatures dérivées des araignées dans le Bestiaire de Galvachren ne lui avait pas échappé ;

visiblement, les arachnides magiques développaient fréquemment les pouvoirs et l'intelligence nécessaires pour y mériter leur propre article. Ou peut-être qu'Hugues était juste tombé sur la section qui contenait le plus d'araignées. Difficile à dire, vu le rythme auquel s'opéraient les mises à jour du livre ; Galvachren ajoutait des articles presque tous les jours et déplaçait constamment des pages, voire des sections entières, selon une organisation qui ne semblait répondre à aucune logique précise.

Chélys Mot, le Trembleterre : Chélys Mot est une tortue colossale à la carapace large de près d'une trentaine de mètres, d'un bord à l'autre. La terre et la pierre lui obéissent et il possède le pouvoir de déclencher des séismes où bon lui semble. Très irascible, il n'apprécie guère qu'on le dérange, mais peut être amadoué à condition de faire preuve de la plus grande politesse. Il se déplace généralement le long de la frontière septentrionale de l'Erg Sans-fin.

Hugues laissa échapper un sifflement impressionné. Chélys Mot lui paraissait une excellente option : puissant mais néanmoins accessible, tant du point de vue du caractère que de la proximité géographique. Il s'empressa d'ajouter son nom à la liste qu'il comptait présenter à Alustin.

Intet Slew du Sang bouillonnant : Cette créature mi-dragon mi-démon a pour habitude de…

Hugh pâlit et tourna immédiatement la page. Non, hors de question, ne serait-ce que de l'envisager.

Lasnabourne, le Feu des Flots : Lasnabourne est un phénix vénérable dont le nid se situe au sommet d'une île volcanique couverte de jungles, au sud-est d'Ithos. Il n'est pas hostile envers les humains et se plaît à converser avec eux, leur demandant des nouvelles du continent dès qu'il en a l'occasion. Il se nourrit principalement de baleines et requins qu'il attrape dans les eaux environnantes. Détail remarquable : contrairement aux autres phénix, l'eau n'affecte en rien ses flammes. Il s'immerge parfois complètement pour saisir ses proies et on peut le voir plonger à de grandes profondeurs sans s'éteindre, et émerger tout aussi incandescent.

Hugues ajouta Lasnabourne à sa liste. Et puis, Talia serait sûrement curieuse d'entendre parler de ces flammes que même l'eau ne pouvait éteindre.

Environ trois semaines s'étaient écoulées depuis l'Initiation et Hugues n'avait pas été aussi heureux depuis des années. Aedan Mordragon devait être un mentor très exigeant, puisque pendant tout ce temps, Rhodes n'avait pas trouvé une seule occasion de venir le tourmenter. À l'abri dans sa chambre secrète, Hugues se sentait plus confiant, plus en sécurité – surtout maintenant qu'il avait pu mettre à profit ses nouvelles connaissances en matière de sceaux de protection afin d'en protéger l'accès. Peu lui importait que Sabae et Talia le considèrent réellement comme leur ami, du moment qu'elles restaient cordiales avec lui.

Keayda, le Troqueur de Vérités : Cet antique naga devenu liche dispose de l'une des plus grandes bibliothèques du monde connu. Quiconque lui fait cadeau d'une information, d'un tome ou d'un parchemin dont il ne possède pas déjà une copie peut espérer recevoir en récompense une réponse à une de ses questions de valeur équivalente. Son goût pour les textes historiques, tout particulièrement, est légendaire. Ceux qui tentent de le voler ou de l'escroquer, en revanche, se voient promptement écorchés, et leur peau tannée pour faire le parchemin sur lequel Keayda rédige ses propres journaux.

Très curieux. Quel genre de pouvoirs pouvait bien conférer une liche naga ? À sa connaissance, les nagas avaient un torse et une tête d'humain, avec une longue queue de serpent en guise de jambes. En tant qu'humanoïdes, ils pouvaient posséder tout un éventail d'affinités, bien que celles avec le poison soient de loin les plus répandues chez eux. Quant à son statut de liche – une forme de mort-vivant ayant conservé son libre arbitre – cela signifiait-il qu'il pourrait apprendre la magie des os à Hugues ? Cette histoire de parchemins en peau humaine semblait un peu sinistre, mais Hugues n'avait en aucun cas l'intention de détrousser un allié potentiel. Après quelques instants de réflexion, il inscrivit le nom de Keayda au bas de la liste.

Andas Thune : En s'emparant audacieusement de terres appartenant à ses voisins draconiques, bien plus grands et âgés que lui, ce dragon de foudre relativement jeune s'est déjà constitué un territoire étonnamment large. On dit qu'Andas Thune est aussi un illusionniste hors pair, et…

Un soudain grondement d'estomac lui rappela que l'heure du déjeuner allait bientôt sonner. Il s'arracha à sa lecture et enfila ses chaussures. Avant de quitter la pièce, il prit le temps d'ouvrir la fenêtre et de contempler le paysage. Le printemps commençait tout juste, mais il régnait une chaleur écrasante, dehors. Tout au long de l'année, la température à l'intérieur de Fort-Céleste demeurait plus ou moins constante – en partie grâce à de puissants enchantements, mais aussi tout simplement parce que la majorité de l'académie se trouvait sous terre.

En contrebas, Hugues observa une nef des sables arriver au port. Un vol de drakes du désert de petite taille, à peine plus gros que des oies, voltigeait entre ses mâts aux voiles gonflées. De chaque côté de sa fenêtre, des gens s'affairaient le long des balcons, passerelles et cours extérieures de Fort-Céleste. Il referma la fenêtre avec un sourire et s'élança à grands pas vers la porte.

Chapitre vingt

Le retour de Rhodes

La bonne humeur d'Hugues persista tout le long de sa traversée de la bibliothèque, presque jusqu'à ce qu'il atteigne le réfectoire.

Cependant, alors qu'il dépassait un croisement, une voix retentit dans son dos qui effaça immédiatement son sourire, comme si celui-ci n'avait jamais été là.

— Hé, berger ! aboya Rhodes derrière lui.

Hugues grimaça, en se maudissant de ne pas avoir prêté plus attention à ce qui l'entourait. C'était bien la dernière personne qu'il avait envie de croiser. Lentement, il se retourna pour faire face à la grande brute blonde fièrement plantée en plein milieu de l'intersection qu'il venait de traverser.

— Tu m'as manqué, mon petit pâtre ! s'esclaffa-t-il, un large sourire placardé sur le visage. Mon maître me donne tellement de devoirs que je n'ai plus le temps de te discipliner. Ce serait dommage que tu oublies ton rang…

Il était accompagné des jumeaux aux cheveux bleus miroitants choisis par Sulassa Mandemarées lors de la cérémonie de l'Initiation. Tous deux toisaient Hugues d'un air amusé. Hugues baissa les yeux, dépité, et se prépara à détaler.

— T'as donné ta langue au chat, le berger ? Trop dommage. J'espérais te faire bêler un peu à propos de ton mentor. Tu sais, le rat de bibliothèque ?

— Je ne suis pas un berger, grogna Hugues.

Les jumeaux éclatèrent de rire et Hugues ferma les poings.

— Alors, qu'est-ce qu'il t'apprend ? À classer les livres, peut-être ? Non, impossible, il faudrait que tu saches lire, pour ça. Vraiment, ce pauvre type devait être désespéré, pour prendre un berger illettré comme apprenti !

Rhodes ricana cruellement, se joignant aux jumeaux.

88

— Peut-être qu'il t'a montré comment faire des tours avec du papier ? Ça, ce serait une affinité assez nulle pour que t'aies une chance d'y arriver !

Hugues serrait les poings à s'en blanchir les jointures. Pourtant, par inadvertance, Rhodes venait de mettre le doigt sur quelque chose : en réalité, Hugues n'avait aucune idée de quelles pouvaient être les affinités d'Alustin. Les rares fois où ses disciples le questionnaient à ce sujet, l'archiviste trouvait toujours un moyen de se dérober avec habileté. Généralement, ils ne s'en rendaient compte qu'une fois la conversation terminée.

Il avait bien conscience qu'en cas d'affrontement, il ne faisait pas le poids face à Rhodes – c'était déjà le cas quand celui-ci ne connaissait que quelques vulgaires tours de magie, alors maintenant… Le nouveau maître de Rhodes le guidait sans doute déjà vers l'harmonisation et avait dû lui enseigner des sorts bien plus redoutables. Hugues, lui, ne s'était amélioré que dans la conception de sceaux. S'il avait disposé de quelques secondes, il aurait pu en tracer un, mais sans préparation…

— Allez, le petit pâtre, ne reste pas planté là comme un de tes moutons ! aboya Rhodes. Parle-nous un peu de ta nouvelle affinité !

La sœur et le frère aux cheveux bleus s'avancèrent pour l'encadrer. De toute évidence, ils n'allaient pas tarder à lui mettre une rossée. Le cœur d'Hugues accéléra. Il pouvait entendre son propre pouls lui battre aux tempes.

— Allez, secoue-toi, abruti de berger !

Rhodes tendit le bras pour l'empoigner par le col et… s'arrêta net. Le visage livide, il s'agrippa soudain l'entrejambe à deux mains, avant de s'écrouler lourdement sur les dalles du couloir. Derrière lui se tenait Talia, qui venait de toute évidence de lui assener un coup de pied bien placé. Sabae était juste derrière elle.

— Hugues n'est pas un berger, grogna Talia entre ses dents.

Il ouvrit la bouche à demi, incrédule.

— Petite garce ! haleta Rhodes en se redressant à grand-peine, la main toujours posée sur ses parties intimes. Tu as une idée de qui je suis ?

— Une raclure pourrie gâtée qui cherche des noises à notre ami, rétorqua Talia. Et moi, tu sais qui je suis ?

Le garçon aux cheveux bleus prit la parole d'un air narquois.

— T'es la petite sauvage qui ne sait pas contrôler sa magie.

— Et toi, ajouta sa sœur en se tournant vers Sabae. Tu es la manieuse de tempêtes incompétente que sa famille a envoyée ici pour ne plus entendre parler d'elle.

L'expression habituellement impassible de Sabae se changea en grimace de rage, mais Talia parla avant elle.

— Oh, je sais parfaitement qui tu es, Charax, cracha-t-elle à Rhodes. Moi c'est Talia. Du clan Castis.

Face à cette déclaration, le grand blond s'empourpra de rage. Talia éclata d'un rire triomphant.

— Et je connais bien l'histoire des seigneurs de Hautval qui ont décidé qu'ils en avaient assez de nos raids et envoyé une armée pour tenter de nous écraser, il y a un siècle. Cinq mille soldats, deux cents mages de bataille. On les a coincés dans une combe et tous incinérés ! On était cent ; pas un des vôtres s'en est tiré. Pas un seul mort dans notre camp !

Tandis qu'elle relatait la cuisante défaite, un rictus carnassier s'épanouissait sur son visage.

— Et leur commandant, le prince héritier de Hautval ? renchérit-elle, hilare. Si je ne m'abuse…. C'était pas ton ancêtre ?

Rhodes poussa un cri inarticulé, oubliant sa douleur dans un accès de rage. Adoptant une pose d'incantation de combat classique, il tendit la main devant lui et des arcs électriques se mirent à danser autour de ses doigts. Hugues se recroquevilla, prêt à se jeter à terre.

Alors, Sabae fit un pas en avant et décocha à Rhodes un coup de poing en pleine poitrine, si violent que le garçon tomba à la renverse. Au moment de l'impact, une bourrasque claqua contre son torse et le propulsa en arrière, en plein sur le jumeau aux cheveux bleus. Les deux glissèrent à terre, dérapant sur une demi-douzaine de mètres contre les dalles de pierre lisse, tandis que le sort d'éclairs de Rhodes se dissipait en une pluie d'étincelles inoffensives. La force du vent était telle qu'Hugues et la jumelle furent tous deux jetés au sol.

Talia se précipita vers Hugues et lui saisit la main pour l'aider à se relever. Sabae demeurait pétrifiée, le regard fixé sur son poing tendu. Talia tira Hugues dans la direction opposée.

— Hé, Sabae ! s'écria-t-elle en la dépassant. On reste pas dans la tanière du dragon après lui avoir marché sur la queue !

Sabae reprit ses esprits, battant des paupières, puis leur emboîta le pas.

Jetant un coup d'œil par-dessus son épaule, Hugues croisa le regard de Rhodes. Jusqu'à maintenant, le jeune noble considérait les tourments qu'il lui infligeait comme une simple distraction innocente. Désormais, Hugues ne lisait plus dans ses yeux que la haine la plus pure.

Ils coururent pendant plusieurs minutes à travers les couloirs avant de s'autoriser à s'arrêter, hors d'haleine. Les effets de leur entraînement physique se faisaient sentir ; par le passé, Hugues ne pensait pas qu'il aurait pu courir moitié aussi longtemps.

Une fois qu'ils eurent repris leur souffle, Talia explosa de rire.

— Ah, la tronche qu'ils ont tirée ! Et toi aussi, Sabae ! C'était génial !

Hugues hocha la tête. Son cœur battait à cent à l'heure, mais pas seulement à cause de leur course effrénée. Sabae les observa en silence pendant une seconde, puis s'autorisa un gloussement discret.

— On dirait que les exercices d'Alustin commencent à porter leurs fruits, non ?

— Mais attends, je croyais que tu pouvais pas lancer de sorts à distance ? s'étonna Talia.

— Justement, je n'ai rien fait de tel, répondit Sabae. J'ai simplement concentré de l'aéromana autour de mon poing, pour le relâcher au moment de frapper. La rafale est… partie naturellement dans la direction de mon coup. Avant, elle se serait dispersée dans toutes les directions… Mais cette fois… elle a suivi mon geste.

Cela suscita un nouveau rire chez les deux jeunes filles, mais Sabae se reprit et se retourna vers Hugues. Il se sentait nauséeux, encore ébranlé par l'altercation.

— Ce n'est pas la première fois que ça arrive, pas vrai ? demanda-t-elle d'un ton beaucoup plus sérieux.

Hugues baissa les yeux sur ses chaussures pour cacher ses joues rougissantes. Tout d'un coup, il avait le visage brûlant et l'estomac noué. Maintenant qu'elles avaient été témoins de sa lâcheté, elles ne voudraient plus rien avoir à faire avec lui.

— Non, marmonna-t-il piteusement.

Après un court silence, ce fut à Talia de prendre la parole.

— Quelle petite roulure d'enfant gâté… Pourquoi tu nous as rien dit, Hugues ? On serait venues lui expliquer la vie plus tôt que ça !

Hugues resta muet quelques instants. Lorsqu'il parvint à parler, sa voix était si faible qu'il murmurait presque.

— Je ne voulais pas que vous vous rendiez compte d'à quel point je suis lâche.

Il ne se sentait pas la force de relever le visage. Sabae s'avança et l'empoigna par les épaules.

— Écoute-moi, commença-t-elle. Rhodes fait deux têtes de plus que toi et s'est certainement entraîné au combat depuis qu'il sait marcher. Il a plusieurs affinités, aucun de tes désavantages, et c'est l'apprenti d'Aedan Mordragon en personne. Sans compter ses deux acolytes. Je serais prête à parier qu'il n'était pas seul non plus, les fois d'avant. Essayer de l'affronter sans aide aurait été de la bêtise, pas du courage.

Hugues releva les yeux pour étudier ses traits. Elle avait l'air parfaitement sérieuse. Mal à l'aise face à son regard inflexible, il se tourna vers Talia. Elle, en revanche, paraissait furieuse.

— S'il y a un dégonflé dans l'histoire, c'est Rhodes, pas toi ! fulmina-t-elle. Avec tous les avantages qu'il a sur toi, il a même pas le cran de venir te chercher des noises d'homme à homme !

Sabae acquiesça, puis, réalisant son malaise, relâcha les épaules d'Hugues.

— On allait déjeuner ensemble quand on t'a trouvé. Tu veux te joindre à nous ?

Hugues se contenta de faire oui de la tête, la gorge trop nouée pour parler. Le petit groupe partit en direction de la cantine – le grand réfectoire, celui qu'Hugues évitait comme la peste depuis un mois. Tout en marchant, Talia et Sabae reprirent leur discussion à propos du coup de poing porté par cette dernière. Hugues suivait en silence. Talia voulait appeler l'attaque un « poing-bourrasque » tandis que Sabae préférait « frappe-rafale ».

Au bout de quelques minutes, Hugues parvint à trouver le courage de parler.

— Dis, Talia… Tu… Tu le pensais vraiment, quand tu as dit que j'étais ton ami ?

Les deux filles s'arrêtèrent, se retournant pour le dévisager.

— Bien sûr que tu es notre ami, Hugues, répliqua Sabae. Qu'est-ce qui a pu te faire penser le contraire ?

Talia se laissa de nouveau aller à la colère qui lui venait si facilement.

— Mais parce que c'est un bougre d'âne ! À quel point est-ce qu'il faut être sot pour pas se rendre compte quand on est ami avec quelqu'un ? Ah, mais, je te jure !

Tandis qu'elle poursuivait sa tirade, Hugues sentit un sourire lui plisser les joues. Pas aussi radieux qu'avant l'altercation avec Rhodes, mais il allait tout de même beaucoup, beaucoup mieux.

CHAPITRE VINGT-ET-UN

À TABLE

TALIA, SABAE ET Hugues venaient juste de faire remplir leurs écuelles lorsque quelqu'un appela Sabae par son prénom. Hugues tourna la tête et vit un jeune homme absolument monumental, bardé de muscles, avec des cheveux noirs crépus et le teint encore plus sombre que Sabae, qui les saluait d'une main grande comme un battoir. Il lui fallut une seconde pour reconnaître le fils – et disciple – d'Artur Brisemurailles. Sabae lui adressa un geste amical et se dirigea vers sa table. Hugues demeura au milieu du passage, interdit, jusqu'à ce que Talia emboîte le pas à sa consœur. Il suivit le mouvement.

— Hugues, Talia, je vous présente Godrick, fils d'Artur Brisemurailles, déclara Sabae. Godrick, voici Hugues d'Emblin et Talia du clan Castis.

Elle s'installa à côté de lui. Hugues et Talia s'assirent en face d'eux.

— Plaisir d'vous rencontrer, lança Godrick.

Il parlait légèrement trop fort et s'exprimait avec un accent à couper au couteau qu'Hugues ne parvenait pas à situer. Le géant tendit la main par-dessus la table pour serrer celle de Talia. Ne souhaitant pas paraître impoli, Hugues lui offrit la sienne. Il regretta immédiatement sa décision ; le colosse était fort comme un ours. Lorsque Godrick le relâcha, Hugues avait les articulations des phalanges tout endolories. Pourtant, de toute évidence, Godrick n'avait pas fait exprès de lui faire mal. Le jeune homme ne semblait pas posséder une once de méchanceté, même tout l'inverse ; sa simple présence irradiait une bonhomie joviale.

En son for intérieur, Hugues trouvait ce genre de personne absolument épuisant.

— Sabae m'a parlé d'vous deux, mais elle refuse de m'dire c'que c'est, vos affinités. Apparemment, si j'veux savoir, faut qu'j'demande moi-même. Moi, j'ai plus ou moins les mêmes qu'mon papa ; la pierre, comme lui, et l'acier, au lieu du fer !

— C'est quoi, la différence ? s'étonna Talia.

— Les mages de fer, ils peuvent manipuler l'fer et tous ses alliages, les mages d'acier, juste l'acier, expliqua Godrick.

— Du coup, une affinité à l'acier, c'est moins bien que le fer ?

Il ne sembla aucunement s'en offusquer.

—Ah, mais pas du tout ! s'esclaffa-t-il. En fait, c'est carrément plus fort. C'est comme ça qu'ça marche, les affinités d'la même famille : plus c'est spécifique, plus c'est puissant, même si on perd un peu en polyvalence. J'peux pt'être pas manipuler l'fer pur, ou à peine, et encore moins celui d'mon père, mais lui, il peut presque rien faire avec mon acier. Et il est carrément plus fortiche que moi ! Mais ça a pas beaucoup d'importance, vu que j'm'en sers surtout pour cogner plus fort avec mon marteau.

Il se pencha en avant, d'un air de confidence.

— Un p'tit secret, juste entre nous, puisqu'on est potes… J'peux vous dire autre chose.

Comment ça, « potes » ? Hugues venait à peine de le rencontrer !

— Euh… on vient juste de se présenter, répliqua Talia, formulant à voix haute les pensées d'Hugues.

Godrick repoussa cette notion d'un geste de la main.

— Les amis d'Sabae sont mes amis. Et puis, si j'veux vous tirer les vers du nez, faut bien qu'j'vous donne quelque chose en retour, nan ?

N'étant pas sûr de la réponse appropriée, Hugues choisit d'appliquer sa stratégie habituelle et de garder le silence.

Se penchant encore un peu plus vers eux, Godrick baissa le ton, jusqu'à ne plus parler qu'en un murmure.

— J'ai aussi une troisième affinité. Pas super forte, mais vachement utile…

Il se fendit d'un large sourire.

— Les odeurs.

Hugues cligna des yeux, décontenancé. Les odeurs ? Mais comment…

Talia interrompit son train de pensée d'un sifflement appréciatif.

— T'es un jeteur de miasmes ? s'étonna la petite rousse. Rappelle-moi de jamais venir te taper dans les bijoux de famille…

Hugues adressa un regard confus à Talia. Elle s'en rendit compte, et commença à expliquer.

— Y a pas beaucoup de tribus que les guerriers Castis essaient d'éviter d'affronter à tout prix. Le clan Derem en fait partie. Leurs mages se spécialisent dans les odeurs. Leurs villages sentent comme un vrai paradis, mais sur le champ de bataille ? Un olfactomancien peut faire rendre son petit-déjeuner à toute une compagnie de soldats en quelques secondes. À côté de leurs sorts offensifs, l'huile de mouffette sent la rose, et la puanteur vous colle à la peau pendant des semaines.

Godrick gloussa devant cette description apocalyptique.

— Bah, j'doute de devenir aussi puissant, mais j'peux empester quelqu'un pendant un jour ou deux… Et contre un monstre avec un odorat surdéveloppé ? J'vous raconte même pas !

Son sourire s'élargit encore davantage.

— Et puis, j'peux faire ça.

Hugues perçut un bref afflux de mana en provenance de Godrick. En un instant, sa soupe peu appétissante se mit à dégager un parfum absolument divin. L'odeur lui rappela soudain à quel point il avait faim, et il commença à engloutir son plat. Le goût n'avait pas changé, mais ça constituait déjà une amélioration considérable.

Peut-être que ce Godrick n'était pas si mal que ça, en fin de compte.

— En plus, j'ai un odorat carrément aiguisé, maintenant, ajouta le gaillard. Ça peut servir. C'est pas ma spécialité, mais j'peux suivre quelqu'un au nez.

Sur ces mots, il attaqua son propre déjeuner.

Talia le considéra un instant, puis lui donna une explication concise de ses affinités, de ses tatouages et de son entraînement. Lorsqu'elle mentionna le songefeu, Godrick ouvrit des yeux comme des soucoupes.

— Punaise, c'pas facile à maîtriser, ton truc ! De c'qu'on m'a dit, la plupart des oniromanciens savent même pas manifester d'rêves avant d'devenir mage compagnon !

Talia afficha une moue satisfaite.

— Ouais, ben, j'y suis déjà arrivée, répliqua-t-elle fièrement.

Ce fut à Godrick de siffler pour signifier son admiration.

Hugues surprit un bruit presque inaudible et tourna la tête vers Sabae, qui pinçait les lèvres et essayait de siffler, sans succès. Lorsqu'elle réalisa qu'il la regardait, elle adopta de nouveau son expression impassible habituelle. Cependant, elle rougissait quelque peu.

— Et toi, Hugues ? l'apostropha Godrick.

L'exclamation le fit sursauter.

— Le cas d'Hugues est un peu… sensible, intervint Sabae.

Le gaillard les dévisagea tour à tour, légèrement interloqué.

— Et il peut pas me le dire tout seul ?

Il n'avait pas l'air offensé, juste surpris.

— Bonne chance pour ça, répliqua Talia. On est ses amies et on arrive à peine à lui faire dire deux mots. C'est le garçon le plus timide que j'ai jamais rencontré.

Piqué au vif, Hugues sentit venir une répartie inhabituelle.

— Deux mots, rétorqua-t-il simplement en fixant Talia droit dans les yeux.

Pendant un instant, tout le monde à table le regarda en silence, puis Godrick explosa d'un rire aussi impressionnant que sa carrure. Sabae se joignit à lui, tandis que Talia le foudroyait du regard. Il baissa de nouveau les yeux sur sa soupe, avec un léger sourire.

— Bah, t'en fais pas si t'as pas envie de m'le dire, Hugues, le rassura Godrick. Je t'ai pas parlé d'mes pouvoirs pour t'forcer la main. Ça m'faisait juste plaisir.

Il conclut l'échange avec un sourire amical, puis commença à discuter avec Sabae de leur entraînement au combat.

Hugues resta silencieux quelques minutes, mangeant son repas sans un bruit. Lorsqu'une ouverture se présenta à nouveau dans la conversation, il prit la parole.

— Je n'ai aucune affinité, dit-il simplement.

Godrick papillonna des yeux et, pour la première fois depuis qu'il les avait salués, sembla ne pas savoir quoi répondre.

— Pas encore, en tout cas, ajouta Hugues, avant de se pencher de nouveau sur sa soupe.

Finalement, Godrick parvint à trouver ses mots.

— Un brin mystérieux, comme déclaration, nan ?

Lorsqu'il réalisa qu'Hugues ne souhaitait pas développer, il sourit à nouveau.

— Pas grave, j'aime bien les énigmes.

Brusquement, Talia lui donna un coup de coude dans les côtes. Surpris et quelque peu vexé, Hugues lui adressa une expression indignée.

— Regarde qui fait la queue pour le repas, lui glissa-t-elle.

Hugues se tourna vers les cuisines et vit Rhodes, qui les dévisageait d'un air furibond. Les jumeaux l'accompagnaient toujours, mais semblaient les ignorer froidement, bien moins menaçants que le jeune noble aux yeux remplis de haine.

Godrick laissa échapper un nouveau sifflement.

— Eh ben, il a l'air furax. Vous lui avez fait quoi, pour qu'il soit en rogne comme ça ?

Sabae arrêta d'essayer de copier – toujours sans succès – le sifflement de Godrick.

— Talia lui a mis un coup de pied dans l'entrejambe, précisa-t-elle.

— Sabae les a envoyés au tapis avec un poing-bourrasque, lui et ses larbins, renchérit Talia, presque simultanément.

Sabae plissa les yeux en fusillant Talia du regard.

— Une frappe-rafale, la corrigea-t-elle.

— Un poing-bourrasque, insista la petite rousse.

— Une frappe raf…

— Pourquoi pas juste un « coup de vent » ? les interrompit Hugues.

Godrick, qui les dévisageait tous les trois d'un air incrédule, explosa de rire, si bruyamment qu'aux tables voisines, plusieurs têtes se tournèrent dans leur direction. Rhodes ne les quittait pas des yeux, rouge de colère.

—Ah, j'connais pas trop les jumeaux Winter, mais Rhodes, c'est un p'tit péteux. Il a pas trop apprécié que j'refuse de rejoindre son équipe pour aller explorer l'Labyrinthe. Et moi, j'ai pas beaucoup aimé qu'il parte du principe que j'lui obéirais sans poser d'questions.

Hugues jeta un regard confus à Godrick.

— L'équipe qu'on doit former pour l'examen final de première année ? précisa Godrick en remarquant son air perdu.

Il secoua la tête, toujours incrédule.

— Au solstice d'été, pour leur examen final, les première année doivent s'aventurer dans le Labyrinthe qui s'étend sous Fort-Céleste, expliqua Sabae. Ils n'ont le droit d'explorer que le premier niveau, qui est relativement sûr. En grande majorité, les élèves s'en sortent indemnes. Et il faut y aller en équipes de quatre, si tu n'étais pas au courant.

La perspective n'avait rien de rassurant ; le Labyrinthe était un endroit incroyablement dangereux, tout le monde savait ça. Même sans parler des monstres et des pièges, la configuration des lieux changeait apparemment en permanence.

Godrick resta songeur quelques instants, avant de reprendre la parole.

— Vous savez, maintenant qu'j'y pense… On est quatre, non ?

Talia lui jeta un regard suspicieux.

— Tu comptais nous demander ça dès le départ, en fait ?

— Pris la main dans l'sac, répliqua Godrick avec un large sourire.

— Moi, ça me conviendrait, dit Sabae.

Talia toisa Godrick de bas en haut, puis renifla sèchement, d'un air de connaisseuse.

— On dirait que t'es capable de te défendre, lança-t-elle avec un sourire en coin. Et puis sinon, tu pourras toujours nous porter si on fatigue… Ça me va.

Tous trois se tournèrent vers Hugues, dans l'attente de sa réponse. Il se recroquevilla un peu sur son siège, intimidé par l'attention qu'on lui accordait soudain.

— Non, ça ne me pose pas de problème, soupira-t-il.

Godrick sembla recevoir ces paroles comme un compliment de la plus haute espèce et donna à Hugues une vigoureuse tape sur l'épaule, le visage rayonnant de satisfaction.

— Ah, j'savais bien qu'tu changerais d'avis. Bon, il faut quand même qu'on demande à mon papa et à vot' mentor, mais ça devrait bien s'passer.

Hugues se massa le bras d'un air contrit. Il était à peu près sûr que Godrick lui avait fait un bleu.

Chapitre vingt-deux

Le premier sortilège

Suite à cela, la routine d'Hugues connut quelques changements radicaux. Godrick et son père commencèrent à se joindre à eux pour nombre de leurs séances d'entraînement matinales. Artur Brisemurailles était encore plus démesuré – tant physiquement qu'en termes de personnalité – que ce qu'Hugues avait estimé en l'apercevant sur l'estrade de l'Initiation. À côté de lui, Godrick paraissait discret et réservé. Sa chevelure et sa barbe, toutes deux incroyablement volumineuses, étaient striées de poils blancs qui semblaient faire écho aux innombrables cicatrices qui lui couturaient l'intégralité du corps. Pourtant, il se montrait encore plus amical que son fils, si telle chose était possible.

Pour la plupart, le reste de leur programme se déroulait de la même manière, jusqu'au moment du déjeuner. Les trois disciples d'Alustin (mais pas Godrick, qui mangeait plus tard) discutaient désormais beaucoup plus fréquemment. Hugues commençait même à gagner un peu plus d'assurance dans leurs conversations.

Lors de leurs cours de l'après-midi dédiés à la pratique de la magie, Talia et Sabae faisaient des progrès considérables.

La première parvenait enfin à manifester le songefeu de façon stable, et arrivait même à former des projectiles incandescents de la taille d'un poing qu'elle lançait sur ses cibles avec une précision croissante. Détail perturbant, bien que le songefeu se comportât comme de vraies flammes trois fois sur quatre, il ne brûlait pas toujours ; les dégâts pouvaient s'exprimer d'autres manières. Parfois, l'objet visé se couvrait de gel, ou vieillissait en accéléré jusqu'à tomber en poussière. En une occasion particulièrement notable, sa cible fut découpée en quelques centaines de petits cubes d'un peu plus d'un centimètre de côté, tous parfaitement égaux.

Malheureusement, Alustin n'avait pas encore trouvé de moyen d'exploiter l'affinité de Talia pour l'ostéomancie.

Sabae, elle, faisait des progrès stupéfiants, du moins avec son affinité pour l'air. Désormais, elle pouvait déchaîner des « coups de vent » presque à volonté et avait commencé à développer les rudiments d'une armure élémentaire : quand elle choisissait de les manifester, des brassards de vents concentriques comme des tornades miniatures lui enveloppaient les avant-bras. Pour l'instant, ils ne parvenaient pas à dévier grand-chose et Sabae ne pouvait les invoquer que quelques secondes à la fois – la faute à des réserves de mana encore limitées –, mais ils suffisaient à amortir la plupart des attaques de façon très efficace. Pour le moment, Alustin l'avait mise en garde contre l'usage de ses affinités à l'eau ou à la foudre, et elle refusait toujours d'exploiter son don pour la guérison.

Quant à Hugues, la liste de ses protecteurs magiques potentiels s'allongeait : Chélys Mot la tortue trembleterre, Lasnabourne le phénix et un arbre doué de conscience – capable de commander aux autres plantes et situé sur une île du même archipel où nichait Lasnabourne – s'y étaient tous ajoutés, avec l'aval d'Alustin.

Pourtant, Hugues n'arrivait toujours pas à lancer le moindre sort, mis à part ses sceaux de protection et le tour de magie lumineux qu'il connaissait déjà. Il avait d'ailleurs découvert pourquoi celui-ci fonctionnait ; contrairement à la plupart des incantations élémentaires, le sort de lumière était conçu pour recevoir des doses de mana très variables, afin de pouvoir en ajuster facilement l'intensité. Son architecture s'avérait donc parfaitement adaptée aux quantités excessives de mana qu'Hugues ne pouvait s'empêcher de déverser dans chaque sort.

Tout ce qu'il pouvait faire, c'était continuer d'étudier les principes de construction des formules magiques. Il connaissait la fonction de toutes les figures de base dans ces diagrammes, comment elles interagissaient entre elles et la façon dont les angles et intersections parcourus par le mana affectaient sa vitesse et ses turbulences. Pourtant, Alustin ne lui apprenait toujours pas à jeter de sorts.

À la fin de leurs cours de magie, il se trouvait souvent extrêmement frustré. Au moins, il pouvait se réjouir d'arriver à l'heure du dîner ; il mangeait tout le temps en compagnie de Talia et Sabae et souvent, Godrick se joignait aussi à eux. C'étaient des moments agréables. À mesure que les semaines passaient, il participait de plus en plus aux conversations, sans pour autant se changer en moulin à paroles.

Rhodes ne tenta rien à son encontre, mais Hugues remarqua tout de même que bien peu d'élèves se risquaient à manger à leur table. Le jeune prince avait dû faire savoir à tout le monde à quel point il les méprisait.

Hugues s'en moquait bien. Tout ce qui le préoccupait, c'était cette stagnation dans ses études magiques.

Finalement, environ trois semaines après l'altercation avec Rhodes et la rencontre avec Godrick, il finit par craquer, dans le bureau d'Alustin. Sabae était partie s'entraîner au combat, tandis que leur maître avait envoyé Talia à la bibliothèque pour rapporter une liste de livres, dont une biographie rare d'un oniromancien de l'empire ithonien.

— Pourquoi ne m'avez-vous encore appris aucun sort ? demanda Hugues.

Alustin haussa un sourcil interrogateur.

— J'avais pourtant l'impression que c'était ce que nous faisions depuis le début.

— Et comment ça ? s'indigna Hugues. Je ne sais rien faire d'autre que tracer des sceaux !

Alustin sembla considérer la situation un moment, puis hocha la tête lentement.

— Eh bien, moi, je peux t'assurer que je t'en ai appris, de nouveaux sorts. Tu n'as simplement pas fait attention.

Hugues commença à balbutier une réponse outrée, mais Alustin le fit taire d'un geste.

— Tu te souviens de ce que j'ai dit que j'allais t'enseigner, le premier jour, Hugues ?

— Comment ajuster les formules afin qu'elles marchent pour moi, et comment improviser mes propres sorts.

— Précisément. Je n'ai jamais parlé de te faire mémoriser les formules nécessaires pour lancer des sorts spécifiques. Tout l'intérêt d'apprendre l'architecture arcanique, c'est de pouvoir concevoir des sortilèges sur mesure.

Alustin se saisit d'une feuille de papier et d'une plume et les tendit à Hugues.

— Je veux que tu crées un sort de lévitation pour soulever ce livre.

Hugues dévisagea Alustin quelques instants, avant de baisser les yeux sur le grimoire que l'archiviste venait de poser devant lui.

— Mais comment est-ce que je dois faire ?

— Ce serait une bonne idée de commencer par la fondation de ta formule.

Hugues hésita un moment, puis se mit à dessiner. La fondation représentait la partie la plus essentielle de n'importe quelle formule magique ; via cet élément, le mage pouvait canaliser son mana dans le reste du tracé. Hugues opta pour une figure fondamentale octogonale à haute capacité.

— Maintenant, place tes lignes déterminantes.

Il s'agissait des canaux censés guider le mana dans la forme voulue ; dans ce cas, les diagonales inégales tracées par Hugues ordonnaient au sort de transférer une certaine quantité d'énergie cinétique à sa cible.

— Et tes traits directeurs.

Ces courts segments à multiples embranchements, ajoutés aux lignes déterminantes, devaient réguler la direction vers laquelle appliquer l'énergie cinétique.

Confortablement installé dans son fauteuil, Alustin l'observa finir.

— Lance-le, maintenant.

Une fois qu'il eut soigneusement mémorisé le diagramme qu'il venait de tracer, Hugues se concentra sur le grimoire posé devant lui. Mentalement, il dessina l'octogone, puis les déterminantes diagonales et enfin les traits directeurs. Le processus de visée dépendait entièrement de la volonté du mage : apparemment, tout le monde projetait un peu de sa volonté dans ses sorts, même si la plupart ne pouvaient en investir autant qu'Hugues le faisait dans ses sceaux. Pour finir, il laissa précautionneusement son mana s'écouler dans la formule.

D'un seul coup d'un seul, le grimoire s'envola en trombe et percuta le plafond dans un claquement de cuir. Le fracas soudain déconcentra Hugues, qui arrêta de canaliser le mana ; le livre retomba lourdement sur le bureau d'Alustin. Quelques pages avaient été cornées dans la chute.

Hugues sentit le sang lui monter aux joues.

— Ça ne marche toujours pas ! vociféra-t-il. Tout ça n'est qu'une perte de temps !

Alustin prit le volume et entreprit de redresser les pages pliées.

— Il a bien lévité, non ? remarqua-t-il.

— Oui, mais il ne s'est pas arrêté quand il aurait dû !

Son mentor saisit une autre feuille de papier et y inscrivit à la hâte un diagramme doté de lignes déterminantes et traits directeurs similaires, mais avec une figure fondamentale très différente.

— Ceci est la formule standard d'un sort de lévitation basique, précisa Alustin. Juste la fondation, les déterminantes et les traits directeurs. Que se passe-t-il quand tu essaies de l'utiliser ?

Hugues le gratifia d'un regard morose.

— Ça explose, ça fait de la lumière, ou un peu de fumée.

— Et quelle est la différence entre ces deux formules ? continua Alustin.

— La figure fondamentale de celle-ci n'est censée recevoir qu'une infime quantité de mana. Trop peu pour mon débit habituel, observa Hugues.

— C'est pour ça que les résultats sont aussi décevants. Tu déverses trop de mana dedans, et elle se rompt sous la pression. Ta nouvelle formule, en revanche… Elle ne s'est pas brisée, puisque tu l'as conçue pour accommoder davantage de mana.

— Pourquoi ça n'a pas marché, alors ?

— Mais ça a marché, Hugues. Réessaie.

Hugues lui lança un regard perplexe, mais s'exécuta. Une fois de plus, le tome percuta le plafond de plein fouet, ce qui le fit sursauter et perdre le contrôle du sort.

— Encore une fois, l'encouragea Alustin. Et essaie de rester concentré, même quand il frappera le plafond.

Une troisième fois, Hugues se focalisa sur l'image mentale du diagramme, inspira profondément et canalisa son mana. Là encore, le livre s'envola, mais Hugues parvint à maintenir le sort après l'impact. Contrairement à ce à quoi il s'attendait, l'ouvrage demeura là-haut, collé au-dessus du bureau.

— Tu noteras qu'à l'inverse de ce qu'il se passe quand tu lances des tours de magie standard, les résultats que tu obtiens ici ne sont ni aléatoires ni chaotiques, parce que la formule résiste à l'afflux de mana, expliqua Alustin. Le sort de lévitation basique ne peut soulever que de petits objets dans un rayon d'environ un mètre, car sa figure fondamentale ne permet pas d'y canaliser plus de mana. Ta formule, en revanche, peut recevoir suffisamment de mana pour faire s'élever ce livre à… six mètres de haut, peut-être jusqu'à neuf.

Le grimoire, resté plaqué au plafond, glissa soudain à toute vitesse sur le côté et vint frapper le linteau de la porte du bureau. Surpris, Hugues perdit sa concentration et le volume dégringola au sol.

— Malheureusement, tes traits directeurs laissent à désirer. Dans le sort basique, ils servent à équilibrer horizontalement l'objet en lévitation, tandis que ta formule permet un transfert d'énergie de la verticale à l'horizontale. S'il y avait eu assez d'espace pour le faire monter jusqu'à la hauteur maximale de ton sort, il aurait sûrement été catapulté de côté.

Hugues fixa le grimoire d'un œil incrédule.

— Si tu voulais réduire l'élévation de ta cible, tu pourrais t'y prendre de plusieurs manières, poursuivit Alustin. Ce qu'on appelle une ligne restrictive, ou de restriction, peut être ajoutée à un trait directeur pour limiter la hauteur de l'effet. Une ligne d'exutoire permettrait de purger le mana excédentaire avant qu'il ne soit intégré au sort. On pourrait aussi envisager d'incorporer des déterminantes supplémentaires au diagramme : des figures de lumière, par exemple, pour le faire luire et, par la même occasion, consommer davantage de mana, pour empêcher que ta cible s'envole si haut.

Il s'arrêta, et plongea le regard dans les yeux d'Hugues.

— Tu vas apprendre comment maîtriser tous ces techniques, et bien plus encore. Cela te permettra d'atteindre un degré de versatilité sans pareil avec tes sorts. Cependant, cela fait déjà des semaines que tu es en mesure de créer tes propres formules, Hugues. Tu aurais dû t'en rendre compte et commencer seul. Tu ne peux pas t'attendre à ce que tes professeurs – même moi – te mâchent le travail. Il va falloir que tu apprennes à trouver toi-même les réponses à tes questions. Mais…

Un large sourire étira les lèvres de l'archiviste.

— Je suis fier de toi. Félicitations, tu as créé ton premier sortilège original et tu viens d'accomplir quelque chose que bien des mages n'osent jamais tenter au cours de toute une vie.

Hugues battit des paupières, décontenancé, puis s'autorisa un sourire.

Soudain, la porte du bureau s'ouvrit à la volée. Talia fit irruption dans la pièce et trébucha immédiatement sur le grimoire tombé sur son chemin. Dans sa chute, les lourds volumes qu'elle tenait entre les bras s'éparpillèrent au sol et elle se releva en pestant.

— Qui est l'idiot qui a laissé un bouquin dans le passage ? Vous essayez de m'assassiner ?

Elle semblait prête à se lancer dans l'une de ses interminables tirades enragées. Le sourire d'Hugues se mua en mine piteuse, et il se dépêcha d'aller la rejoindre pour l'aider à ramasser ses livres.

Chapitre vingt-trois

Trop de sorts

Hugues passa les quelques jours suivants à s'entraîner sans relâche à la lévitation, et se rendit rapidement compte de plusieurs choses.

Premièrement, ses camarades avaient beau être heureuses pour lui, elles appréciaient moyennement qu'il catapulte leurs affaires à travers la pièce.

Deuxièmement, la création de formules magiques constituait une tâche bien plus ardue que ce qu'il croyait. Son premier essai consista à altérer les traits directeurs pour ne pas projeter sa cible de côté, mais produisit un sort qui menaçait de broyer l'objet affecté sous l'effet d'une pression contraire. Il avait tenté de copier les tracés du diagramme de lévitation enseigné en cours, mais ç'aurait été trop simple : changer de figure fondamentale signifiait qu'il fallait adapter tous les éléments à cette nouvelle base. Il allait devoir élucider ce problème tout seul.

Lors de son deuxième essai, l'objet ne fut pas compressé, mais se mit à tourner sur lui-même à vive allure. Apparemment, les nouveaux traits directeurs devaient être déplacés légèrement vers le bas des lignes déterminantes, ce qui entraînait d'autres modifications…

Bien vite, il comprit pourquoi si peu de mages s'embarrassaient à étudier l'architecture des formules, et commença à s'interroger. Était-ce bien raisonnable, d'espérer apprendre à improviser quelque chose d'aussi complexe ?

Il mena quelques recherches qui lui apprirent qu'en moyenne, un sorcier ne mémorisait pas plus d'une douzaine de sortilèges différents, ce qui expliquait pourquoi tant d'entre eux ne se séparaient jamais de leurs lourds grimoires remplis de formules aux effets scrupuleusement détaillés. Afin de jeter un sort qu'ils ne connaissaient pas par cœur, ils devaient parcourir leurs manuels et suivre les instructions compilées à l'intérieur. Pas très pratique sur le champ de bataille, mais la plupart des sorciers ne devenaient pas mages de guerre.

La capacité à échafauder des sorts à l'improviste lui apporterait donc un avantage incomparable en termes de polyvalence, mais la difficulté de la tâche s'annonçait proprement désespérante. La plupart des créateurs de formules ne s'y essayaient même pas, préférant consciencieusement élaborer, tester et peaufiner leurs sortilèges dans des laboratoires protégés, en cas de pépin.

Visiblement, Alustin attendait d'Hugues bien plus que ce qu'il avait pu imaginer.

Hugues avait aussi commencé à s'intéresser à l'enchantement, puisque cette pratique avait de nombreux points communs avec ce qu'il espérait accomplir. Mais cette discipline présentait ses propres complications ; les runes et glyphes employés pour fixer des enchantements sur des objets physiques constituaient un type de formules spécial, sans aucune utilité pour la magie spontanée. Leurs tracés ne correspondaient en rien à ceux des sortilèges ordinaires, sans parler des paramètres additionnels à prendre en compte, comme les propriétés de conduction du mana de chaque matériau, et toute une batterie d'autres facteurs.

La pratique de l'enchantement lui paraissait absolument fascinante, mais pour l'instant, Hugues décida de se limiter à une seule discipline hautement spécialisée – et déjà bien trop complexe pour lui.

Néanmoins, ces expériences avec le sort de lévitation constituaient un bon point de référence pour estimer l'ampleur des progrès qu'il avait à faire, et cela ne fit que l'inciter à décupler ses efforts. Ce qui le tracassait le plus, cependant, était l'idée d'apprendre la construction de formules sans avoir dépassé le stade des tours de magie, alors qu'il se trouvait encore loin d'atteindre sa première harmonisation. Cela risquait-il de poser problème, plus tard ? Difficile à dire.

Lorsqu'il se décida enfin à demander à Alustin, celui-ci éclata de rire.

— Je commençais à croire que tu ne te poserais jamais la question ! Eh bien, non, il n'y a pas vraiment de différence. Même les sortilèges de haut rang emploient d'importantes proportions de mana non harmonisé. À l'inverse, les tours de magie ne sont pas complètement dépourvus d'affinités : ton sort de lévitation fait appel à du mana légèrement teinté par le pouvoir des forces et de la gravité, tandis qu'un sort de flammèche basique utilise du pyromana en très faibles concentrations.

— Mais alors, quel est l'intérêt des harmonisations ? demanda Hugues.

— La réponse courte, c'est que sans harmonisation, le mana qu'on est capable de canaliser dans un sort n'aura qu'une affinité distante avec l'élément voulu. Insuffisant pour alimenter des formules d'affinité profonde. On peut allumer du petit bois avec du mana non harmonisé, mais pas lancer des boules de feu.

— Donc si j'apprends à créer des sorts maintenant…

— Cela te conférera très certainement un avantage substantiel lorsque tu auras signé un contrat avec une entité magique et ainsi gagné ses harmonisations, oui, le coupa Alustin. À ce propos, as-tu retenu d'autres candidats ?

Chapitre vingt-quatre

Une pierre ronde

Hugues ajouta minutieusement l'ultime ligne de restriction à la formule mentale qu'il visualisait, et canalisa son mana avec précaution. Retenant son souffle, il fit s'élever dans les airs la sphère de granite de la taille d'un crâne qu'il avait couverte de marquages à la craie, et qui flottait désormais à un mètre du sol.

— Ouais ! s'exclama-t-il triomphalement.

— Ça va, c'est juste un caillou volant, soupira Talia en levant les yeux au ciel. C'est pas comme si c'était une nouveauté.

Hugues lui adressa un sourire narquois.

— Vas-y, lance ton songefeu dessus.

La rousse lui jeta un regard méfiant. Ils se trouvaient dans une des salles d'entraînements accessibles aux étudiants et Talia faisait une pause pour reconstituer ses réserves de mana, tandis que Godrick et Sabae enchaînaient les duels amicaux de l'autre côté de la pièce.

— Et pourquoi je ferais ça ?

— Essaie, allez, insista Hugues, toujours souriant.

Elle roula de nouveau des yeux, mais se leva de sa chaise et, d'un geste presque paresseux, projeta un orbe de songefeu de la taille d'un poing en direction de la pierre.

Sans crier gare, la sphère de granite fit un écart vers le haut, esquivant le projectile enflammé, qui alla s'écraser contre le mur de la pièce. Les parois enchantées des salles d'entraînement étaient conçues pour absorber les dégâts des sorts – du moins ceux enseignés aux étudiants.

Talia plissa les yeux et jeta à Hugues un regard noir.

— Bon, c'est quoi, le truc ? T'as trouvé un moyen de contrôler comment elle bouge avec ton esprit ? T'aurais pu tester ça sans venir m'embêter.

— Eh non, répliqua-t-il avec une moue satisfaite. Essaie encore.

Talia lança une deuxième boule de feu, et la pierre flottante esquiva par la gauche, évitant le coup de justesse. Visiblement contrariée, Talia enchaîna avec une paire d'éclairs enflammés, l'un droit sur la sphère, l'autre juste au-dessus.

La cible volante s'enfuit vers le bas.

Avec un grognement, Talia se mit à faire pleuvoir un véritable déluge de projectiles sur la pierre, les uns à la suite des autres.

La pierre d'Hugues les esquiva toutes, sans jamais s'éloigner de plus d'une trentaine de centimètres de son emplacement d'origine.

Ayant noté l'agitation de leurs camarades, Godrick et Sabae avaient interrompu leur échange de passes d'armes pour les observer. Talia suait à grosses gouttes, désormais, et sa cadence de tir avait grandement diminué. Enfin, elle marqua une pause et pivota pour apostropher Hugues.

— Qu'est-ce que t'as fabriqué avec ce truc ? haleta-t-elle. Elle saute dans tous les sens, on croirait un chasseur tombé dans un ruisseau de glacier !

Le sourire d'Hugues s'élargit encore plus. Il prit un gravier guère plus gros qu'une noisette dans la main et le jeta sur la pierre, qu'il toucha sans même qu'elle frémisse.

— J'ai tracé un sceau de protection dessus. Quand il détecte de l'oniromana à proximité, il envoie une pulsation directionnelle. Puis j'ai créé une formule de lévitation conçue pour réagir à ces pulsations, et déplacer la sphère en fonction de celles-ci. À chaque fois, le sort ramène la cible à son point d'origine.

Talia le fusilla de nouveau du regard, puis se retourna vers la sphère et lança un unique trait de songefeu sur sa cible. Hugues, certain qu'elle ne toucherait pas, l'observa d'un air suffisant.

Le projectile embrasé fusa en direction du bloc de pierre, qui esquiva promptement, mais l'éclair de feu s'immobilisa en l'air et demeura suspendu pile à l'endroit où revenait toujours la sphère. Suivant son mouvement prédéfini, la cible reprit sa place… en plein dans le songefeu.

À la stupéfaction d'Hugues, la portion de roche touchée par les flammes se couvrit de tiges végétales entremêlées qui pourrirent en un instant, laissant un trou béant dans la pierre. Talia esquissa un sourire carnassier, puis expédia une autre salve de songefeu sur sa cible.

Elle fit mouche à chaque fois : le premier impact avait brisé le sceau tracé par Hugues, qui n'envoyait plus aucun signal directionnel. L'air un peu gêné, Hugues arrêta de canaliser son mana dans le sort, et les restes fracassés de la sphère cliquetèrent au sol.

— Bien essayé, le nargua Talia, très contente d'elle-même.

Avec un soupir, Hugues retourna à ses exercices. Il était censé combiner plusieurs tours de magie en une seule formule. Pour l'instant, il n'arrivait pas à aller au-delà de trois : il pouvait faire léviter, briller et émettre un bruit simultanément à un même objet, mais n'était pas parvenu à intégrer d'autres effets à son sortilège.

Cela faisait maintenant des semaines qu'Hugues avait lancé son premier sort de lévitation. Il savait désormais répliquer à volonté tous les tours basiques enseignés en cours aux autres étudiants, ainsi que les modifier selon ses besoins.

Pourtant, au vu de la puissance limitée de ces sorts, il restait tout de même sérieusement en retard sur la majorité de ses camarades. Tant qu'il n'aurait pas signé un contrat de démoniste avec une grande entité magique, il ne pourrait pas réellement commencer à développer ses pouvoirs. Tous les élèves avaient déjà bien amorcé leur processus d'harmonisation.

À mesure que la date de l'examen dans le Labyrinthe approchait, sa nervosité augmentait. Bien évidemment, il n'était pas seul dans ce cas, mais les autres membres de son équipe avaient au moins de vraies capacités à apporter au groupe.

Mais en dépit de son anxiété, Hugues n'avait jamais été aussi heureux. Pas depuis qu'il vivait encore avec ses parents.

En fin de compte, il avait partagé avec Godrick tous les détails de sa situation, et ce que signifiait être un démoniste. À sa grande surprise, Godrick trouva cela absolument passionnant, et se mit même en tête de l'aider à sélectionner des protecteurs potentiels. Il n'avait pas raconté grand-chose de plus à l'immense gaillard à propos de son passé, mais celui-ci se montra délicat à ce propos, et choisit de ne pas insister. Difficile de savoir ce que les autres avaient pu lui dire.

Hugues n'avait toujours pas révélé l'existence de son repaire à qui que ce soit, même pas Sabae, Talia ou Godrick, mais il y passait moins de temps, et appréciait de plus en plus leur compagnie. Désormais, les quatre novices s'entraînaient quotidiennement pour leur future aventure dans le Labyrinthe. Leurs maîtres leur assignaient de nombreuses lectures sur la nature de ce lieu mystérieux : des témoignages de survivants, pour la plupart, qui en détaillaient les dangers les plus communs.

Cela faisait aussi des semaines que Rhodes n'avait rien tenté, ce qui constituait un profond soulagement. C'était sans doute dû au fait qu'Hugues n'était presque plus jamais seul et vulnérable.

Chapitre vingt-cinq

La découverte de la tanière

C'était un quardi soir, après le dîner, que la chambre secrète d'Hugues fut découverte. Il avait laissé les autres à la sortie du réfectoire et pris le chemin de la bibliothèque, déclinant la proposition de Godrick d'aller profiter de l'air du soir sur un balcon et regarder les nefs des sables au pied de la montagne.

Il avait emprunté son itinéraire tortueux habituel, prenant garde d'éviter les archivistes et de s'exposer le moins possible aux yeux de papier des golems d'origami. Malheureusement, sa vigilance lui fit tout de même défaut…

Arrivé à l'étagère qui dissimulait l'entrée de son repaire, désormais uniquement remplie par ses soins de comptes-rendus de loi fiscale assommants et d'accords commerciaux révolus depuis longtemps, il se glissa derrière. Encore une mesure de protection, destinée à éloigner les curieux, en plus des quantités de sceaux qui couvraient le chambranle de la porte.

Prenant place à son bureau, il s'attela à ses projets les plus récents lorsque les sceaux d'alarme de l'entrée se déclenchèrent. Les cristaux lumineux de la pièce se mirent à clignoter silencieusement. Un instant plus tard, les contre-mesures défensives s'activèrent et un claquement lourd retentit au-dehors, suivi d'un chapelet de jurons.

Hugues réalisa que quelqu'un avait dû le filer jusqu'à sa chambre et la panique s'empara de lui. Ses sceaux ne réagissaient que si quelqu'un tentait d'ouvrir sa porte. Ça ne pouvait être que Rhodes. La brute devait attendre le bon moment pour frapper, et il avait réussi à coincer Hugues seul, profitant d'un instant d'inattention.

Il se précipita vers la fenêtre, prêt à essayer de s'échapper par là, avant de se ressaisir en se rappelant qu'elle donnait sur une façade de granite abrupte et dénuée de prises. Terrifié, il se mit à chercher frénétiquement une autre issue, lorsqu'il reconnut la voix qui braillait à l'extérieur.

Avec un soupir de soulagement, il se dirigea vers l'entrée. Il tremblait toujours, mais sa peur s'était évanouie.

— Talia, salua-t-il en ouvrant la porte.

La petite rousse le fixait d'un regard noir, allongée sur la face arrière de l'étagère jetée à la renverse par la détonation des sceaux défensifs. Elle saignait profusément d'une coupure à l'arcade, et aurait certainement de vilains bleus le lendemain.

Il lui tendit une main pour l'aider à se relever, ce qui lui valut une claque sur le poignet.

— C'est comme ça que t'accueilles tes amis ? fulmina-t-elle.

— Je… Je ne savais pas que tu viendrais, bredouilla Hugues.

— Non, parce que tu nous as jamais fait assez confiance pour nous dire où tu vivais ! rétorqua-t-elle d'un ton venimeux, le visage empourpré par la rage.

Elle se releva. Devant son expression, Hugues crut qu'elle s'apprêtait à le frapper. Il avait la boule au ventre. Non, ce n'était pas un manque de confiance ; il n'avait simplement jamais trouvé le bon moment pour leur en parler. Peut-être s'était-il montré un peu trop paranoïaque, mais ça n'avait rien à voir avec eux… Il savait bien qu'il n'avait rien à craindre d'eux…

— Qu'est-ce que tu fabriques, planté là, les bras ballants ? le rabroua-t-elle. Tu vas même pas t'excuser d'avoir manqué de me tuer ?

Hugues voulut parler, mais les mots restèrent coincés dans sa gorge. Devant son silence, Talia laissa échapper un grognement furieux et le poussa de toutes ses forces. Il tomba sur le derrière, toujours muet.

— Je croyais qu'on était amis, cracha Talia d'une voix emplie de déception.

Le temps qu'il se relève, elle avait disparu.

Il fallut plusieurs heures à Hugues pour redresser l'étagère et y replacer tous les livres.

Après ça, il essaya de se concentrer sur ses nouveaux projets, sans succès, puis tenta de continuer sa lecture du Bestiaire, mais abandonna après avoir lu et relu la même entrée pendant des heures : l'article sur Kraggoth Crin-de-griffe, une sorte de chimère démente emprisonnée sous la capitale de l'empire Havath.

Découragé, il alla se coucher sans même se déshabiller. Cette nuit, il peina à trouver le sommeil. Lorsqu'il s'endormit enfin, il ne cessa de rêver de pactes signés avec un monstre fait d'ombres qui exigeait la vie de ses amis en échange d'un immense pouvoir.

Le quindi fut encore pire. Il s'efforça bien de quitter son repaire à plusieurs reprises, mais à chaque fois qu'il s'éloignait de la porte, son cœur se mettait à battre la chamade et la nausée s'emparait de lui. Il ne se rendit pas au réfectoire pour prendre son déjeuner – de toute façon, il n'avait pas faim – et passa le plus clair de la journée au lit, à somnoler, ne sortant que pour faire ses besoins et boire un peu d'eau aux toilettes du dépôt. Même avec le peu de gens qui les utilisaient, il fit particulièrement attention à éviter de croiser qui que ce soit.

La seule chose qu'il accomplit ce jour-là fut de retracer ses sceaux de protection. Cette fois, il prit soin d'inclure des exceptions pour chacun de ses amis.

Restait à voir si Talia le considérait encore comme tel.

Voilà qu'il était enfin arrivé à tisser des liens avec quelqu'un, et il avait trouvé le moyen de tout gâcher. Talia ne voudrait plus jamais lui parler, et tous les autres se rangeraient de son côté et…

Au fond de lui, Hugues savait que ces angoisses étaient irrationnelles. Talia attaquait tous les problèmes frontalement ; elle n'était pas du genre à faire des magouilles ou à colporter des ragots. Elle raconterait certainement à tout le monde qu'elle s'était battue.

Cela ne l'empêcha pas de ressasser les pires scénarios possibles, peu importe à quel point ils pouvaient sembler ridicules.

Cette nuit, Hugues ne rêva pas.

Le lendemain matin, hexdi, Hugues s'assit par terre sous la fenêtre, le menton posé sur les genoux, les yeux braqués sur la porte. Il avait éteint les cristaux lumineux et fermé les rideaux, afin de plonger sa chambre dans le noir le plus total. Il avait beau savoir qu'il aurait dû sortir du lit et se rendre à son entraînement matinal, la simple idée de quitter son refuge lui paraissait une épreuve insurmontable. Il n'arrêtait pas de retourner les paroles de Talia dans son esprit, tout en se maudissant de son absence de réaction. L'heure des cours arriva et passa, puis celle du déjeuner.

Toujours recroquevillé sous la fenêtre, Hugues était sur le point de sombrer dans un sommeil léger lorsqu'on toqua à la porte. Il ouvrit brusquement les paupières, le cœur battant à toute allure, mais demeura figé. Rien d'autre. Alors, Hugues commença à essayer de se convaincre qu'il l'avait simplement imaginé.

— Je sais que tu es là, Hugues, retentit la voix de Talia, de l'autre côté.

Il entrouvrit la bouche pour répondre, mais encore une fois, les mots restèrent prisonniers de sa gorge.

— Hugues…

Il y eut un petit choc mat contre le bois ; sa tête, posée doucement contre le battant.

— Je suis sûre que t'as dû renforcer tes sceaux et que je vais me faire catapulter à travers toute la bibliothèque, mais je m'en fiche. Je rentre.

Le cœur d'Hugues martelait si fort qu'il n'entendait presque plus que son propre pouls.

La porte s'ouvrit, révélant la silhouette de Talia, une main levée pour se protéger d'une détonation qui ne vint pas. Elle avait le front bandé et des ecchymoses sur les avant-bras. Lentement, elle abaissa le bras. Hugues baissa les yeux, pour ne pas avoir à croiser son regard.

Elle resta dans l'embrasure quelques instants, le temps que ses yeux s'ajustent à la pénombre uniquement troublée par le mince rai de lumière qui filtrait derrière l'étagère. Quelques interminables secondes s'écoulèrent, puis elle s'avança dans la pièce.

— J'ai inscrit des exceptions pour toi, cette fois, murmura Hugues.

Il l'entendit soupirer, puis elle alluma les cristaux d'éclairage. Hugues se recroquevilla encore un peu plus.

Une fois qu'elle eut refermé la porte, elle marcha jusqu'à lui et resta debout pendant une longue minute, avant de s'asseoir.

Le silence s'éternisa, jusqu'à ce que Talia le brise.

— Je suis désolée, Hugues.

Il resta muet.

— Je reconnais que ça m'a mise en colère que tu nous caches là où tu vis, mais j'aurais dû t'en parler, plutôt que de te prendre en filature. J'ai envahi ton espace privé, j'ai essayé d'ouvrir ta porte alors que je me doutais que tu préférais garder ça pour toi. En plus, je savais à quel point t'es doué pour les sceaux. Et au lieu d'admettre ma faute, je me suis énervée contre toi, comme une idiote.

Elle se tut pendant un long moment.

— J'ai mis moins d'une heure à me calmer et à me rendre compte que j'avais été bête, mais j'avais trop honte pour revenir te voir. J'étais sûre que tu m'en voulais à mort. Du coup, j'ai passé toute la journée d'hier à m'entraîner pour éviter les autres. Ce matin, je suis allée les rejoindre, mais quand j'ai vu que t'étais pas là... Je me suis sentie très coupable. Ils m'ont demandé si je savais où tu étais, comme ils étaient sans nouvelles depuis quardi soir.

Elle marqua une nouvelle pause.

— J'ai été lâche, je leur ai raconté que t'étais barbouillé. Ils ont tous gobé le bobard – peut-être pas Alustin, mais il a rien dit.

Elle soupira.

— Je suis pas arrivée à me concentrer de toute la journée. Après l'entraînement, je me suis éclipsée pour venir te parler, mais j'ai dû rester plantée au moins une heure devant ta porte.

Encore quelques minutes de silence, assis face à face.

— S'il te plaît, Hugues, dis quelque chose.

Il aurait voulu, mais il était comme pétrifié, incapable de relever le visage, le front posé sur les genoux.

— Tu... Tu préfères sûrement que je te laisse, ajouta-t-elle d'une voix faible. Je... Je suis désolée, je n'aurais pas dû venir.

Elle se leva pour aller vers la porte, mais en la voyant partir, Hugues parvint enfin à trouver la force de redresser la tête.

— Attends, lança-t-il plaintivement.

Talia s'arrêta et pivota lentement sur ses talons. Hugues la fixait, les yeux remplis de larmes. Il cacha de nouveau son visage derrière ses jambes.

— Ne pars pas.

Elle resta debout devant la porte un instant, puis le rejoignit et s'adossa au mur, à côté de lui. Sans un mot, elle lui passa un bras autour des épaules et le serra contre elle, tandis qu'il laissait ses larmes couler.

Ils demeurèrent ainsi, appuyés l'un contre l'autre, pendant au moins une heure, jusqu'à ce qu'Hugues retrouve un peu ses esprits.

— Je croyais que tu ne voulais plus qu'on soit amis, croassa-t-il faiblement.

Talia le foudroya d'un regard furieux.

— Mais espèce d'andouille, bien sûr que...

Elle s'interrompit en plein milieu de sa phrase, un sourire crispé et sans joie tordant ses lèvres.

— J'étais venue m'excuser, et voilà que je recommence à t'enguirlander... Je suis vraiment pas douée pour ces trucs-là.

Resserrant un instant sa prise autour des épaules d'Hugues, elle le pressa un peu plus fort contre elle.

— C'est la colère qui a parlé, et je me suis comportée comme un gros tas de crottes de bique avec toi. Bien sûr que je veux encore être ton amie. Enfin, si toi tu veux...

Hugues acquiesça avec ferveur et Talia laissa échapper un soupir de soulagement. Ils se turent quelques instants.

— Je crois qu'il y a quelque chose qui cloche chez moi, Talia, finit par dire Hugues d'une voix enrouée. Quand... Quand Rhodes vient me chercher des noises, je n'arrive jamais à lui tenir tête, et j'ai constamment peur que Sabae, Godrick et toi, vous allez arrêter d'être mes amis du jour au lendemain. Il suffit qu'on se dispute, et je m'effondre complètement pendant deux jours.

Elle ouvrit la bouche pour répondre, mais se ravisa, avant de reprendre.

— Hugues, t'es pas obligé d'en parler si tu veux pas, mais... À la bibliothèque, quand tu nous as raconté ce qui t'était arrivé, tu nous as rien dit à propos de Rhodes. Est-ce que... est-ce qu'il y a autre chose que tu ne nous as pas raconté ?

Hugues resta figé un moment, silencieux, puis hocha presque imperceptiblement la tête.

Cela fit froncer les sourcils à Talia.

— Hugues… Ta tante et ton oncle… Personne ne t'a… fait quoi que ce soit… enfin… tu vois ?

Elle paraissait terriblement mal à l'aise.

— Non, rien comme ça, répondit Hugues. Personne n'a jamais… Non, pas ce genre de choses.

Il prit une profonde inspiration, expirant en un long souffle saccadé.

— Mais oui, c'était bien pire que ce que j'ai laissé entendre, ce jour-là. Et… Je n'ai jamais vraiment eu d'amis. J'ai toujours été assez timide, pas très sociable, même avant…

— Tu veux en parler ?

Il fit non de la tête.

— Pas… pas maintenant.

Hugues trouva un peu de réconfort dans le fait que Talia faisait comme s'il ne s'était pas remis à pleurer, et encore davantage quand elle le serra à nouveau dans ses bras.

Une fois qu'il se fut ressaisi et eut essuyé son visage sur le revers de sa manche, il se redressa un peu, et adressa un sourire penaud à Talia.

— Tu veux que je te fasse visiter ?

— Bien sûr, répondit-elle sur un ton encourageant.

— Là, c'est mon lit, lui indiqua-t-il en se relevant. Mon bureau. Et là…

Il écarta les rideaux tout en parlant.

— Ma fenêtre.

Il ouvrit les battants et Talia manqua de s'étouffer devant la vue. Le soleil commençait tout juste à descendre sur l'horizon et, sous les rayons du soir, les dunes de l'Erg Sans-fin se paraient d'une époustouflante palette de rouges sanguinolents. En contrebas, une nef des sables accostait au port, depuis les profondeurs du désert, ses mâts couronnés de petits drakes virevoltants.

— Mais Hugues, c'est… c'est…

Talia lui décocha soudain un coup de poing sec dans l'épaule.

— Aïe ! s'écria-t-il. Mais qu'est-ce que j'ai fait ?

— Ben, je suis jalouse ! répliqua Talia. Regarde-moi cette vue ! C'est incroyable ! Je doute que même Rhodes ait une chambre avec fenêtre, et encore moins ce genre de panorama. Comment est-ce que t'as trouvé cet endroit ?

Il entreprit de lui raconter l'histoire de sa première rencontre avec Alustin, et de comment il avait fini par découvrir cette pièce. Puis il lui parla des évènements du jour de l'Initiation, et de sa théorie selon laquelle Alustin avait fait entrer le lit par magie.

Enfin, il lui montra son nouveau projet, ce qui arracha un sourire malicieux à Talia.

— Ça, ça risque de nous être bien utile, dans le Labyrinthe, observa-t-elle.

Hugues commença à lui expliquer la chose plus en détail, mais un soudain gargouillis de son estomac vide l'interrompit en plein discours.

— C'était quand, le dernier repas que tu as pris, Hugues ?

Gêné, il baissa les yeux au sol et lui avoua qu'il n'avait rien mangé depuis leur dispute.

— Si tu veux venir avec moi, le réfectoire doit encore être ouvert, proposa-t-elle. Moi, j'ai rien mangé depuis midi, j'ai les crocs.

Il acquiesça.

Avec un petit rire, elle se dirigea vers la porte. Avant de l'ouvrir, elle se retourna vers lui.

— Par contre, tu devrais vraiment te changer avant de sortir. Ne le prends pas mal, mais tu pues le bouc. Je t'attends dehors.

Sans attendre de réponse, elle sortit et referma la porte.

Pinçant le tissu de sa chemise entre ses doigts, Hugues le porta à son nez, et ne put réprimer une grimace devant les effluves musqués qui s'en échappaient.

Chapitre vingt-six

Un anniversaire

Hugues fut fort reconnaissant à Talia de n'avoir rien divulgué aux autres à propos de son repaire ou de la façon dont elle l'avait découvert ; en ce qui les concernait, il avait simplement été malade.

En fin de compte, il fit tout de même en sorte de trouver un moment pour les inviter dans son refuge. Bien vite, l'endroit devint un de leurs lieux préférés pour se relaxer entre amis. Ils y installèrent plusieurs fauteuils, ainsi qu'une table basse, afin que tout le monde puisse prendre ses aises, à tel point qu'Hugues devait fréquemment les chasser de son bureau lorsqu'il avait des devoirs à faire.

Ses craintes initiales, comme quoi renoncer ainsi à une partie de son intimité lui causerait énormément de stress, cédèrent rapidement la place à la satisfaction de profiter de la compagnie de ses amis. Dans sa chambre, il parvenait à se détendre comme nulle part ailleurs.

Cependant, il ne manqua pas d'améliorer les sceaux de protection, afin d'assourdir les bruits qui pouvaient provenir de la pièce. Ni Godrick ni Talia n'étaient particulièrement doués pour se faire discrets…

Pile deux semaines avant le solstice d'été, Hugues fut réveillé en sursaut par ses trois camarades se jetant sur son lit à l'unisson. Fort heureusement, Godrick avait eu la présence d'esprit de ne pas lui tomber dessus, mais Sabae et Talia pesaient bien assez lourd pour lui couper le souffle.

— Joyeux anniversaire ! braillèrent les trois larrons.

Hugues ne parvint qu'à bredouiller une exclamation incohérente, avant de les repousser dehors à grand-peine, le temps qu'il se change. Dès qu'il leur fit signe, ils se précipitèrent de nouveau à l'intérieur.

— Les cadeaux ! claironna Talia en lui jetant entre les bras un paquet enroulé dans un long morceau de tissu.

Hugues ne réagit pas assez vite pour l'attraper. L'objet rebondit contre sa poitrine, puis tomba au sol. Il semblait lourd pour sa taille et, au son, sûrement métallique. Avant de le déballer, Hugues massa son sternum quelques secondes, là où le cadeau l'avait frappé. À l'intérieur, il découvrit un poignard dans un fourreau de cuir. C'était le pommeau orné de motifs de flammes qui lui avait heurté la poitrine.

— Tu viens vraiment d'lui jeter un couteau en pleine poire ? s'esclaffa Godrick.

En guise de répartie, Talia lui décocha un petit coup de pied dans le mollet.

— C'est une dague du clan Castis, annonça-t-elle fièrement. Elle n'est pas enchantée, mais c'est une bonne lame, et solide. On n'en fait don qu'aux amis du clan, alors fais-y bien attention !

— Promis, acquiesça Hugues avec un sourire.

De son index, elle lui piqua le gras du ventre.

— Attention, je plaisante pas ! Si jamais tu rencontres qui que ce soit du clan Castis et que tu leur montres cette dague, l'honneur exige qu'ils te viennent en aide. Par contre, attends-toi à ce qu'on te questionne en détail sur comment tu te l'es procurée.

Hugues considéra l'objet quelques secondes de plus, puis s'inclina légèrement en signe de gratitude.

— Merci, Talia, j'en prendrai le plus grand soin. C'est un bien plus beau cadeau que ce que je mérite.

L'air soudain un peu gênée, elle hocha la tête.

— À mon tour, dit Sabae en jouant des coudes pour se glisser entre Godrick et Talia.

Elle lui tendit son présent : un paquet de la taille d'un oreiller, emballé dans du papier. Hugues commença à le déchirer à la main, mais se ravisa et, avec un sourire ravi, s'empara de la dague offerte par Talia pour finir de le déballer.

À l'intérieur, il y avait deux livres. Le premier était un épais tome à couverture de cuir. Contrairement au Bestiaire de Galvachren, il faisait une taille normale, et possédait une sangle accrochée aux deux extrémités de la reliure – de toute évidence afin d'être porté en bandoulière. Une autre lanière avec une boucle servait à maintenir le volume fermé. Hugues la défit pour révéler de nombreuses pages blanches. À l'intérieur de la couverture, dans des rabats cousus, il y avait quelques plumes à écrire et des morceaux de charbon à dessin. Finalement, une dernière poche dans la bandoulière abritait un encrier de voyage compact.

— Ma famille m'a envoyé ce grimoire, expliqua-t-elle. Mais maintenant que j'apprends l'incantation sans formules, il ne me sert plus à grand-chose. Comme il est plus épais que la plupart des livres de sorts, je me suis dit qu'il te serait utile pour prendre des notes et consigner tes créations.

Le visage fendu d'un large sourire, Hugues fit défiler les pages vierges. Les grimoires de magicien dépassaient rarement la taille d'un livre de poche, ce qui ne permettait de reproduire qu'un ou deux diagrammes par page, avec juste assez d'espace pour une description sommaire – guère plus que des pense-bêtes conçus pour un usage rapide. Celui-ci, en revanche, serait absolument parfait pour étudier et répertorier quantité de sortilèges dans le plus grand détail, ainsi que toutes leurs variations.

Il le reposa et prit le deuxième livre. Celui-ci – un carnet de format plus classique, destiné à être glissé dans une poche – était relié en peau de reptile. Il l'ouvrit, s'attendant à ce que les pages soient vierges aussi, mais trouva à l'intérieur des diagrammes d'une extrême complexité, assortis de notes en pattes de mouches incroyablement serrées. À mesure qu'il feuilletait, il réalisa qu'il s'agissait d'un ouvrage complet sur la construction de sceaux de protection à une échelle monumentale, susceptibles d'affecter une forteresse entière, peut-être même une ville.

— C'est… balbutia-t-il en relevant les yeux.

Sabae le regardait avec un sourire rayonnant.

— Le carnet de notes de mon arrière-grand-mère. C'était une sommité en matière de sceaux ; elle savait créer des barrières environnementales capables de garder les navires contre les tempêtes, et même d'abriter toute une cité lors d'un ouragan.

— Je ne peux pas accepter, se défendit Hugues. Ce genre de choses n'a pas de prix.

— Ma famille en a déjà fait plusieurs copies, répliqua-t-elle. Et ils ne se sont pas fait prier quand je leur ai demandé de me l'envoyer. J'ai aussi un message pour toi, de leur part : si jamais tu atteins un jour son niveau, ils auront une offre d'emploi à te faire.

Hugues déglutit péniblement, ne sachant que répondre face à un tel honneur. Toujours radieuse, Sabae le serra dans ses bras.

Lorsqu'elle le relâcha, Talia se glissa à côté d'elle pour lui donner une bourrade dans les côtes.

— Forcément, maintenant j'ai l'air d'une abrutie à côté de tes cadeaux mirobolants. Il me reste plus qu'à espérer que Godrick te fasse passer pour une truffe.

Ce dernier s'avança pour lui offrir son présent.

— J'ai pas pensé à emballer l'mien, s'excusa-t-il un peu piteusement.

Il lui plaça dans la paume une grosse bille de verre creuse gravée de formules magiques d'une grande complexité.

— J'suis arrivé à convaincre un prof' d'enchantement d'm'aider à en faire un, en échange d'un coup d'main pour fabriquer l'sien. C'est possible qu'avec l'aide d'un olfactomancien.

— Qu'est-ce que c'est ? demanda Sabae.

Hugues essayait de déchiffrer lui-même les diagrammes inscrits à la surface de la bille, mais ils s'avéraient terriblement complexes, et bien différents de ceux avec lesquels il avait l'habitude de travailler.

— Ça absorbe les senteurs, répondit Godrick. Y a qu'à s'le frotter sous les bras et… ça désodorise, pour pas fouetter.

Hugues rougit légèrement, mais son amusement surpassait amplement sa gêne. Force était de reconnaître qu'il souffrait parfois d'une odeur corporelle un peu agreste. Ce serait assurément un cadeau très utile.

Immédiatement, Talia serra le colosse dans ses bras.

— Ah, merci Godrick ! s'exclama-t-elle avec emphase. C'est vraiment le plus beau cadeau qu'on aurait pu lui faire !

Hugues pouffa et fit un geste grossier à la petite rousse, avant de donner à Godrick une accolade amicale.

Puis, quelque chose le frappa soudainement.

—Attendez… s'étonna-t-il. Comment est-ce que vous avez su que c'était mon anniversaire, aujourd'hui ? Je ne me souviens pas de vous avoir dit la date.

—Alustin nous a mis au courant, répondit Sabae.

Évidemment. Qui d'autre que lui ?

—On avait l'intention de te traîner avec nous au petit-déjeuner avant d'aller passer le reste de la journée à regarder les nefs des sables, poursuivit-elle. Si ça te tente, bien sûr.

Tout ça lui semblait en effet fort attrayant. Depuis son arrivée à Fort-Céleste, il n'était pas redescendu une seule fois au port. Mais…

—C'est vrai que c'est tentant, mais j'ai une meilleure idée.

Les étages inférieurs

— Z'êtes sûrs qu'c'est une bonne idée ? demanda Godrick une deuxième fois.

Il avait beau être le plus grand et le plus intimidant d'eux quatre, c'était aussi le plus nerveux.

— Non, mais ça va être super marrant ! répliqua Talia.

Hugues leva les yeux au ciel.

— Ne t'inquiète pas, Godrick. Tout va bien se passer.

Au cours de ses errances à travers le dépôt, Hugues avait découvert quelque chose d'intéressant : une porte menant aux niveaux inférieurs de la bibliothèque, bien plus profonds que ceux qu'Alustin les avait autorisés à visiter. Plus précisément, les étages rigoureusement défendus d'accès aux élèves. En réalité, l'existence de cette porte n'avait, à elle seule, rien de particulièrement exceptionnel – il y en avait des dizaines, partout dans le dépôt. En revanche, celle-ci semblait oubliée du personnel des archives, et les sceaux de protection qui en interdisaient l'accès s'étaient peu à peu dégradés. Difficile de résister à une occasion aussi alléchante.

De plus, cet accès se situait dans l'une des parties les plus basses et sombres du dépôt, au fond d'une salle de stockage remplie de livres jusqu'au plafond, ce qui avait dû contribuer à la négligence des archivistes. Pour l'atteindre, ils durent escalader des caisses de vieux manuels scolaires et louvoyer entre de hautes piles instables d'ouvrages variés. Même avec tout le temps qu'il avait passé à explorer les lieux, Hugues demeurait surpris d'avoir réussi à le trouver. Pourtant, il n'avait eu qu'à se fier à son instinct.

Suite à ses innombrables heures d'études sur la création de sceaux, il commençait à devenir relativement doué pour les briser. Maintenant qu'il en savait un peu plus long, il comprenait que tout ce dont Rhodes avait eu besoin pour défaire ceux qui protégeaient son ancienne chambre était un couteau pour interrompre le motif et un bête tour de magie de disruption de sort. Le processus était loin d'être aussi difficile que ce que leurs professeurs voulaient bien laisser entendre.

Du moins, cela valait pour les sceaux de bas niveau. Celui auquel il s'intéressait maintenant était d'un autre calibre ; s'il n'avait pas été abandonné et oublié pendant des décennies, Hugues n'aurait eu aucune chance de le briser. Pour commencer, le diagramme se révélait atrocement complexe – bien plus que tout ce qu'Hugues avait pu tenter de concevoir. Ensuite, au lieu d'un bête trait de craie comme ce qu'il employait, le sortilège était gravé sur une bande de cuivre jaune, en travers du pas de la porte. Finalement, il ne s'agissait pas d'une simple contre-mesure binaire, mais d'une protection à multiples degrés, dont une barrière physique permanente.

Hugues reproduisit méticuleusement les formules du sceau dans les premières pages de son nouveau grimoire, tandis que les autres le regardaient faire. À son avis, cela constituait l'introduction parfaite pour ce tome.

Jusque-là, ses amis faisaient preuve d'une patience admirable, assis sur les piles de livres qui encombraient la pièce. De la part de Sabae, Hugues s'y attendait. De celle de Talia, c'était beaucoup plus étonnant.

Il sourit. En dépit de son étourdissante complexité, le sceau de protection s'appuyait sur une base similaire à celle de n'importe quel autre qu'il lui avait été donné d'étudier : une séquence de formules liées entre elles dans un certain ordre, avec des conditions définies au sein de chacune, dont les détails spécifiaient quand ces sceaux s'activeraient, et quels effets en résulteraient. Si Hugues se contentait d'essayer de le briser, il le déclencherait à coup sûr.

Mais cela signifiait aussi que, s'il procédait avec prudence, il pourrait en altérer les conditions sans sonner l'alarme.

Hugues contempla longuement les diagrammes tracés dans son nouveau grimoire puis, armé d'un morceau de craie, se mit au travail.

— T'es vraiment supposé rajouter des trucs à cette bande de cuivre ? demanda Talia. Ça me dit rien qui vaille. Et puis, les sceaux, c'est pas censé être en cercle ? Ou en ligne droite ?

Il devait bien reconnaître que, jusque-là, elle s'était montrée remarquablement patiente.

— Il n'y a pas de forme obligatoire, du moment qu'ils sont tracés de façon continue, expliqua-t-il. Les faire en cercle ou en ligne, c'est surtout une histoire de conventions, et puis ce sont les configurations les plus pratiques.

— Comment ça, « surtout » ? intervint Godrick nerveusement.

— Il y a des cas où la forme a son importance, mais pas ici, répliqua Hugues.

Talia commença une phrase, mais Sabae lui intima de se taire d'un doigt levé devant ses lèvres, ce qui lui valut de se faire tirer la langue par sa camarade.

Secouant doucement la tête devant leurs chamailleries, Hugues s'intéressa de nouveau aux formules qu'il ajoutait à la barrière. Elles étaient censées permettre de contourner l'interdiction, en redirigeant le flux de mana pour en priver les parties du diagramme qui empêchaient Hugues et ses compagnons de franchir la porte. Celui-ci demeurerait opérationnel, mais n'arrêterait plus les étudiants. Bien sûr, si le sceau originel avait été intact, Hugues n'aurait jamais pu accomplir quoi que ce soit de tel.

Avec la plus grande précaution, il ajouta une dernière ligne de connexion. Le morceau de craie s'illumina brièvement, tandis que le mana s'écoulait à travers. Cela ne dura qu'un instant, mais Hugues sentit l'énergie circuler correctement le long de son tracé.

— C'est bon, on peut y aller ! annonça-t-il. Faites attention à ne pas marcher sur les traits de craie, ça dissiperait mes sceaux de contournement.

— T'es sûr qu'y a vraiment rien à craindre ? insista Godrick.

— Je pense, répondit Hugues.

— Tu penses ? s'alarma l'immense garçon.

— Ouais, probablement.

Sur ces mots, Hugues posa la main sur la poignée de la porte et l'ouvrit.

CHAPITRE VINGT-SEPT

LES ARCHIVES INTERDITES

DE L'AUTRE CÔTÉ, ils découvrirent… une réserve remplie de matériel de reliure. Rien de franchement surprenant ; pour que cette entrée tombe ainsi en désuétude, il fallait qu'elle donne sur un endroit bien insignifiant. Pourtant, Hugues sentit son cœur s'emballer.

Talia le collait de si près qu'elle manqua de le faire trébucher en avant. Sabae les suivit, puis Godrick, l'air toujours aussi réticent. Hugues se fraya rapidement un chemin à travers les caisses de fournitures, jusqu'à la sortie. Tournant la poignée avec prudence, il entrouvrit la porte. Ce qu'il aperçut de l'autre côté lui arracha un halètement de surprise.

Hugues s'attendait à ce que les étages inférieurs ressemblent plus ou moins à ceux qu'ils avaient déjà visités. Il venait tout juste de réaliser à quel point il se trompait.

La pièce dans laquelle ils débouchèrent – si on pouvait encore lui attribuer ce nom – était de très loin l'espace fermé le plus vaste qu'il lui avait été donné de voir de toute sa vie. Les archives interdites de la bibliothèque occupaient un colossal caveau cubique d'au moins cinq ou six kilomètres de côté, certainement beaucoup plus. En réalité, la gigantesque salle paraissait assez spacieuse pour contenir la montagne au sommet de laquelle se dressait Fort-Céleste. La moindre paroi était couverte de rayonnages pleins à craquer et, le long de la façade interne, des balcons superposés formaient des étages en mezzanine sur toute la périphérie. Celui sur lequel ils se tenaient se situait dans les hauteurs, proche du plafond. Si jamais le catalogue des archives s'était limité aux ouvrages entreposés dans les étagères murales, cela aurait déjà représenté une quantité de livres défiant l'imagination.

Mais c'était encore loin du compte.

Suspendues dans les airs en rangées ordonnées, d'énormes bibliothèques de pierre taillée, hautes de dizaines de mètres, occupaient le centre de l'espace. Autour d'elles gravitaient des plateformes volantes abritant d'autres étagères, des salons de lecture et, pour l'une d'entre elles, ce qui ressemblait à une forêt luxuriante. Hugues nota la présence de plusieurs imposants meubles cubiques remplis de grimoires sur toutes leurs faces, y compris celle tournée vers le bas. Il y avait bien des passages qui menaient vers le centre de la pièce – des passerelles de pierres flottantes maintenues en suspension par magie –, mais la plupart des structures qui s'offraient à leurs yeux semblait parfaitement inaccessible par des moyens ordinaires.

Des milliers de golems d'origami emplissaient l'air de leurs bruissements de papier, voletant entre les étagères en s'acquittant de leurs tâches respectives, mais les livres eux-mêmes étaient animés d'une vie propre, jaillissant de leurs logements de temps à autre pour gagner une destination inconnue. Certains se contentaient de flotter, mais on pouvait en voir d'autres battre des pages comme si c'étaient des ailes.

La scène baignait dans une luminescence changeante et tamisée. En dépit de la présence d'une profusion de cristaux d'éclairage, de volutes lumineuses dérivant dans les airs et même d'un soleil miniature en orbite autour de la plateforme couverte de végétation, la démesure de l'endroit atténuait toutes les sources de lumière, créant une sorte de demi-obscurité.

Sans un mot, Hugues s'approcha de la balustrade et se pencha pour regarder en bas. À la verticale, on ne voyait même pas le fond, juste une vague et mystérieuse lueur bleuâtre provenant des profondeurs. Les autres s'avancèrent aussi pour jeter un œil.

— Comment... Comment est-ce que c'est possible ? balbutia Sabae. Cet endroit est encore plus grand que l'académie. Encore plus que la montagne ! Je n'arrive pas à croire qu'il puisse y avoir autant de livres dans le monde entier.

Aucun d'entre eux ne répondit, tous bouche bée devant ce spectacle invraisemblable. Ils demeurèrent ainsi de longues minutes, au cours desquelles Hugues remarqua la présence de plusieurs archivistes, au loin. Heureusement, le plus proche devait se trouver à un peu moins d'un kilomètre de leur position.

— Z'aviez raison, finit par lâcher Godrick dans un murmure. C'est vachement plus impressionnant qu'les nefs des sables.

Sans crier gare, Talia décocha un coup de coude dans les côtes à Hugues.

— Eh, mais je t'ai fait quoi ? s'indigna-t-il. Je te jure, une fois sur trois, être ton ami, c'est juste bon à récolter des bleus.

— Regarde, un tome d'accès ! lui indiqua-t-elle en ignorant complètement sa remarque.

Talia était maîtresse dans l'art de la surdité sélective.

Le petit groupe s'avança jusqu'au grimoire d'accès à l'Index, considérablement plus épais que ceux qui se trouvaient au degré supérieur de la bibliothèque.

— Qu'est-ce que vous voulez chercher avec ça ? demanda Sabae.

Ils restèrent tous pensifs quelques instants, puis Talia prit les devants, s'empara de la plume et écrivit simplement « songefeu » en haut de la page.

Rien ne se produisit pendant quelques secondes, puis une seule phrase se matérialisa en dessous de sa requête, en lettres grasses mais parfaitement lisibles :

Que voulez-vous savoir sur le songefeu ?

Hugues contempla le tome sans rien dire, avant de se tourner vers Talia d'un air incertain. Elle lui rendit son regard, puis jeta un coup d'œil aux autres, qui restèrent silencieux. Elle s'empara de nouveau de la plume et recommença à écrire.

Quelles techniques avancées de manifestation du songefeu peut-on apprendre ?

Quel genre de techniques avancées ?

Des techniques de combat.

Au bout d'un instant, les mots s'effacèrent de la page, comme évaporés, et celle-ci s'arracha au livre, s'élevant dans les airs. Elle tourna sur elle-même plusieurs fois, puis commença à se plier. Bientôt, un golem d'origami en forme de colibri leur faisait face, battant frénétiquement de ses petites ailes de papier.

Talia tendit très lentement la main vers l'oiseau artificiel, qui fila immédiatement dans la direction opposée et s'arrêta une demi-douzaine de mètres plus loin, le long du balcon. Elle adressa un regard à ses camarades, comme pour leur demander leur avis, et le groupe se mit en marche, à la suite du colibri de papier. À chaque fois qu'ils s'en approchaient, il leur échappait pour aller les attendre un peu plus loin. Ce petit manège se poursuivit sur environ huit cents mètres jusqu'à ce que le minuscule golem se place devant un ouvrage à la reliure doublée de tissu vert élimé.

Talia tendit la main vers la tranche du livre. Dès qu'elle l'effleura, le colibri s'élança à toute vitesse pour regagner le tome d'accès le plus proche, où il se déplia et redevint une page blanche.

La jeune fille rousse tira le volume de son emplacement. Il était si vieux qu'on aurait pu craindre de le faire tomber en pièces simplement en le regardant avec trop d'intérêt, mais se révéla bien plus solide que ce que son aspect laissait supposer. À l'intérieur s'étalaient des lignes de texte manuscrites difficiles à déchiffrer. Talia commença à le feuilleter lentement, mais bien vite, les quatre novices remarquèrent quelque chose ; sur les pages, l'encre se mettait à luire de l'éclat vert-mauve du songefeu.

— Euh, j'pense qu'tu ferais mieux d'refermer ça, Talia, suggéra Godrick d'un ton anxieux.

De petites flammèches aux couleurs impossibles léchaient déjà le papier.

Talia rabattit sèchement la couverture. Hugues nota que les nombreuses broderies qui l'ornaient s'étaient illuminées elles aussi, formant des dessins qui rappelaient curieusement des diagrammes magiques.

Ils restèrent silencieux un moment, sous le choc.

— Vous pensez qu'il y a combien d'autres livres qui font des choses comme ça, ici ? finit par dire Sabae.

— Un paquet, j'imagine, répliqua Godrick en s'agitant nerveusement. J'pense bien qu'c'est pour ça qu'c'est interdit aux élèves.

Une idée frappa Hugues, qui se dirigea d'un pas vif vers un tome d'accès. Il prit la plume à disposition, la trempa dans l'encrier, et écrivit sa question sur la page qui se présentait à lui.

Combien y a-t-il de livres ici ?

L'Index ne mit qu'une seconde à répondre.

Impossible de le savoir.

Comment les référencez-vous, alors ?

Je ne référence que les ouvrages indexés.

Combien de livres ont été indexés ?

Douze millions quatre cent mille sept cent soixante-deux.

Sous le regard d'Hugues et ses compagnons, le soixante-deux se changea en soixante-trois, puis soixante-quatre.

D'où viennent tous ces livres ?

L'Index marqua une pause.

Cette information est classifiée. Quelle est la raison de votre requête ?

Hugues battit des paupières, décontenancé, puis écrivit rapidement une réponse.

Simple curiosité, ce n'est pas important.

Le tome ne réagit pas.

Hugues recula d'un pas et jeta un regard à la ronde, puis à ses amis.

— On sait déjà qu'un certain nombre d'ouvrages sont rapportés par Alustin et ses confrères archivistes errants, dit Sabae.

— J'peux essayer, moi ? demanda Godrick.

Hugues lui passa la plume.

Livres sur les usages de l'olfactomancie au combat. De préférence, des ouvrages non piégés et qu'on peut manipuler sans danger.

Quel degré d'importance attacher aux critères de préférence ?

Extrêmement important.

La page se déchira du tome, se plia en une libellule, et fila une quinzaine de mètres plus loin.

— On se sépare et rendez-vous ici dans une heure ? proposa Hugues. Même si je pense qu'on pourrait y rester une vie sans en avoir fait le tour.

Ses camarades acquiescèrent, dévorés de curiosité. Godrick partit immédiatement, derrière sa libellule.

Talia passa après lui et reformula sa requête précédente, cette fois sans oublier d'y ajouter une précision quant au fait de ne pas lui suggérer de livre dangereux. Elle s'en alla dans la même direction que Godrick, dans le sillage d'un dragon de papier miniature.

Puis ce fut au tour de Sabae.

Avez-vous des ouvrages écrits par des membres de la famille Kaen Das ?

Quatorze journaux personnels, trois manuels d'entraînement, une vaste collection de correspondance privée, ainsi qu'un volume non identifié ne pouvant être ouvert que par un descendant de la lignée Kaen Das.

Elle adressa un regard émerveillé à Hugues, avant de reprendre la plume.

Montrez-moi l'emplacement du volume non identifié, je vous prie.

La page adopta la forme d'un poisson en origami, qui partit à toute allure du côté opposé à Godrick et Talia. Sabae le suivit sans attendre.

Quant à Hugues, il resta un moment à observer le tome d'accès. Que demander ? Avec le bestiaire de Galvachren, il avait déjà plus qu'assez d'options potentielles pour son contrat magique, et une recherche dans ce sens aurait été futile… Que choisir ?

Instructions complètes pour signer un pacte de démoniste.

Alustin lui en avait beaucoup appris sur les démonistes, mais jusque-là, il avait catégoriquement refusé de partager avec lui les formules nécessaires pour signer un contrat.

La page s'arracha à la reliure et se plia en une petite montgolfière à panier. Hugues la suivit pendant un moment, jusqu'à ce qu'elle tourne soudain sur la gauche.

Elle s'avançait désormais par-delà la rambarde, au-dessus du vide. À mesure qu'elle progressait, une série de dalles de pierre monta des profondeurs pour former un étroit chemin. Chacune flottait indépendamment, séparée de ses voisines par un écart à peine plus court qu'un pas. Hugues déglutit avec difficulté, puis s'agenouilla pour toucher la première. Elle paraissait parfaitement stable, comme fixée dans un sol invisible.

Pourtant, lorsqu'il suivit les côtés et le dessous de la pierre plate avec ses mains, rien de solide ne la soutenait.

Il se releva et plaça délicatement la pointe de la chaussure sur la dalle, mettant progressivement de plus en plus de poids sur son pied avant, mais elle ne bougea pas d'un pouce.

Se ravisant, il revint vers le tome d'accès le plus proche.

Si j'arrachais des pages dans ce tome avant d'écrire dessus, est-ce que je pourrais le faire plus tard et quand même obtenir des instructions pour trouver un ouvrage ?

Oui, bien que cela ne soit nécessaire que si vous comptez visiter une section de la bibliothèque où les tomes d'accès sont rares.

Hugues jeta un regard au chemin aérien, puis déchira quatre pages et les glissa dans le rabat de couverture de son nouveau grimoire. Après avoir ajusté avec soin la sangle et la bandoulière pour s'assurer qu'il ne risquerait pas de tomber ou de s'ouvrir, il regagna les dalles suspendues.

Il inspira profondément et fit un pas en avant, le plus prudemment possible.

En fin de compte, la traversée s'avéra moins éprouvante qu'il ne le croyait. Les pierres plates étaient d'une taille raisonnable, et suffisamment proches les unes des autres.

Malheureusement, l'écart entre elles forçait Hugues à regarder constamment où il marchait, et donc à plonger les yeux dans l'abîme sans fond qui s'ouvrait sous lui. Il passa au-dessus de plusieurs plateformes flottantes, se glissa entre deux étagères monumentales remplies de tablettes d'argile gravées et dut même s'arrêter pour laisser passer un vol de grimoires. Tout du long, le gouffre sous ses pieds semblait l'attirer vers le bas. À mesure qu'il scrutait l'éclat bleuté dans les profondeurs du caveau, il devint de plus en plus certain que quelque chose se mouvait à l'intérieur, dissimulé par la distance et la clarté trouble.

Finalement, le chemin suspendu s'arrêta contre le flanc d'une immense bibliothèque flottante. Elle devait mesurer une soixantaine de mètres de haut. Au bout du passage de dalles volantes, ces dernières s'étaient accolées les unes aux autres, de sorte à former une large plateforme. Hugues poussa un soupir de soulagement en montant dessus et rejoignit la montgolfière de papier, venue se placer devant un volume à la tranche sobre et dépourvue d'ornements.

Hugues le tira de l'étagère.

Les 74 Usages du Crottin de Dragon.

Ce... n'était pas le titre auquel il s'attendait.

Néanmoins, il nota que le ballon en origami n'avait pas disparu lorsqu'il s'était emparé de ce livre. Un rapide coup d'œil lui permit de constater qu'un autre ouvrage, un fin carnet noir, se trouvait derrière *Les 74 Usages du Crottin de Dragon.* Hugues l'attrapa et remit le premier volume à sa place, ce qui renvoya immédiatement la montgolfière factice vers son tome d'origine.

La couverture couleur de charbon était dépourvue d'ornements. Il l'ouvrit.

En première page figurait un avertissement de l'auteur, dans une plume parfaitement calligraphiée.

Cet ouvrage est formellement défendu à quiconque ne dispose au moins du rang d'évêque de l'Église de La Flamme Céleste Éternelle. Entre ces pages sont détaillés certains des rituels les plus vils et pernicieux jamais conçus, consignés dans l'unique but de permettre de combattre ces enchantements infâmes. Puissent ces pratiques hérétiques ne jamais refaire surface, mais si cela devait advenir, il est nécessaire qu'elles soient documentées afin de mieux les réprimer. Soyez averti ; les sortilèges décrits ici sont organisés par ordre de dépravation, au fur et à mesure des chapitres. Le scribe originel de ce volume a succombé à la folie après l'avoir recopié et terminé ses jours dans un asile d'aliénés.

Cette mise en garde précédait une table des matières où le pacte du démoniste se trouvait en troisième position, entre la description de la « *malédiction de la vérole pustuleuse* » et un sort de vérité qui marquait supposément la chair du sujet, brûlant chaque mensonge prononcé sous son emprise sur la peau de la victime, comme avec un fer rouge aux cicatrices indélébiles.

Cette Église de la Flamme Céleste Éternelle intriguait Hugues au plus haut point. Était-ce normal qu'il n'en ait jamais entendu parler ?

Il fit défiler les pages jusqu'à trouver le pacte qui l'intéressait, s'attendant à tomber sur un diagramme incroyablement compliqué.

Pourtant, la formule à l'intérieur du fin livre noir, quoique complexe, lui parut étonnamment familière. En essence, elle s'apparentait à un sceau de protection, mis à part la présence de plusieurs emplacements réservés pour inscrire les termes du contrat, ainsi que deux cases vides que les deux signataires devaient toucher en même temps pour compléter le sort et, par là même, sceller le pacte. Hugues constata qu'en effet, le scribe qui avait recopié ce sort n'était pas le même que celui qui avait rédigé l'avertissement d'introduction.

Ouvrant son livre de sorts, il se hâta de reproduire le diagramme, ainsi que toutes les notes importantes. Il choisit exprès une page vers la fin de son grimoire, afin de réduire les chances que quelqu'un tombe dessus par hasard.

Cela ne lui serait sans doute d'aucune utilité avant l'été, lorsqu'Alustin l'emmènerait en voyage pour trouver son futur protecteur magique, mais il préférait l'avoir sous la main, au cas où.

Une fois les formules du pacte recopiées, il se retint de lire plus avant. Mieux valait ne pas tenter le sort. Refermant le carnet, il le glissa de nouveau derrière *Les 74 Usages du Crottin de Dragon*.

Ensuite, Hugues s'empara d'une des pages arrachées à l'Index et demanda à localiser un ouvrage sur les principes de construction de sceaux à grande échelle, comme ceux conçus par l'aïeule de Sabae.

Le trajet de retour fut moins ardu. Dans l'ensemble, il retraça simplement ses pas, avec un léger détour à la moitié du chemin. L'ouvrage qu'il emporta était un traité assez aride sur les taux de déperdition du mana et les facteurs déterminants dans l'efficacité des sceaux. Rien de très passionnant, mais de toute évidence hautement utile.

Tout le chemin du retour, il ne pouvait s'abstenir de regarder là où il marchait, ce qui l'obligeait à lutter constamment contre le vertige. Lorsqu'il regagna le balcon périphérique, il s'agrippa à la rambarde à deux mains et poussa un long soupir. Quel soulagement, d'enfin se tenir sur un sol ferme et sous lequel ne s'ouvrait pas un abysse sans fond.

Quelqu'un s'éclaircit la voix juste à côté de lui, et Hugues releva la tête. Talia, Sabae et Godrick se tenaient côte à côte, la mine déconfite. Devant eux se dressait Alustin, un sourcil levé et l'air fortement agacé.

— Oups, fut tout ce qu'il trouva à dire.

Chapitre vingt-neuf

Alustin n'avait vraiment pas l'air de prendre la situation à la légère.

— Bon, qui a eu l'idée de cette petite excursion ? demanda-t-il sèchement.

— Moi, répondit immédiatement Hugues. Ils sont uniquement venus parce que c'est mon anniversaire. C'est moi qui voulais à tout prix voir ce qu'il y avait ici.

Alustin haussa encore davantage les sourcils en une mimique de surprise irritée.

— Comme c'est intéressant. Je me retrouve avec quatre étudiants qui tentent tous de me faire croire que chacun d'entre eux est l'unique coupable de la même bêtise.

Hugues ouvrit la bouche pour parler, mais resta muet.

Alustin poussa un profond soupir.

— Bon, au moins on ne peut pas vous accuser de manquer d'esprit de corps… Cependant, je ne me priverai pas de vous qualifier de bande de demeurés. Quelle idée de vous introduire ici ! Il y a d'excellentes raisons pour lesquelles cet endroit, la Grande Bibliothèque, est fermé aux apprentis magiciens. Elle tue environ deux cents personnes par décennie, et la plupart sont des mages confirmés !

Talia articula silencieusement les mots « deux cents », l'air soudain terrifiée.

— Cette section des archives est incroyablement périlleuse. C'est la plus vaste collection de tomes enchantés qui existe et même certains des volumes non magiques sont prodigieusement dangereux. En plus des textes susceptibles de vous faire perdre l'esprit, les pages de certains sont faites de matériaux empoisonnés, pour quelque raison imbécile.

Les pensées d'Hugues se tournèrent immédiatement vers le carnet où il avait trouvé le rituel du démoniste. En dépit de sa culpabilité, il se garda bien de le mentionner.

— Comment avez-vous fait pour vous introduire ici, d'ailleurs ?

Tous se turent pendant un moment, puis Hugues prit la parole.

— J'ai altéré le sceau de protection d'une des entrées.

Alustin le transperça du regard, plissant les yeux d'un air méfiant.

— Cesse de me prendre pour un idiot, Hugues. Comment vous êtes-vous introduits ici ? Vous avez volé la clé d'un archiviste ?

— Mais je ne vous mens pas ! se défendit Hugues. J'ai vraiment modifié un des sceaux.

— C'est vrai ! ajouta Godrick pour appuyer son propos. Il est vraiment fortiche pour les sceaux.

Alustin le toisa pendant un long moment, jusqu'à ce que le malaise d'Hugues atteigne son paroxysme.

— Montre-moi, finit par exiger leur mentor.

Hugues mena Alustin jusqu'à la réserve par laquelle ils s'étaient introduits dans la Grande Bibliothèque. L'archiviste demeura au moins un quart d'heure à examiner le sceau en détail, ainsi que les notes d'Hugues. Enfin, il releva la tête en direction de ce dernier.

— Combien de temps as-tu passé à étudier ce sceau ? demanda-t-il.

— Une demi-heure ? hasarda Hugues.

— Moins que ça, affirma Sabae.

Alustin soupira.

— Je suis déchiré entre mon devoir de te réprimander pour avoir trafiqué un sceau qui aurait pu tous vous tuer et mon admiration que tu sois arrivé à le contourner…

— Nous tuer ? s'étonna Hugues. Mais ces formules m'auraient simplement rejeté en arrière, non ?

Alustin le gratifia d'un regard dépourvu de toute trace d'humour.

— Dans le cas d'un sceau de puissance normale, oui. Cependant, nous n'avons pas encore abordé la façon dont les matériaux à travers lesquels ils s'expriment affectent les sceaux. Même dans un tel état de dégradation, celui-ci est alimenté par le pouvoir de la bibliothèque elle-même. À la moindre erreur, vous auriez été réduits en bouillie.

Hugues sentit son estomac se soulever.

Avec une moue contrariée, Alustin leur fit de nouveau franchir la porte et les ramena dans l'immense salle de la Grande Bibliothèque.

— Je vais faire dépêcher des archivistes pour qu'ils réparent cette barrière et enlèvent tes modifications en toute sécurité. En attendant… Montrez-moi ce que vous avez pris.

Ils le dévisagèrent tous d'un air ahuri.

— Vos sélections de livres. Allez, plus vite que ça.

Penauds, les quatre lui donnèrent ce qu'ils avaient prélevé dans les rayonnages.

Il passa quelques instants à inspecter leurs choix.

— Hugues, bonne lecture, même si c'est un peu au-dessus de ton niveau. Viens me voir quand tu tomberas sur quelque chose que tu ne comprends pas là-dedans. C'est-à-dire, presque à chaque page. Et d'ailleurs, qu'est-ce qui a éveillé ton intérêt pour les sceaux de protection à grande échelle ? C'est une spécialisation terriblement complexe, et hormis quelques usages très spécifiques, il n'y a pas beaucoup de demande.

Hugues mentionna le cadeau de Sabae et l'offre d'emploi potentielle formulée par sa famille, ce qui eut le mérite d'impressionner passablement Alustin.

— Si jamais ça ne te dérange pas, j'aimerais beaucoup avoir moi-même l'occasion d'y jeter un œil.

Hugues acquiesça, soulagé de parler de quoi que ce soit d'autre que leur infraction.

— Quant à toi, Sabae… reprit Alustin. Est-ce que je peux savoir quelle mouche t'a piquée, d'emprunter un livre qu'il est impossible d'ouvrir ?

— Je peux, moi, répliqua-t-elle.

Sabae tendit la main. Après une seconde, Alustin lui rendit l'ouvrage. Hugues ne l'avait pas encore vu : la couverture paraissait faite de verre ou de cristal, avec une tempête miniature prisonnière à l'intérieur. Au milieu des nuages, des éclairs fusaient de temps à autre.

Dès qu'elle le prit, l'intensité de l'orage captif se décupla, mais Sabae put l'ouvrir sans problème. À mesure qu'elle tournait les pages, ses cheveux frémissaient, comme si une faible brise soufflait du tome en direction de son visage.

— Ce grimoire ne peut être ouvert que par quelqu'un qui porte dans ses veines le sang de ma famille.

Alustin tendit à nouveau la main.

— Est-ce que je peux y jeter un œil ?

Sabae sembla réfléchir un moment, puis lui tendit l'ouvrage.

— Bien sûr.

Au moment où l'archiviste allait s'en emparer, elle le referma sèchement, puis lui posa dans le creux de la paume.

— À condition, évidemment, que vous apparteniez à la famille Kaen Das.

Une moue de frustration passa sur les traits d'Alustin. Livre à la main, il se dirigea vers le tome d'Index le plus proche. Se saisissant d'une plume, il griffonna quelque chose avant de toquer trois fois sur le tome d'accès. Les mots qu'il y avait inscrits s'effacèrent.

— Dans ce cas, Sabae, même si ça me peine de priver la bibliothèque d'un texte enchanté dont nous ne connaissons pas le contenu, je crains bien que cet ouvrage ne t'appartienne.

À contrecœur, il lui rendit le grimoire. Sabae le cala sous son bras, impassible.

Alustin se tourna ensuite vers Godrick pour examiner son choix. Alors qu'il se détournait d'elle, Hugues surprit Sabae s'autoriser un bref demi-sourire satisfait.

— Hmm, une décision parfaitement raisonnable, commenta-t-il. Quoique je doive t'avertir, celui-ci aussi est enchanté. Il amplifie toutes les odeurs qu'il rencontre. Fais attention avec. Je te déconseille de l'emporter au réfectoire, et encore moins de le lire aux toilettes…

Le livre sur le songefeu sélectionné par Talia ne sembla pas non plus l'offenser. Contrairement au premier, celui-ci ne présentait aucun danger. Hugues doutait qu'Alustin aurait approuvé qu'elle tente d'emprunter l'autre.

— Au moins, je ne peux pas vous reprocher d'avoir péché par inconscience dans vos recherches, grommela Alustin. Bon, passons à votre punition : vous devrez tous mémoriser les noms des mages morts ou disparus dans la Grande Bibliothèque au cours des dix dernières années, ainsi que la cause de leur trépas, si elle est connue. Vous avez de la chance, ç'a été une période relativement calme. La dernière fois que j'ai vérifié, nous en étions à… cent quarante-trois.

Hugues embrassa du regard l'immense espace et ses interminables collections s'étendant à perte de vue.

— Est-ce qu'on ne ferait pas mieux d'aller ailleurs pour parler de ça ? suggéra-t-il.

Cela arracha un rictus suffisant à Alustin.

— Je vois que vous commencez déjà à développer le respect approprié pour la bibliothèque. Mais n'ayez crainte, tout devrait bien se passer, tant que vous restez avec moi et que vous ne tripotez pas des livres sans me consulter au préalable. Cependant, c'est juste, nous ferions mieux de quitter les lieux.

Alustin se tourna pour les mener vers la sortie. Hugues nota qu'il ne se dirigeait pas vers la réserve qu'ils avaient traversée pour entrer ici, mais Talia l'interrompit dans ses pensées.

— Comment est-ce que cet endroit peut être aussi gigantesque, Alustin ? Il y aurait la place de mettre toute la montagne, là-dedans !

— C'est parce que nous ne nous trouvons pas exactement sous la montagne.

— C'est un espace extradimensionnel ? intervint Hugues.

Il s'était renseigné à propos de ce type de lieux – certains enchantements permettaient d'augmenter le volume interne de contenants, pièces et bâtiments, mais ceux-ci nécessitaient une maîtrise considérable, pour une efficacité relativement limitée.

Alustin s'arrêta, le regard perdu dans l'immensité du caveau.

— D'une certaine manière, oui. Du moins, ça a commencé comme ça, mais de simples enchantements ne pourraient créer quelque chose d'aussi grand. Certaines… interactions imprévues avec la magie du Labyrinthe ont produit un espace hors du commun, en plus d'autres effets inattendus.

— Quelles sortes d'interactions ? le pressa Hugues.

— Qu'est-ce que cet espace était censé être, à la base ? ajouta Sabae.

— Quoi, comme autres effets ? renchérit Godrick.

Alustin leur jeta un regard mystérieux, puis reprit sa marche.

— Allons, ne traînons pas.

Hugues avait une dernière question.

— Qu'est-ce que c'est, cette lumière, au fond ?

— Le Grand Index, répliqua Alustin sans regarder en arrière. Allez, plus vite que ça.

CHAPITRE TRENTE

ENTRAÎNEMENT

ALUSTIN NE PLAISANTAIT pas, en disant qu'il leur ferait apprendre par cœur les noms de tous ceux qui avaient péri dans la Grande Bibliothèque.

Anna Froideflamme : chute mortelle, après avoir emprunté un chemin suspendu sans faire attention où elle mettait les pieds.

Mage inconnu n° 12 : découvert décharné et complètement desséché, comme s'il avait été perdu dans la bibliothèque depuis des années.

Helgrim le Corpulent : dévoré par un vol de grimoires enchantés.

Durham le Sévère : disparu sans laisser de traces. Deux ans plus tard, une biographie de Durham a été découverte dans les rayonnages, avec une reliure d'os et des pages en peau (d'origine humaine).

Hugues se détourna de la liste avec une grimace écœurée et reprit ses révisions.

Alustin et Artur Brisemurailles avaient décrété que, plutôt que de passer les deux dernières semaines avant l'examen du Labyrinthe à enseigner une poignée de nouveaux sorts à leurs apprentis, il valait mieux se concentrer sur trois choses : affiner les talents qu'ils possédaient déjà, se renseigner plus en détail sur le Labyrinthe et – bien évidemment – retenir cette maudite liste de victimes de la Grande Bibliothèque. Fort heureusement, ils attachaient tout de même plus d'importance aux deux premières tâches.

Ce qui ne signifiait pas pour autant qu'ils n'attendraient pas de leurs disciples de pouvoir citer des extraits de la liste à la demande…

Étonnamment, les documents à propos du Labyrinthe s'avérèrent bien moins perturbants que ce qu'ils pouvaient lire sur la Grande Bibliothèque. Il s'agissait certes d'un endroit extrêmement dangereux, mais le premier niveau était de loin le plus sûr. Il y avait parfois des morts au cours de l'examen, mais cela demeurait une occurrence très rare. Sans compter qu'en majorité, ceux qui y laissaient la vie le devaient à leur propre inconscience, en tentant d'explorer les étages inférieurs. Néanmoins, il arrivait que certains périssent au premier sous-sol ; c'était précisément pour cette raison qu'ils devaient toujours s'y aventurer en équipe.

Malheureusement, impossible d'établir un plan de route à l'avance : tout comme les autres étages du Labyrinthe, le premier modifiait apparemment sa configuration en permanence. Personne n'avait jamais observé le processus, mais les résultats étaient indéniables.

Ils notèrent tout de même quelques thèmes récurrents. Le premier niveau avait une forme à peu près circulaire, avec de multiples entrées sur toute la périphérie. Au centre se situait une vaste salle ronde, avec un escalier menant au niveau suivant. C'était le point d'accès principal aux étages inférieurs, bien que l'apparition ailleurs d'escaliers vers les autres niveaux fût un phénomène documenté.

Lors de l'examen, cette pièce centrale accueillerait une équipe de mages confirmés, postés là pour s'acquitter de trois missions. Premièrement, distribuer aux étudiants qui les rejoindraient des jetons servant à prouver qu'ils avaient bien traversé le Labyrinthe. Deuxièmement, les empêcher de s'aventurer plus bas. Troisièmement, repousser les monstres des profondeurs particulièrement redoutables qui pourraient être tentés de remonter au premier sous-sol. Pour réussir, les élèves n'avaient qu'à atteindre le milieu, se procurer un jeton auprès des mages en faction, puis regagner n'importe quelle sortie.

Plus facile à dire qu'à faire, bien sûr ; en plus de l'incroyable complexité du Labyrinthe, même le premier étage regorgeait de créatures hostiles et de pièges. Rien qu'un apprenti bien entraîné ne puisse déjouer – en général –, mais tous les ans, il y avait de nombreux échecs.

Hugues et les autres passaient donc de longues heures chaque jour à lire des comptes-rendus détaillés de mages ayant exploré le premier niveau, ainsi que des guides des monstres et pièges qu'on pouvait y rencontrer, afin d'établir une stratégie gagnante.

Le plus éreintant, dans ces préparations, était le temps consacré à affiner leur maîtrise de leurs pouvoirs. Par le passé, Alustin et Artur n'attendaient d'eux qu'un degré de compétence passable ; désormais, ils exigeaient une exécution impeccable, et les exercices se faisaient de plus en plus épuisants. Sabae devait pouvoir déclencher un coup de vent sur commande, ainsi que manifester son armure d'air autour de ses avant-bras et mollets pendant plusieurs minutes d'affilée. Talia, elle, devait redoubler de précision avec ses éclairs de songefeu.

Et Hugues… On n'attendait pas moins de lui qu'il soit capable de lancer tous ses tours de magie élémentaires sans aucune erreur ni délai. Un maigre défi, en soi, ce qui ne soulageait pas Hugues pour autant. Sans pacte de démoniste, son manque d'affinités faisait de lui le maillon faible de son équipe, et de très loin. Certes, ses importantes réserves de mana signifiaient qu'il ne courait aucun risque de tomber à court en jetant des sortilèges basiques, mais la puissance de ces derniers demeurait très limitée.

Son projet spécial devrait les aider quelque peu, mais Hugues se souciait encore d'être un poids pour ses amis. Non seulement leur équipe disposerait d'un combattant de moins, mais ils devraient prendre garde à le protéger.

Lorsqu'il fit part de ses inquiétudes à Alustin, celui-ci lui recommanda d'avoir plus confiance en lui et ses compagnons.

Pourtant, Hugues avait foi en eux. Il n'y avait que de lui-même qu'il doutait.

Chapitre trente et un

Les nerfs à vif

Hugues leva un regard anxieux sur les monumentales portes de pierre du Labyrinthe. Taillées dans un matériau cristallin opaque et gravées de formules d'une complexité étourdissante qu'il peinait à déchiffrer, elles tranchaient très nettement avec le granite de la montagne. Quant à deviner la fonction de ces enchantements, il ne s'y serait même pas essayé.

— C'est d'la quartzite, observa Godrick.

Le colosse, tout aussi nerveux qu'Hugues, retournait fébrilement le manche de sa masse en acier – son arme pour l'examen – entre ses mains.

— C'est c'qui s'passe quand du grès chauffe à haute pression pendant des millénaires. C'est plutôt solide, mais ça conduit super mal le mana.

— Mouais, ça m'a juste l'air d'un gros bloc de cristal mal dégrossi, commenta sèchement Talia.

Elle était à cran et jouait du bout des doigts avec les pommeaux des deux dagues accrochées à sa ceinture. À l'approche de l'examen final, elle était progressivement devenue de plus en plus impatiente et pénible ; maintenant que le jour était venu, elle semblait sur le point d'exploser à la moindre provocation. Depuis leur arrivée devant les portes, Hugues avait remarqué qu'elle ne cessait de tapoter nerveusement le sol du bout du pied.

— Les cristaux, ce sont juste des pierres qui brillent, non ? demanda Sabae.

Elle paraissait presque aussi calme et maîtresse d'elle-même que d'ordinaire, mais il y avait dans ses épaules une raideur inhabituelle. Ses gestes étaient légèrement plus brusques et son intonation sonnait un peu forcée.

Godrick s'apprêtait à répondre quand une magicienne d'âge mûr fit irruption à travers la foule d'apprentis et alla se planter devant la haute porte. Hugues ne la reconnut pas, mais cela n'avait rien de surprenant. Il y avait des milliers de mages confirmés à Fort-Céleste et tous ne pouvaient pas être aussi célèbres qu'Aedan Mordragon, Sulassa Mandemarées ou Artur Brisemurailles.

— Novices, votre attention, je vous prie ! lança la femme.

Cela prit quelques secondes, mais le calme finit par retomber sur l'assemblée. Hugues remarqua avec amusement que les derniers à se taire n'étaient autres que les mentors venus saluer le départ de leurs apprentis. Lorsqu'il jeta un œil derrière lui, son regard rencontra immédiatement celui d'Alustin. Ce dernier lui adressa un léger signe de tête et Hugues se tourna de nouveau vers la dame qui se tenait devant eux, tout en expirant lentement.

— Dans quelques instants, ces portes s'ouvriront pour vous laisser pénétrer dans le Labyrinthe. Vous vous y aventurerez un groupe après l'autre, à intervalles de trois minutes, dans l'ordre annoncé. Ceux qui auront été jugés les plus compétents passeront les premiers, puisqu'ils auront plus de chances de rencontrer des monstres ou dangers divers. Les cinq autres entrées du premier niveau s'ouvriront en même temps. Pour réussir cet examen, vous devrez atteindre la salle centrale du premier étage…

Hugues ne put s'empêcher de laisser ses pensées s'égarer tandis que la femme énumérait les règles et avertissements qu'ils avaient déjà tous entendus des dizaines de fois. Se balançant en arrière sur ses talons, il leva les yeux sur l'immense portail cristallin. Son équipe se trouverait certainement vers la toute fin de la liste. Même avec un poids lourd du calibre de Godrick, la mauvaise réputation des trois autres membres de leur groupe ne manquerait pas de les faire chuter en termes de priorité. La sienne, surtout. Certes, Alustin les aidait à composer avec leurs faiblesses, mais il leur fallait encore prouver leur valeur pour qu'on les reconnaisse comme autre chose que des ratés.

Cependant, il avait au moins une raison de se réjouir : Rhodes et son équipe n'étaient pas présents ici.

— ... et en aucune circonstance n'êtes-vous autorisés à emprunter d'escalier qui mène à l'étage inférieur, ou tout autre chemin descendant. Même si vous trouvez un élève blessé au bas d'une rampe ou d'une volée de marches, même si elle est très courte, ne venez pas à son secours. À la place, marquez l'emplacement et signalez-le au premier instructeur que vous verrez.

Un silence pesant tomba sur l'assemblée, tandis que la magicienne déroulait un parchemin.

— Première équipe : Godrick, fils d'Artur Brisemurailles ; Sabae Kaen Das ; Talia, du clan Castis ; Hugues d'Emblin.

Estomaqué, Hugues perdit l'équilibre.

CHAPITRE TRENTE-DEUX

L'OUVERTURE

GODRICK RATTRAPA HUGUES juste avant qu'il ne tombe sur le derrière et l'aida à se redresser. Hugues déglutit nerveusement et regarda à la ronde.

Tout le monde les dévisageait. Certains murmuraient entre eux et le mot « Emblin » filtra jusqu'à ses oreilles. Hugues sentit le sang lui monter aux joues, pétrifié par tant d'attention.

— Veuillez vous placer en ligne face à la porte, ordonna la magicienne, le parchemin toujours brandi.

Hugues sentit sa gorge se serrer.

Sabae se décida la première. Les deux autres la suivirent dans la foulée. Il fallut une seconde de plus à Hugues, qui se précipita pour les rattraper. Il pouvait sentir les regards de l'assistance peser sur lui.

— Tannis Radicelle ; Elia Karnath… poursuivit la thaumaturge.

Hugues jeta un coup d'œil à la deuxième équipe. Ils avaient tous l'air terriblement intimidants. Le premier possédait un bras visiblement fait de bois et d'écorce, comme une branche animée inscrite de formules magiques complexes. La deuxième était parfaitement glabre et sur son crâne lisse luisait un réseau de lignes lumineuses, comme incrustées dans sa chair. Le troisième semblait partiellement couvert de givre, et le dernier avait d'étranges scarabées qui lui rampaient partout sur le corps.

— Pourquoi ils ne passent pas en premier ? chuchota Hugues à Sabae tandis qu'ils s'arrêtaient devant la porte. Ils sont absolument terrifiants !

Sabae jeta un œil derrière eux, puis posa sur lui son regard inflexible.

— Je ne sais pas si tu as remarqué, Hugues, mais nous aussi, on a de quoi faire peur. Godrick est grand comme une maison et manie un marteau que la plupart des gens ici seraient incapables de soulever. Talia est bardée de tatouages arcaniques et donne l'impression d'être prête à sauter à la gorge du premier qui lui adresserait la parole, en plus de sa réputation de ravageuse de salles de classe… Et moi, je suis couverte de cicatrices et je viens d'une des familles magiques les plus prestigieuses du continent.

Hugues considéra sa réponse, un peu abasourdi. Dit comme ça, ses amis avaient en effet de quoi faire peur. Mais…

— Tu as raison, il n'y a que moi qui suis un petit plouc gringalet…

Sabae esquissa une moue contrariée.

— Regarde les équipes qui s'avancent.

Derrière eux, plusieurs autres groupes s'étaient déjà assemblés. Tous paraissaient presque aussi menaçants que les premiers. En particulier, Hugues nota la présence d'une petite silhouette encapuchonnée dont l'ombre semblait se mouvoir de son propre gré. La vision lui fit froid dans le dos.

— Ils me filent tous les jetons… commenta-t-il.

— Ils sont tous très effrayants, acquiesça Sabae. En apparence. Toi, par contre, tu es dans le premier groupe, alors que tu as l'air… parfaitement normal. Pas de tatouages extravagants, pas d'arme magique liée héritée de tes ancêtres, pas de familier… Même pas de costume pour essayer de te donner des airs d'aventurier. Pense à ce qu'ils doivent s'imaginer à ton sujet, et à quel point ça doit les inquiéter.

Une telle idée ne lui serait jamais venue. En contemplant les autres groupes de néophytes sous ce jour nouveau, il réalisa quelque chose.

Tous ces étudiants étaient bien plus terrifiés qu'ils n'étaient terrifiants. Le garçon au bras de bois n'arrêtait pas de suivre nerveusement les rainures de son écorce du bout du doigt. L'ombre du novice encapuchonné n'avait pas l'air si menaçante que ça, mais plutôt agitée et tendue.

— Ils sont tous aussi anxieux que nous, Hugues, lui glissa Sabae à mi-voix. Pour la plupart, ils sont simplement soulagés de ne pas être les premiers.

Hugues inspira profondément et fit oui de la tête. Sabae avait sans doute raison. Et les autres groupes avaient définitivement beaucoup de chance de passer après eux.

L'archiviste s'interrompit dans son énumération.

— Nous finirons d'annoncer les équipes dans une minute, mais il semble qu'il soit temps de commencer, déclara-t-elle.

Le cœur d'Hugues se mit à tambouriner dans sa poitrine.

La magicienne s'avança vers le portail et posa une main à plat sur une des figures du diagramme, qui se mit à palpiter d'une lueur chaude. Elle fit de même à un deuxième emplacement symétrique au premier, sur l'autre battant. Dès qu'elle retira sa paume du bloc de quartzite, l'éclat se répandit le long des formules gravées dans la roche. En une fraction de seconde, les portes se couvrirent d'une dentelle lumineuse de tracés arcaniques qui se croisaient, se séparaient et fusionnaient pour former des figures géométriques si complexes que l'œil peinait à les appréhender. La lumière s'évanouit, comme absorbée par le cristal.

La quartzite s'assombrit à nouveau, inerte.

Pendant un bref instant, Hugues ressentit une pointe de soulagement, en se disant que, peut-être, quelque chose n'avait pas fonctionné et qu'ils pourraient remettre l'examen à un autre jour.

Puis, lentement, dans un silence de mort, les battants colossaux s'ouvrirent sur une obscurité d'encre.

Chapitre trente-trois

Premiers pas

Hugues et ses camarades novices scrutaient les profondeurs enténébrées du Labyrinthe, sans que personne n'ose s'avancer.

— Alors ? s'impatienta la magicienne qui venait de leur ouvrir les portes.

Hugues déglutit péniblement et regarda ses amis. Au moment précis où il se décida à faire le premier pas, les trois autres s'avancèrent en même temps, comme un seul homme. Tandis qu'il marchait, ses mains coururent le long des sangles de son équipement, vérifiant compulsivement que tout était bien là. La dague de Talia à sa ceinture, son grimoire en bandoulière, son outre d'eau, son projet secret…

Dès qu'ils franchirent le seuil, la température chuta brusquement. Il ne faisait pas froid au point de grelotter, mais suffisamment pour donner la chair de poule.

Contrairement au portail, les parois intérieures du Labyrinthe étaient taillées dans le même granite que le reste de Fort-Céleste. Sur les cloisons s'étalaient de vastes réseaux de formules magiques dont la complexité faisait passer celles de l'entrée pour des gribouillages de néophyte. Petit à petit, il se rendit compte que la moindre surface en était couverte ; pas seulement les murs, mais le sol et le plafond aussi.

Le portail de quartzite se situait en plein milieu du côté plat d'une salle en demi-lune, et constituait l'unique source de lumière dans la pièce. Face à eux, le long de la paroi incurvée, s'ouvraient les embouchures de trois corridors dont les profondeurs se perdaient dans les ombres.

— Par où est-ce qu'on va ? demanda Hugues.

Il visualisa la formule d'un sort d'éclairage et fit apparaître une vive lumière dans sa main.

— Si c'était un labyrinthe ordinaire, il suffirait de choisir une direction et de toujours l'emprunter à chaque croisement, répondit Sabae. Mais je doute que cela nous soit d'une grande utilité ici.

Ils restèrent alignés quelques instants, en silence, puis Talia haussa les épaules.

— Alors ça n'a pas d'importance quel chemin on prend, pas vrai ? lança-t-elle. Si l'étage est circulaire, il faut qu'on trouve la courbe du cercle et qu'on essaie de se rapprocher du centre.

Sur ces mots, elle s'élança à grands pas vers le couloir de droite. Après un instant d'hésitation, ses trois compagnons lui emboîtèrent le pas au petit trot. Godrick aussi invoqua une sphère lumineuse.

— Hé, d'après l'plan, j'suis censé aller devant avec Sabae ! s'écria-t-il.

Talia se contenta de ricaner, mais les laissa passer en tête du groupe. Leur équipe disposait non pas d'un, mais de deux mages formés au corps-à-corps ; mieux valait leur faire ouvrir la marche, pour protéger leurs camarades des dangers potentiels. Pour la plupart, les autres n'avaient pas de combattants entraînés, ce qui conférait à Hugues et ses amis un avantage conséquent, en cas d'embuscade.

Ils avancèrent le long du corridor sans un mot, suivant la courbe progressive décrite par celui-ci. Désormais, ils ne pouvaient plus compter que sur la lumière des sortilèges d'Hugues et Godrick pour s'éclairer. Seul le bruit de leurs pas venait troubler la quiétude du Labyrinthe.

— J'aimerais quand même bien qu'on puisse utiliser de la craie ou une pelote de fil pour retrouver notre chemin, finit par grommeler Hugues.

Amplifié par l'écho dans ces tunnels silencieux, le son de sa propre voix manqua de le faire sursauter. Les autres se tournèrent vers lui, et il se sentit rougir.

— Je sais bien qu'on n'a pas le droit, et je sais pourquoi. Mais quand même.

Apparemment, les enchantements du Labyrinthe déjouaient toute tentative de triche – entre autres choses – de la part de ceux qui s'y aventuraient. Les fils déroulés derrière soi se voyaient invariablement coupés, les marques de craie effacées, et ainsi de suite pour n'importe quelle ruse permettant de retrouver son chemin plus aisément.

Ils continuèrent d'avancer sans un mot pendant une bonne minute, jusqu'à atteindre le premier embranchement. Sur la droite, le tunnel suivait la courbe du couloir dont ils venaient d'émerger, tandis que la voie de gauche semblait s'enfoncer vers le centre.

— Comme Talia disait, il faut qu'on se rapproche du milieu, rappela Sabae.

Le quatuor s'engagea donc dans le couloir de gauche. Ils avaient à peine avancé d'une centaine de mètres lorsque Talia s'arrêta soudainement, laissant échapper un chuintement entre ses dents serrées.

— Qu'est-ce qu'il y a ? s'étonna Hugues.

— Chut, insista-t-elle.

Tous se turent et, au bout de quelques secondes, Hugues entendit le bruit qu'avait repéré Talia – une sorte de cliquètement précipité. Impossible, toutefois, de savoir de quelle direction il provenait.

— Derrière nous ! s'exclama Talia.

Hugues fit volte-face, sort de lumière brandi, mais ne trouva qu'un corridor vide. Godrick et Sabae le dépassèrent et Talia se positionna à ses côtés. Godrick leva son marteau et Sabae invoqua ses cyclones protecteurs autour de ses avant-bras et de ses mollets. Du coin de l'œil, Hugues aperçut l'éclat vert-mauve du songefeu danser entre les doigts de Talia. Quant à lui, il tira de sa besace le fruit de son travail secret.

— Y a quelqu'chose qui pue, ici, remarqua Godrick.

Hugues eut beau renifler, il ne sentit rien de particulier. L'affinité olfactive de son camarade devait lui permettre de percevoir les odeurs de bien plus loin.

Une forme indistincte sortit des ombres à quatre pattes et s'arrêta face à eux, avant de pousser un feulement menaçant.

Guère plus grosse qu'un chat, avec un museau de chauve-souris et un corps humanoïde bedonnant, la créature avait l'épiderme parsemé de touffes de poils placées de façon anarchique. Maintenant qu'elle était proche, Hugues comprit ce que Godrick voulait dire : elle dégageait une puanteur absolument abominable.

— Un diablotin ! s'écria-t-il.

— Un quoi ? répliqua Talia.

— Un démon de rang inférieur. Ils ne sont guère plus malins que des rats, mais beaucoup plus vicieux. Et ils…

Il s'apprêtait à poursuivre son explication lorsqu'une douzaine de créatures émergèrent des ténèbres en chuintant. À en juger par la clameur qui s'élevait des ombres, il y en avait beaucoup plus.

— … Chassent en meute, s'étrangla-t-il.

Le premier diablotin bondit droit sur Godrick. Talia l'intercepta d'un trait de songefeu qui l'envoya s'écraser au sol, changé en un tas de glaire fumante.

Comme s'ils avaient sonné le signal de l'assaut, le reste de la horde chargea les quatre néophytes. Godrick en écrabouilla deux d'un seul coup de marteau et Sabae repoussa le troisième d'un coup de pied. La bourrasque qui suivit son attaque en catapulta toute une poignée dans les airs. Talia lançait ses projectiles embrasés avec une précision redoutable ; à chaque impact, un diablotin explosait, se faisait broyer, gelait en plein vol ou vieillissait si vite qu'il se désagrégeait avant même de toucher le sol.

— Hugues, fais quelque chose ! brailla-t-elle.

Reprenant ses esprits après sa terreur initiale, il se prépara à utiliser son arme secrète.

C'était une fronde. Une simple fronde, comme celle dont il se servait dans les bois d'Emblin pour chasser lièvres et faisans. Il l'avait cousue avec du cuir subtilisé dans un stock de fournitures de reliure. L'objet était de belle facture, mais n'avait en vérité rien de spécial. Ses munitions, en revanche…

L'arme secrète, c'était les billes. Des heures durant, il avait minutieusement gravé des sceaux à la surface de petits cailloux ronds. À cause de la complexité du travail, il n'avait pu en terminer qu'une douzaine. Ça avait intérêt à marcher.

Il glissa une de ses pierres enchantées dans la poche de la fronde et, d'un geste souple, l'expédia par terre, en plein milieu de la meute de diablotins. À l'instant où le projectile percuta le sol, la formule inscrite dessus se brisa, libérant par la même occasion toute l'énergie emmagasinée dans le sceau.

Hugues n'y était pas allé de main morte. Une bonne douzaine de créatures disparut, engloutie par la déflagration. La puissance du souffle était telle qu'elles ne furent pas simplement tuées, mais littéralement pulvérisées. Une pluie de bouillie de diablotin retomba sur les jeunes sorciers. Ces abominations puaient encore plus mortes que vivantes.

— Eh ben, t'arrête pas ! lui cria Talia en essuyant son visage maculé de sang malodorant sur le revers de sa manche.

Elle expédia un éclair de songefeu sur un autre démon. Étonnamment, celui-ci s'embrasa.

Hugues leva à nouveau sa fronde. Godrick avait empalé un de leurs assaillants sur une pointe de pierre jaillie du sol, et Sabae venait de déchaîner une rafale sur toute la largeur du corridor, repoussant les diablotins en les projetant cul par-dessus tête.

La bataille lui parut durer des heures, même s'il ne s'était certainement pas écoulé plus de quelques minutes. Quand ils baissèrent enfin leurs armes, tous quatre étaient crépis de sang et d'entrailles. Un unique survivant de la meute leur avait échappé, et disparut en rampant dans les ténèbres.

— Bon, en rentrant, je vais pouvoir brûler ces vêtements, grogna Talia.

Ses compagnons la dévisagèrent un instant, puis éclatèrent de rire à l'unisson.

Une fois leur sérieux retrouvé, Hugues lança un nouveau tour de magie qui comptait parmi ses préférés : un sort de nettoyage. Grâce à une simple formule, il les débarrassa de toute la purée de diablotin dont ils étaient imprégnés.

— Je ne sais pas ce qu'on ferait sans toi, Hugues, soupira Sabae, l'air profondément soulagée.

Talia porta sa manche sous son nez et la renifla.

— Oui, enfin, on empeste quand même les mille morts, récrimina-t-elle. Tu peux faire quelque chose pour ça, Godrick ?

Le gaillard se dandina légèrement, embarrassé.

— J'suis vraiment pas fortiche pour les sorts olfactifs. J'risquerais d'faire plus d'mal que d'bien.

— Ah, mais moi j'ai de quoi faire, remarqua Hugues. Grâce à Godrick, justement.

Après quelques instants à fouiller sa besace, il en tira une bille de verre – la sphère désodorisante qu'il avait reçue pour son anniversaire.

— Ah, tu vois, c'est pour ça qu'on nous a choisis en premier, plaisanta Sabae avec un large sourire.

CHAPITRE TRENTE-QUATRE

EN ROUTE VERS le centre du Labyrinthe, ils durent repousser deux autres attaques de diablotins. Ils en ressortirent victorieux à chaque fois, non sans encombre : Godrick écopa d'une vilaine morsure au mollet et Sabae finit avec les bras en sang, à force de parer des coups de griffe. Après chaque combat, Hugues se faisait une joie de tous les nettoyer. Ils affrontèrent également une sorte d'araignée-tortue dont la carapace mesurait près de deux mètres de large. La bête était si lente qu'ils n'eurent qu'à reculer devant elle, tandis que Talia la bombardait de songefeu. Le monstre expira en silence.

Étonnamment, ils ne rencontrèrent presque aucun piège ; à cet étage, les filins croche-pattes, lance-fléchettes – pour la plupart sans poison – et trappes dissimulant des fosses peu profondes étaient censés pulluler. Pourtant, ils ne furent victimes que d'un seul mécanisme à fléchettes qui frappa Godrick en plein postérieur (au grand amusement de ses camarades, et Talia tout particulièrement) et d'un piège à gaz qui ne leur causa rien de plus qu'une violente quinte de toux.

Le Labyrinthe, en revanche, constituait un défi bien plus complexe. Six fois de suite, ils se retrouvèrent face à une impasse et, en deux occasions, réalisèrent qu'ils tournaient en rond. Au détour d'un couloir, il leur arrivait fréquemment d'entendre des bruits de monstres ou les voix d'autres étudiants et de trouver l'endroit vide en allant voir de quoi il retournait. Pourtant, Hugues était certain qu'ils touchaient au but.

Au bout de deux heures d'errance, ils atteignirent enfin le centre. La vaste salle ronde faisait près de soixante mètres de diamètre, avec au milieu une large ouverture circulaire où un imposant escalier en colimaçon s'enroulait vers le bas. Une demi-douzaine de mages, disposés autour, canalisaient leur mana en un dôme protecteur, interdisant l'accès aux étages inférieurs. Un rapide examen des innombrables diagrammes entrelacés qui recouvraient la moindre surface permit à Hugues de confirmer que toutes ces formules taillées dans la pierre se rejoignaient ici, irradiant depuis ce puits vers les profondeurs. Ou peut-être convergeaient-elles ici ?

Malgré l'avance conférée par leur positionnement, ils n'étaient pas les premiers arrivés, seulement la onzième équipe à atteindre l'objectif. Lorsqu'ils entrèrent dans la salle, le groupe précédent s'y trouvait encore. Leurs camarades leur apprirent qu'ils avaient rencontré bien plus de pièges, mais jusque-là, aucun monstre. Hugues en profita pour recompter ses billes de fronde gravées – plus que quatre.

Les mages qui montaient la garde au centre de la pièce leur distribuèrent à chacun un jeton.

— N'oubliez pas, leur rappela un des surveillants. Vous ne pourrez réussir l'épreuve que si vous ressortez avec votre jeton. Si vous le perdez, vous devrez repasser par ici.

— Est-ce que les autres équipes ont le droit de nous les voler ? demanda Talia.

— Oui, mais ça ne comptera pas pour réussir leur examen. Un jeton n'est valide que pour le novice à qui nous le donnons. Mais ça vous forcerait quand même à revenir ici.

Les examinateurs conclurent la discussion en leur serrant la main et leur souhaitèrent bonne chance.

— Vous avez une préférence, pour le chemin de retour à prendre ? demanda Sabae.

— On n'a qu'à repasser par là où on est venus, déclara Talia en se dirigeant vers le tunnel par lequel ils étaient entrés.

Sabae la rattrapa par l'épaule.

— À tous les coups, ça ne marchera pas. Le Labyrinthe n'apprécie pas qu'on revienne sur ses pas. Ceux qui essaient ont tendance à se perdre encore plus.

— Oui, ben vous avez tous révisé beaucoup plus attentivement que moi, répliqua-t-elle en haussant les épaules.

Hugues désigna un des tunnels qui menaient hors de la pièce.

— Prenons celui-là.

— J'vois pas c'qu'il a de différent des autres, commenta Godrick.

— Juste un bon pressentiment, déclara Hugues.

Comme aucun d'entre eux n'avait de meilleure idée, ils empruntèrent ce passage.

Au bout d'une dizaine de minutes de marche, Hugues s'immobilisa. Un *clic* sonore venait de retentir sous sa botte.

— Vous avez entendu ça ? demanda-t-il.

— Ne bouge pas, Hugues, lui ordonna Talia. Si tu retires ton poids, le mécanisme va se déclencher.

Il baissa les yeux. À ses pieds, le contour d'une formule magique ciselée dans la pierre s'était légèrement enfoncé dans le sol. Une lueur diffuse illuminait les arabesques de la gravure. Au loin, Hugues pouvait entendre un grondement sourd, qui se rapprochait à vive allure.

— C'est pas comme ça que marchent les pièges magiques ! s'écria-t-il. Courez !

Sans perdre une seconde, il partit à toutes jambes.

Les autres le suivirent juste à temps : à l'endroit où ils se tenaient deux secondes plus tôt, un énorme rocher sphérique tomba du plafond dans un fracas assourdissant. Stupéfaits, ils s'arrêtèrent pour contempler l'objet, qui demeurait immobile, là où il s'était abattu.

— Je croyais que t'avais un bon pressentiment, Hugues, lui reprocha Talia.

— J'avais raison, non, puisque personne n'est blessé ? répliqua-t-il, un peu sur la défensive.

Un réseau de diagrammes magiques s'illumina soudain à la surface du gigantesque boulet de pierre.

— Non, j'avais tort ! se ravisa-t-il. Courez !

Lentement, l'énorme sphère se mit à rouler dans leur direction.

— Plus jamais je ferai confiance à ton intuition ! pesta Talia.

Tous ensemble, ils s'élancèrent le long du couloir, aussi vite que leurs jambes pouvaient les porter.

Chapitre trente-cinq

Vieil ennemi

L'énorme rocher roulant les poursuivit pendant une bonne dizaine de minutes avant que ses enchantements de propulsion ne s'épuisent. Jusque-là, le piège magique les avait talonnés, prenant chaque virage à leur suite et s'engouffrant le long de tous les couloirs qu'ils empruntaient. En réalité, il suivait certainement les déplacements d'Hugues, mais ce dernier aurait été bien en peine de convaincre ses amis de l'abandonner, quelles que soient les circonstances.

Sans l'entraînement physique impitoyable imposé par Alustin, ils auraient fini écrasés, cela ne faisait aucun doute.

En plus du tunnel par lequel ils étaient entrés, la salle carrée où ils se trouvaient possédait deux sorties ; une à droite, une à gauche, séparées par une paroi nue sur le quatrième côté. Hors d'haleine, ils marquèrent une pause de plusieurs minutes pour reprendre leur souffle.

— Dis-moi, Hugues, dans quel sens est-ce que ton instinct te dit d'aller ? railla Talia. Parce que le mien me dit de partir à l'opposé.

Hugues ignora la remarque, trop absorbé par la contemplation du mur dépourvu de porte. Plissant les yeux, il ouvrit son carnet de croquis tout en continuant de fixer la paroi.

— Il y a quelque chose de bizarre avec ce mur, lança-t-il.

Il entreprit de dessiner les formules magiques gravées à la surface de la pierre.

— On ne ferait pas mieux de se remettre en route ? suggéra Sabae.

— Juste une minute, protesta Hugues, fasciné.

Un sourire étira ses lèvres, à mesure qu'il comparait ses notes et les figures devant lui.

— Ha ! Je le savais ! Il y a un passage secret !

— Pour de vrai ? s'exclama Godrick avec enthousiasme. Tu crois qu'y a un trésor derrière ? Papa m'a toujours dit qu'il avait trouvé son marteau dans les profondeurs du Labyrinthe…

Hugues tira un morceau de craie d'une de ses poches.

— On va bien voir.

Il lui fallut une dizaine de minutes pour altérer les sceaux de protection à la craie. La porte, cachée par un enchantement presque identique à un sceau, n'était censée s'ouvrir qu'en réponse à la solution d'une énigme. Du moins, c'était ce que supposait Hugues, mais cela ne l'empêcha pas de contourner le verrou.

D'un ultime trait de craie, il acheva sa formule. Le sceau dans la pierre s'illumina, ainsi que ses propres ajouts, et une portion de mur circulaire disparut, comme évaporée.

Hugues, à qui la promesse de trésor faisait quelque peu oublier la prudence, s'y engouffra le premier, sans prendre soin de laisser Godrick ou Sabae passer devant. Il s'avança jusqu'au milieu de la salle qui se trouvait de l'autre côté lorsque quelqu'un apparut dans l'embrasure de la porte située face à lui.

C'était Rhodes.

Les deux garçons s'immobilisèrent, bouche bée, tandis que leurs équipes respectives entraient à leur suite.

En tenue de combat, Rhodes paraissait encore plus intimidant que d'ordinaire. Il arborait une chemise de mailles d'excellente facture et, autour des tempes, un bandeau de métal visiblement enchanté, orné de joyaux luminescents et de formules ésotériques. Suspendue en l'air à côté de lui flottait une lance munie d'un long fer effilé. Comme elle ne semblait pas magique, Hugues supposa qu'il devait la porter ainsi grâce à son affinité – ou plutôt, l'une de ses affinités.

Les jumeaux aux cheveux bleus l'accompagnaient, ainsi qu'un jeune homme aux bras striés de lignes d'énergie pourpre qui pulsaient d'un éclat mystique. Les Winter tenaient tous deux des orbes lumineux à la main.

Un lourd silence tomba sur la scène. Rhodes fut le premier à le briser.

— Eh bien, regardez qui voilà ! lança-t-il d'un ton suffisant. Notre bon à rien de berger, ses deux catins et leur bête de somme !

Hugues sentit le sang lui monter aux joues. Grondant de colère, Talia fit un pas en avant, mais ce fut Sabae qui répliqua.

— Vraiment ? Tu n'as rien de mieux, comme insulte ? Désolée, mais ça manque d'application. Sept sur vingt, et encore, je suis gentille.

Hugues se tourna vers elle, estomaqué.

— Le coup du berger, tout le monde sait que ça marche avec Hugues. Depuis le temps, c'est complètement éculé. Traiter des filles de catins ? Quelle imagination… Et pour Godrick, tu devrais voir son travail ; la plupart du temps, c'est nous qui recopions ses notes. Tu es totalement à côté de la plaque.

Rhodes papillonna des yeux, décontenancé. Un sourire narquois monta aux lèvres de Sabae.

— Et puis, sans vouloir les vexer, ce n'est pas vraiment difficile d'énerver Hugues ou Talia.

— Surtout Talia, marmonna Godrick.

La réflexion lui valut un discret coup de pied au mollet.

— Donc, si ça ne vous dérange pas, on a un examen à terminer, ajouta Sabae. Au plaisir.

Sur ces mots, elle se détourna pour partir.

— Vous n'irez nulle part sans que je vous y autorise ! aboya Rhodes d'un ton ulcéré.

— Vraiment ? répliqua Sabae, l'air faussement gênée.

— Oui, vraiment !

— Non, je voulais dire : « Vraiment, c'est tout ce que tu as trouvé, comme répartie cinglante ? » J'ai peine à croire qu'on puisse être aussi barbant. C'est une chance que tes parents soient nobles, parce que si tu devais compter sur ton intelligence…

Hugues, qui suivait l'altercation, bouche bée, sentit un rictus lui crisper les joues.

— Qu'est-ce qu'ils en pensent, tes acolytes ? renchérit Sabae. Toi, là, avec les cheveux bleus, tu trouves qu'il a de l'esprit, le petit Charax ?

Les jumeaux échangèrent un regard perplexe, visiblement confus quant à celui auquel elle s'adressait. Rhodes, posté devant eux, ne pouvait pas les voir et parut interpréter leur silence comme une approbation tacite, ou au moins un refus de le soutenir. La colère le fit s'empourprer de plus belle.

— Tu n'as… commença-t-il.

— Quoi ? le coupa Sabae. Pas le droit de te parler comme ça ? Laisse-moi te faire gagner du temps : je vais te répondre que c'est ce que je viens de faire, tu vas me demander de quel droit j'ose, et ainsi de suite, *ad nauseam*. On peut passer à autre chose, maintenant ? On a des choses plus intéressantes à faire.

Talia laissa échapper un ricanement ravi. Rhodes lui adressa un regard assassin.

— Espèce de sale… fulmina-t-il.

Cette fois, ce fut Hugues qui l'interrompit.

— Sale quoi, Rhodes ? Barbare ? Rouquine ? Sabae a raison, ton répertoire tient dans un mouchoir de poche.

Il était stupéfait de son propre courage. Même s'il ne pouvait tenir tête à Rhodes en termes de puissance, par le passé, il avait toujours affronté ses brimades seul. Les fois d'avant, il n'avait personne pour le défendre.

Cette fois-ci, hors de question de laisser cette pourriture d'enfant gâté lui marcher dessus.

Jamais il n'avait vu Rhodes aussi furieux. La fille aux cheveux bleus lui posa une main sur l'épaule pour tenter de le calmer.

— Viens, ils n'en valent pas la peine, l'implora-t-elle.

D'un brusque mouvement d'épaule, il se dégagea.

— Toi… gronda-t-il entre ses dents. Espèce de petit…

On aurait dit que sa tête était sur le point d'exploser.

Ce ne fut que lorsque la lance de Rhodes fusa dans leur direction qu'Hugues réalisa qu'ils avaient peut-être poussé le bouchon un peu loin.

L'arme traversa la pièce en un clin d'œil et s'arrêta net à moins d'une dizaine de centimètres de sa figure. Rhodes poussa un hurlement de rage, mais le javelot ne bougea pas d'un pouce.

Jetant un regard derrière lui, Hugues vit Godrick, le visage tordu par l'effort ; son affinité avec l'acier lui avait permis de stopper l'attaque au dernier moment. Il faisait une grimace effroyable, et Hugues se sentit presque défaillir en imaginant ce qu'il se passerait s'il perdait cette lutte mentale.

Au contraire, la lance recula, toujours suspendue en l'air.

Lentement mais sûrement, par petits à-coups, l'arme traversa la pièce. À la moitié de son trajet, elle se retourna soudainement, désormais pointée sur Rhodes.

Ensuite, tout s'enchaîna très vite. Rhodes plongea vers le bas tout en relâchant son emprise sur son javelot, qui alla rebondir bruyamment contre le mur derrière lui. Simultanément, il projeta un éclair droit sur eux. Hugues ferma les yeux, certain de finir carbonisé, comme un insecte frappé par la foudre.

Sabae intercepta le sortilège.

Pendant un court instant, tous la contemplèrent avec stupeur. Elle tenait dans le creux de sa main une boule de foudre frémissante. Hugues pouvait voir les arcs électriques lui brûler les doigts. D'un coup de poignet sec, elle expédia le sort au loin, vers le centre de la salle.

Hugues eut à peine le temps de remarquer un détail qu'il aurait certainement dû noter bien avant.

Il n'y avait aucune formule magique par terre, dans cette pièce.

La foudre frappa la pierre, qui céda sous leurs pieds.

Hugues tomba dans l'abysse.

CHAPITRE TRENTE-SIX

LA CHUTE

DÈS QU'HUGUES SENTIT le sol se dérober sous ses pieds, sans même réfléchir, il commença à échafauder un sort de lévitation. Tout d'abord, il visualisa la figure fondamentale la plus robuste qu'il connaissait, puis y ajouta à la hâte ses lignes déterminantes et ses traits directeurs, ainsi que tout un éventail de restrictions et d'altérations qui permettraient de démarrer à faible puissance et d'intensifier l'effet, plutôt que d'arrêter leur chute d'un coup sec.

Ce faisant, il devait s'efforcer de se stabiliser, afin de se concentrer sur la direction dans laquelle il tombait. Il parvint à se redresser suffisamment longtemps pour envoyer son orbe lumineux en dessous d'eux et canalisa frénétiquement le mana dans son diagramme.

Une vague d'énergie le traversa comme il n'en avait jamais ressenti auparavant. Graduellement, il se sentit ralentir, jusqu'à s'arrêter presque entièrement, et ses bottes touchèrent délicatement le sol. Terrifié, il regarda autour de lui, puis poussa un soupir de soulagement en constatant que, comme lui, ses amis avaient atteint le fond aussi légèrement que des plumes. Son sort avait fonctionné, mais il se sentait complètement vidé. Arrêter la chute vers une mort certaine de quatre personnes lui avait demandé bien plus de mana que ce qu'il avait l'habitude de consacrer à ses tours de magie.

Non, pas quatre. Six. Rhodes et le garçon Winter étaient tombés avec eux.

Hugues se préparait à reprendre le combat lorsqu'il vit Sabae s'effondrer. Godrick la rattrapa juste avant qu'elle ne s'écroule au sol.

— Ça va aller, haleta-t-elle. Ça m'a juste… demandé beaucoup d'effort.

— T'as renvoyé un éclair ! s'émerveilla Godrick. C'est dingue !

170

Talia s'avança vers Rhodes, furieuse.

— Ouais, *son* éclair ! vociféra-t-elle. Au nom des cieux, c'est quoi ton problème, Charax ?

Le blondinet regardait fébrilement autour de lui, les yeux écarquillés par la terreur.

— On n'est plus au premier niveau ! glapit-il. On n'est pas censés être ici ! On va avoir des ennuis !

Tout en clignant des paupières, Hugues jeta un coup d'œil à la ronde. Ils se trouvaient au fond d'une haute chambre cylindrique. Tout en haut, une lueur filtrait par la fissure dans le sol de la salle secrète. Dans la clarté se découpaient les silhouettes des deux autres comparses de Rhodes. Il aperçut un éclat métallique descendre le long du puits.

La lance de Rhodes.

Hugues plongea précipitamment les mains dans sa besace pour en sortir sa fronde et une bille gravée, mais le jeune noble ne semblait pas pressé de continuer à se battre. Se relevant prestement, il attrapa la hampe du javelot au vol, et son acolyte aux cheveux bleus fit de même. Dans un souffle assez puissant pour faire reculer Hugues de quelques pas, les deux s'élevèrent dans les airs, filant à toute vitesse vers la fissure.

— On reconnaît bien la bravoure d'un apprenti tueur de dragons, cracha sèchement Talia.

— Alors, en plus d'une affinité avec la foudre et l'acier, il maîtrise le vent… observa Hugues amèrement.

— Nan, c'pas l'acier qu'il manipule, le corrigea Godrick. C'est l'bois. Il poussait sur l'manche de la lance, pas l'fer. C'pour ça qu'j'ai pu l'arrêter.

— Il a raison sur un point, ceci dit, ajouta Sabae. On n'est pas censés être ici.

Au-dessus d'eux, l'éclat des sorts de lumière de l'autre équipe disparut.

— Si on attend là, peut-être qu'ils préviendront un instructeur, non ? hasarda Hugues. C'est le règlement, après tout.

Talia le gratifia d'un regard condescendant et souffla du coin des lèvres, pour signifier tout le mépris qu'elle réservait à Rhodes.

— Ouais, j'imagine qu'on ne peut pas vraiment compter là-dessus, soupira-t-il.

Soudain, une voix résonna dans les ténèbres.

— Vous avez bien raison de vous faire du mouron.

Hugues pivota sur ses talons, pour se tourner vers l'une des entrées de la salle. Devant lui se déployait une silhouette colossale, émergeant de la pénombre. Plus elle avançait, plus elle semblait immense, et paraissait ne jamais devoir s'arrêter de grandir.

— Tu m'as l'air plein de ressource, pour ton âge. Bien peu d'étudiants auraient pu survivre à une telle chute. Mais pas toi, jeune démoniste. Pourtant, ce n'est pas ça qui te sauvera. Ces profondeurs ne sont pas un terrain de jeu pour les apprentis…

La créature, qui devait mesurer plus de quatre mètres de haut, pénétra enfin dans la lumière.

La simple vision de cette chose coupa le souffle à Hugues. Derrière lui, il entendit ses compagnons s'étrangler d'effroi.

Un démon.

CHAPITRE TRENTE-SEPT

LE DÉMON

LA CRÉATURE PRÉSENTAIT d'étonnantes similarités avec les diablotins qui infestaient le premier niveau : son visage évoquait celui d'une chauve-souris, des touffes de poils inégales parsemaient son corps difforme et ses bras maigres et disproportionnés se terminaient par de longues griffes aiguisées comme des rasoirs. Elle possédait une longue queue nue et préhensile au bout de laquelle se balançait un aiguillon aussi imposant qu'acéré. De cet appendice gouttait lentement un ichor noir qui grésillait au contact du sol. Pourtant, c'était l'énorme panse du démon qui constituait son attribut physique le plus grotesque. Avec sa peau distendue et translucide, elle lui pendait sur les genoux et laissait voir une masse grouillante d'intestins aux allures de nids de têtards frétillants.

— N'aie pas peur, Hugues, dit le démon. Je ne te veux aucun mal.

Il accompagna cette déclaration d'un sourire qui se voulait certainement rassurant. Les crocs acérés qui emplissaient sa large gueule produisirent exactement l'effet inverse.

— Comment connaissez-vous mon nom ? balbutia Hugues.

— Je surveille de près ce qui se passe dans l'académie qui surplombe mon domaine, Hugues, répliqua le démon. Tu peux m'appeler Bakori. Ce n'est qu'un fragment de mon nom véritable, mais… je doute que tu sois capable de prononcer le reste.

Hugues fit un pas en arrière, en direction de ses camarades.

— Qu'est-ce que vous me voulez ?

— Mais t'aider, bien évidemment. Je n'ai aucune rancœur envers l'académie ou ses résidents, en dépit de leur… antipathie à l'égard des gens de mon espèce. Et, tant que j'y pense, je dois vous présenter mes excuses pour le comportement de mes petits. Les diablotins… manquent cruellement de politesse. Presque autant que d'intelligence.

173

— Vous entendez quoi par « aider » ? demanda Talia d'un air méfiant.

Bakori la toisa un instant, avant de poser à nouveau son regard sur Hugues.

— Je peux lui offrir le pouvoir dont il a besoin pour sauver ses amis, répliqua le monstre d'un ton doucereux.

Hugues commençait à comprendre les intentions du démon, et la situation ne lui disait rien qui vaille.

— Vous voulez que je signe un pacte de démoniste avec vous, résuma-t-il.

— Pour faire simple, oui, acquiesça Bakori. Ces étages regorgent de dangers mortels. Vous n'avez aucune chance de regagner la surface vivants. Je sais à quel point tu tiens à tes amis, Hugues, et je serais ravi de t'aider à les sauver.

Le visage hideux du monstre se fendit à nouveau d'un sourire cauchemardesque.

— Et si je refuse ? rétorqua Hugues. Vous allez nous dévorer, c'est ça ?

Bakori prit un air indigné.

— Je suis bien attristé que tu me prêtes d'aussi viles intentions. Encore un exemple de la haine aveugle que ton espèce voue à la mienne. Non ; si tu refuses, je vous laisserai simplement vous tirer seuls de ce mauvais pas.

Hugues s'apprêtait à rejeter l'offre du démon, mais une hésitation s'empara de lui. La créature n'avait pas tout à fait tort à propos de leurs chances de survie. Alustin et les autres enseignants leur avaient suffisamment répété à quel point il était périlleux de s'aventurer dans les niveaux inférieurs du Labyrinthe, et combien d'étudiants avaient péri alors qu'ils s'étaient contentés de descendre au deuxième sous-sol. Ils se trouvaient clairement bien plus profond que ça…

— À quel étage sommes-nous ? demanda Hugues.

Il espérait pouvoir gagner du temps avec des questions.

— Au sixième niveau, répondit Bakori.

Hugues resta silencieux, étudiant ses options, tandis que le démon patientait. Ils avaient chuté beaucoup plus bas que ce qu'il croyait. Pour la plupart, les aventuriers en visite à Fort-Céleste ne descendaient même pas si profond, en tout cas pas sans s'être amplement préparés. Quelles chances avaient-ils, en tant que simples novices, de s'échapper sans aide ?

— Alors, jeune démoniste ? As-tu fait ton choix ? le pressa Bakori.

Hugues ouvrit la bouche pour parler, terrifié à l'idée qu'il allait peut-être prendre la mauvaise décision, quand Talia intervint à nouveau.

— Pas la peine de gâcher ta salive, il le fera pas, lança-t-elle.

— Hugues est un type bien, ajouta Sabae. Il ne signerait jamais un pacte avec quelqu'un dans ton genre.

— Ouais, t'en fais pas, Hugues, renchérit Godrick. On va bien trouver un moyen d'remonter.

Bakori les fusilla tous les trois du regard, une moue irritée passant brièvement sur son visage.

— Laisses-tu tes amis parler pour toi, jeune démoniste ? demanda-t-il.

Hugues resta muet un moment, la gorge serrée. Il espérait vraiment ne pas se tromper. Il se força à déglutir et s'éclaircit la voix.

— Oui. Je refuse.

Bakori le considéra, impassible.

— Fort bien. Dans ce cas, je n'ai plus rien à faire ici.

L'énorme démon se détourna pour partir, mais, au dernier moment, s'arrêta pour jeter un regard par-dessus son épaule.

— Cependant… Si tu venais à changer d'avis, Hugues, tu n'aurais qu'à appeler mon nom trois fois de suite en y mettant toute ta volonté. J'apparaîtrai à tes côtés, peu importe le danger que tu affrontes. Vois-tu, je ne t'offre pas seulement mon pouvoir, mais aussi mon amitié.

Puis il se pencha pour entrer dans le tunnel par lequel il était arrivé, et disparut en un clin d'œil.

CHAPITRE TRENTE-HUIT

INCERTITUDE

— QU'EST-CE QU'ON FAIT, maintenant ? demanda Sabae.

Elle arrivait de nouveau à tenir debout sans aide et semblait se remettre de la fatigue et de la douleur d'avoir intercepté l'éclair de Rhodes.

— On trouve un chemin pour remonter à la surface, répliqua Talia sans quitter des yeux le tunnel par lequel Bakori venait de sortir.

— Tu as une idée de comment s'y prendre ? demanda Hugues.

— On reste groupés, dit Godrick. Et on s'laisse pas distraire.

— On devrait y aller maintenant, proposa Talia. Avant que ce démon ne change d'avis et décide de revenir nous dévorer.

— Il ne va pas nous manger, soupira Hugues.

— Et qu'est-ce que t'en sais ? rétorqua-t-elle.

— Il espère signer un contrat avec moi. Il a besoin de moi, et il n'abandonnera pas tant qu'il n'aura pas obtenu ce qu'il veut.

Un silence de mort tomba sur les quatre compagnons.

— Vous pensez qu'il y a un moyen de passer par en haut ? finit par demander Sabae.

Godrick s'avança jusqu'à la paroi.

— J'pourrais essayer d'remodeler l'mur pour faire une échelle…

Il tendit la main vers la cloison, mais un soudain flash de lumière lui fit brusquement retirer son bras.

— Fichue pierre ! J'me suis brûlé !

Hugues le rejoignit pour inspecter les formules gravées dans la roche. Elles n'avaient rien à voir avec les motifs dans le reste du Labyrinthe : c'étaient des diagrammes conçus pour transporter des quantités de mana inimaginables. Il ne nota d'ailleurs la présence que de formules directionnelles. Toute cette énergie était acheminée vers le haut.

— Ça ressemble à une sorte de conduit de mana, observa Hugues. Je me demandais si le Labyrinthe l'absorbait ou en générait, mais on dirait que c'est le deuxième cas de figure.

— Peut-être qu'on pourra garder les questions académiques pour quand on sera sortis de ce trou ? s'impatienta Talia. Est-ce que Godrick peut nous façonner une échelle là-dedans sans se blesser, ou pas ?

— Surtout pas, répliqua Hugues. S'il essaie de faire plus qu'un simple test, comme là, il risque la surcharge, et de finir incinéré.

Godrick se décomposa quelque peu à cette idée.

— Est-ce que tu penses pouvoir désactiver le conduit magique ? hasarda Sabae.

Hugues fit non de la tête.

— C'est très, très au-delà de mes compétences.

— Alors on devrait arrêter de traîner et bouger d'ici, déclara Talia.

Les autres acquiescèrent, et ils se mirent en mouvement.

Avec un dernier regard en direction du tunnel par lequel s'était glissé Bakori, Hugues se dépêcha de suivre ses amis.

Chapitre trente-neuf

Dans les profondeurs

Le sixième niveau du Labyrinthe partageait quelques ressemblances avec le premier : les tunnels faisaient à peu près la même taille et, ici aussi, des formules magiques gravées dans la pierre recouvraient le moindre pouce des sols, parois et plafonds. Les similitudes s'arrêtaient là, cependant. Pour commencer, les corridors avaient une forme plutôt ronde que carrée, et puis il y avait le bruit…

Là où, au premier sous-sol, régnait un silence de mort, un vacarme constant emplissait les galeries des profondeurs. Un vent puissant soufflait sans relâche et leur sifflait aux oreilles, sans qu'ils puissent en identifier la source. Pire, les courants d'air charriaient d'autres sons encore moins rassurants – cliquètements, pas, grognements, crissements de rouages mécaniques… Les quatre novices avançaient le long des couloirs, serrés les uns contre les autres, sans un mot. Quelques fois, Hugues crut apercevoir des formes bouger à la limite de la flaque de clarté projetée par leurs sorts de lumière, mais les ombres mouvantes se dissipaient chaque fois qu'il tournait la tête pour les scruter.

Aucun d'entre eux n'avait une quelconque idée de comment cet étage pouvait être construit. Après tout, les élèves ne descendaient jamais si bas ; ils n'avaient donc sérieusement étudié que le premier niveau. Par précaution, ils se déplaçaient très lentement. À cette profondeur, déclencher un piège pouvait être synonyme de mort instantanée.

Ils allaient de corridor en corridor depuis environ une heure, empruntant fourches et virages à l'aveuglette, lorsqu'ils découvrirent un lieu parfaitement inédit.

C'était une salle immense, presque aussi vaste que le grand hall de l'académie où s'était déroulée la cérémonie de l'Initiation.

La voûte n'était pas aussi haute, mais tout de même bien plus que dans les tunnels.

Et surtout, en hauteur, à quelques coudées du plafond, l'embouchure d'une galerie de sortie s'ouvrait dans la paroi.

L'autre particularité de l'endroit était la profusion de statues qui l'occupaient. Il y en avait partout : des chevaliers, des gargouilles, des taureaux et bien d'autres encore, toutes taillées dans un marbre qui contrastait de manière saisissante avec le granite sombre du reste du Labyrinthe.

Hugues pointa du doigt l'ouverture surélevée.

— Je suis prêt à parier que ça donne au cinquième, lança-t-il.

— Et comment tu veux qu'on y monte ? pesta Talia. En empilant des statues ?

Godrick s'avança vers la paroi.

— P't'être qu'ici, j'pourrais modeler la pierre pour nous faire une échelle ? suggéra-t-il. Mais ça risque de prendre un moment.

Hugues le rejoignit pour inspecter les diagrammes sur les murs.

— On ne dirait pas que les formules réagiront comme celles de l'autre salle. Je pense que c'est possible, acquiesça Hugues.

— En ce qui me concerne, je préfère attendre un peu ici et trouver un moyen de remonter d'un niveau plutôt qu'errer dans les couloirs et tomber sur des monstres, lança Sabae.

Avec un signe de tête approbateur, Godrick alla se placer sous l'ouverture béante et tendit les mains vers la paroi. À son contact, la pierre devenait meuble comme de la glaise, aisément formée sans autre outil que ses doigts.

Malheureusement, le granite ne fut pas le seul à réagir. Tout autour d'eux, les statues commencèrent à s'animer dans un concert de grincements, tournant lentement leurs visages impassibles en direction des quatre apprentis.

— Crotte de bique de crotte de bique ! jura Talia.

— Est-ce qu'on s'enfuit ? demanda Hugues, paniqué.

Godrick abandonna son ouvrage pour se ranger à leurs côtés, marteau brandi. Les sculptures se levaient de leurs socles, encerclant progressivement le petit groupe.

— On a encore une chance d'sortir d'ici si on passe en force, dit-il.

Sabae fit non de la tête.

— Rien ne garantit qu'on aura une autre occasion de remonter. Continue de façonner l'échelle, on va les retenir aussi longtemps que nécessaire.

Poings serrés, elle s'avança vers la statue la plus proche – un chevalier en armure – et lui assena un coup de vent.

L'objet animé pencha légèrement en arrière, mais ne recula même pas d'un pas. Sabae esquiva juste à temps pour éviter un balayage de son épée de pierre. Hugues trembla en son for intérieur à l'idée de ce qu'il aurait pu lui faire s'il l'avait touchée.

— Ils sont trop lourds pour les repousser avec de l'air, haleta-t-elle.

— À mon tour, alors, répliqua Talia avec un sourire carnassier.

Elle expédia une rafale de projectiles de songefeu sur la statue qui s'en était pris à Sabae, avec des résultats bien plus probants. Le premier impact lui fissura le plastron, le deuxième couvrit de givre la moitié de son heaume, le troisième fit rétrécir son épée et le quatrième – contre toute logique – le fit s'embraser. Une colonne de fumée nauséabonde se mit à monter du marbre enflammé et l'effigie de chevalier s'écroula au sol.

— Prends ça, sale tête de caillou ! ricana-t-elle.

— Bon… ça ne nous en laisse plus qu'une douzaine, soupira Hugues.

D'un regard par-dessus son épaule, il constata que Godrick avait déjà formé des prises sur près de deux mètres de hauteur, pendant que Talia faisait pleuvoir un déluge de songefeu sur leurs assaillants de pierre. Malheureusement, ceux-ci avaient beau se mouvoir lentement, il lui fallait plusieurs coups pour les abattre. Le cercle de statues animées commençait à se refermer autour d'eux. Elle ne pourrait pas toutes les retenir comme ça.

Hugues sortit sa fronde et y glissa une de ses billes gravées. Prenant une longue inspiration, il la fit tourner et expédia le projectile en plein sur une sculpture de vieille femme. La détonation suffit à la faire tomber à la renverse, une grosse portion de mâchoire fracassée. Pourtant, l'explosion n'avait affecté aucune des effigies voisines, et il ne lui restait que trois billes. Sous son regard horrifié, la créature qu'il venait de toucher commença à se redresser.

— Vous avez une idée ? s'étrangla-t-il.

— J'peux m'les faire ! lança Godrick, qui travaillait toujours frénétiquement à leur créer une sortie.

— Pas tous, et pas assez vite ! répliqua Sabae. Continue de façonner l'échelle !

Talia marqua une pause, à bout de souffle.

— Y a quelque chose que j'ai envie d'essayer depuis un moment, haleta-t-elle.

Avec une grimace d'effort, elle tendit le doigt, et un fin ruban de songefeu en jaillit. Maniant ce filament de flammes presque comme un pinceau, elle traça devant eux un demi-cercle au sol. Là où elle avait effleuré la pierre, des flammèches vert-mauve se mirent à chatoyer.

Elle laissa le filament s'évanouir et se focalisa sur le croissant de feu. Les escarbilles se changèrent en brasier, et l'éclat du songefeu illumina la salle, tandis qu'une barrière de flammes de près d'un mètre d'épaisseur se mettait à rugir entre les novices et leurs assaillants.

— Je vais pas tenir longtemps, grogna-t-elle. Alors, magne-toi, Godrick !

Le feu magique ne sembla en rien dissuader les créatures, qui avançaient toujours du même pas pesant. À travers la fournaise onirique, leurs contours devenaient troubles et leurs traits, éclairés par la lueur surnaturelle du songefeu, paraissaient plus humains qu'auparavant.

Le golem le plus proche, un lutteur bardé de muscles vêtu d'un simple pagne, atteignit la barrière et s'arrêta devant, regardant de droite et de gauche à lents mouvements saccadés, comme pour examiner cette étrange manifestation. Puis, sans se presser, il entra dans le feu. Ravivées, les flammes s'élevèrent en rugissant et l'effigie commença à fondre. Seulement, les gouttes de marbre liquide tombaient vers le haut.

Le lutteur se trouvait en plein milieu de la fournaise lorsqu'il s'écroula, englouti par le brasier crépitant. Talia était en nage, visiblement éreintée par l'effort. Les statues se massaient au bord de la barrière magique, mais semblaient assez intelligentes pour patienter, le temps qu'elle s'épuise.

Ce fut ensuite au tour d'un imposant taureau sculpté de tenter de forcer le passage. Ses cornes pointaient tout juste hors de la fournaise lorsqu'il se brisa en mille morceaux, mais Talia suait de plus en plus et respirait avec difficulté.

— Allez, Godrick, dépêche-toi ! implora Hugues.

Une à une, les statues essayèrent de franchir la barrière ardente. Toutes succombaient, consumées par l'embrasement onirique. Lorsque la sixième s'écroula, Talia perdit l'équilibre et se laissa tomber sur un genou. Ses tatouages luisaient.

Le septième assaillant, un primate finement sculpté, parvint à traverser sans s'effondrer.

En proie aux flammes, il tenait néanmoins encore debout. Hugues se mit à chercher maladroitement une bille de fronde dans sa besace, mais Sabae fut plus rapide que lui. Elle frappa la statue d'un coup de poing en plein sternum. Cette fois-ci, contre un ennemi déjà fissuré, la bourrasque qui accompagnait son attaque s'insinua dans les lézardes de son torse, alimentant la fournaise convoquée par Talia.

Une déflagration engloutit le primate, projetant des esquilles de marbre enflammé en arc de cercle, à travers le mur de feu et sur les autres sculptures. Les shrapnels brûlants firent s'embraser plusieurs effigies animées.

Hugues jeta un regard à Godrick. Ce dernier en était à la moitié du chemin ; encore une minute à peine et il aurait terminé son ouvrage. Du moins, Hugues l'espérait de tout cœur. Dans la lueur multicolore et changeante du songefeu, l'immense jeune homme avait l'air vraiment effrayant, mais pas autant que les golems qui les attaquaient.

Deux autres statues s'avancèrent à travers les flammes. La première, une énorme tortue, s'effondra alors qu'elle tentait de s'extraire du brasier. La deuxième, une gorgone à la chevelure de serpents – immobiles, au grand soulagement d'Hugues –, succomba comme le primate, pulvérisée par une rafale de Sabae venue attiser la fournaise qui la consumait.

Derrière, au sein de la foule de statues, celles qui avaient pris feu propageaient à leurs voisines les flammes qui les dévoraient, mais toujours plus s'animaient pour venir se presser contre la barrière. Talia arrivait à peine à maintenir son sort, désormais. Hugues dut se précipiter vers elle pour l'empêcher de s'écrouler face contre terre. Les formules pyromantiques tatouées dans sa chair brillaient maintenant si fort qu'elles projetaient des ombres tout autour d'elle.

— J'suis presque au sommet ! cria Godrick. Dépêchez-vous d'monter !

Saisissant Talia à bras le corps, Hugues l'aida à se remettre sur pied. Parfois, il lui arrivait d'oublier à quel point elle était petite, tellement son caractère prenait de place. Pas à pas, il la guida vers l'échelle dans la roche.

Plusieurs autres golems s'avancèrent pour traverser les flammes mourantes.

— Arrête, Talia ! lui intima Hugues. Grimpe !

Il la saisit par la taille et la souleva le plus haut possible. Lentement, elle agrippa les barreaux grossiers et commença son ascension. La barrière de feu crachota un instant, puis s'éteignit complètement, en même temps que les tatouages de Talia. Là où elle avait jeté son sort, une tranchée de près de trente centimètres de profondeur avait creusé le granite du sol. Les statues en proie aux flammes continuaient de brûler, mais les autres, jusque-là hésitantes, avançaient en rangs serrés vers les novices.

D'un de ces coups de vent dont elle avait le secret, Sabae pulvérisa encore un assaillant fissuré, tandis qu'Hugues se précipitait vers le haut de l'échelle, à la suite de Talia.

— Sabae, vite ! lui hurla-t-il.

Elle lança un dernier coup de poing renforcé par aéromancie, sans grand effet, et se rua vers le mur qu'escaladaient ses camarades. Godrick, arrivé en haut, hissa Talia dans l'ouverture.

Hugues se trouvait à mi-hauteur de l'échelle lorsqu'il entendit Sabae glapir de douleur. D'un coup d'œil vers le bas, il vit qu'une statue à l'effigie d'un juge aux yeux bandés venait de l'empoigner par la cheville. Il plongea la main dans sa poche à la recherche d'une bille enchantée, mais avant qu'il puisse s'en saisir, l'énorme marteau de Godrick fusa à côté de lui, en plein visage du golem judiciaire. La tête broyée, celui-ci s'écroula, relâchant Sabae.

Avec un soupir de soulagement, Hugues reprit son ascension, en s'assurant que Sabae suivait. Leur répit fut de courte durée ; la terreur lui coupa de nouveau le souffle lorsqu'il constata qu'un autre chevalier de marbre commençait à gravir l'échelle et que le juge qui avait attaqué Sabae s'était relevé et se préparait à monter.

— Plus vite, Sabae ! s'écria-t-il en redoublant d'efforts.

Dès qu'il fut assez haut, Godrick l'empoigna par la tunique et le hissa à ses côtés. Hugues se laissa tomber derrière lui, tandis que le gaillard se couchait dans l'embrasure de la galerie pour attraper le bras de Sabae. Talia gisait à même le sol, un peu plus loin dans le tunnel.

— Je crois que j'ai la cheville cassée, gémit Sabae en s'asseyant.

Godrick se pencha sur elle pour inspecter sa jambe, mais Hugues se redressa soudain, paniqué, et lui secoua l'épaule pour attirer son attention.

— Est-ce qu'ils continuent de grimper, Godrick ? s'étrangla-t-il.

Sans attendre de réponse, il enjamba Sabae et se pencha par-dessus le rebord. En contrebas, le chevalier gravissait toujours les barreaux formés dans la roche.

— Ils arrivent ! s'exclama Hugues.

Godrick le rejoignit, un sourire au coin des lèvres.

— T'inquiète, j'ai déjà prévu l'coup, répliqua-t-il. C'est vachement plus facile de détruire que d'modeler.

D'un seul coup de talon contre la pierre, il brisa tous les échelons rudimentaires, précipitant plusieurs statues au bas de la paroi. Quelques-unes se fracassèrent au sol, mais plusieurs s'en sortirent intactes.

Main tendue au-dessus du vide, Godrick entreprit ensuite de rappeler son marteau, ce qui paraissait lui demander un effort considérable. L'arme commença à s'élever, mais une sculpture d'homme obèse la tenait par le manche et se démenait pour attirer l'objet à lui. Le jeune lithomancien refusait de lâcher, mais il peinait à lui arracher sa masse. Alors qu'il allait tomber à court de mana, un éclair de songefeu pulvérisa l'épaule de la statue, la forçant à lâcher prise. Le marteau fila droit dans la main de Godrick, que l'impact manqua de faire trébucher en arrière. Un poing de marbre était encore accroché au manche ; Godrick le fracassa contre le mur avec une moue dégoûtée.

À bout de nerfs, Hugues s'adossa à la paroi et se laissa glisser en position assise. Contre toute attente, ils avaient survécu.

Chapitre quarante

Le cinquième niveau

Ils demeurèrent quelques minutes dans l'entrée du tunnel, le temps de reprendre leurs esprits, éclairés par les flammes qui consumaient les statues en contrebas. Les ombres étouffaient les moindres détails, s'étirant en longs rubans d'un noir d'encre. Enfin, Hugues se redressa et invoqua un orbe lumineux afin d'inspecter les environs.

Les galeries du cinquième niveau différaient très nettement de celles qu'ils avaient parcourues jusqu'ici. Contrairement aux hauts couloirs de granite poli des premier et sixième étages, elles étaient grossièrement taillées dans le grès, et à peine assez grandes pour que Godrick s'y tienne debout. Les formules magiques omniprésentes du Labyrinthe ne prenaient pas ici la forme de gravures dans la roche, mais d'arabesques écaillées dessinées à la peinture blanche. Hugues doutait néanmoins qu'elles soient aussi faciles à effacer qu'elles en avaient l'air.

Le silence n'était pas aussi pesant qu'au premier sous-sol, mais il y avait beaucoup moins de bruit qu'au sixième. Pour l'essentiel, le vacarme qui leur battait aux oreilles provenait de la salle aux statues.

Godrick s'efforça d'aider Sabae avec sa cheville. N'ayant pas réussi à déterminer si elle était cassée ou juste sévèrement foulée, le jeune homme choisit de lui façonner un plâtre en pierre autour du pied, ainsi qu'une béquille dans le même matériau.

— Ça va énormément me ralentir, grogna-t-elle.

— Faut à tout prix qu'on évite d'affronter d'autres monstres, acquiesça Godrick.

Personne n'ajouta quoi que ce soit, mais Hugues doutait fortement que cela soit aussi simple. Talia paraissait à peine consciente, épuisée par tout le mana qu'elle venait de dépenser ;

même ici, où l'Éther était incroyablement riche, il lui faudrait un moment avant de reconstituer ses réserves.

— Il ne devrait pas y avoir de grès, ici, observa Godrick nerveusement. La montagne est un bloc de granite massif.

— C'est le Labyrinthe, répliqua Hugues, comme si cela expliquait tout.

Peut-être que oui, en fait.

Il se détourna pour scruter les profondeurs du tunnel, et dut retenir un cri de surprise. Révélée par le sort de lumière, une forme se dessinait dans les ombres. Comme il ne décelait aucun mouvement, Hugues se détendit quelque peu et avança prudemment.

C'était un squelette humain, encore drapé de lambeaux de vêtements.

Face à cette macabre découverte, Hugues ne put étouffer un glapissement d'effroi.

Godrick se rua immédiatement à ses côtés, marteau levé. En découvrant la source de sa terreur, il abaissa son arme.

— Tu crois qu'il est là depuis combien d'temps ?

— Un très long moment, j'imagine, souffla Hugues.

Il s'apprêtait à se détourner lorsqu'il surprit un reflet métallique dans la dépouille. Curieux, il s'accroupit devant le cadavre. Quelque chose rutilait à l'intérieur de la cage thoracique du squelette. Luttant contre la révulsion, il glissa une main sous les côtes du mort et en tira l'objet, en essuyant la poussière du bout des doigts.

C'était une sorte d'amulette : une petite pierre polie ovale, très simple, aussi large que son pouce et moitié moins longue. Elle était sertie dans une fine monture d'argent dotée d'un fermoir du même métal, tous deux gravés de formules magiques minuscules et incroyablement complexes. De toute évidence, l'objet avait autrefois été porté en médaillon, à l'aide d'une lanière de cuir ou d'une ficelle passée dans le fermoir, depuis longtemps réduite en poussière.

La pierre, elle, n'avait rien d'exceptionnel. Elle ne brillait pas particulièrement et n'avait pas l'air réellement précieuse, avec sa teinte orange mat tirant sur l'ocre brique et ses stries rouge sombre légèrement obliques, presque horizontales. Les rayures n'étaient d'ailleurs pas parfaitement égales, en plus d'être faiblement incurvées, et l'espace entre elles variait légèrement. Cela lui rappelait…

— On dirait un labyrinthe ! observa Godrick.

Hugues retourna l'objet. L'arrière avait le même aspect, mis à part que la surface était plate, et pas bombée. L'autre côté du fermoir portait des formules magiques similaires et recouvrait le premier quart du dos de la pierre.

Les deux garçons revinrent vers leurs camarades pour leur montrer le bijou, sans que personne ne parvienne à en deviner la fonction. Tous s'accordèrent néanmoins sur le fait que l'objet devait être enchanté. Hugues glissa le médaillon dans sa besace.

Au bout de dix ou quinze minutes de repos supplémentaires, ils commencèrent à se préparer à reprendre leur exploration. Talia était toujours épuisée, Godrick ne se portait guère mieux et Sabae grimaçait de douleur à chaque pas. Des quatre, Hugues demeurait le seul encore indemne.

Et pourtant, en dépit de tous ses progrès, il était le moins utile de l'équipe.

Aucun d'entre eux ne se retourna pour contempler la salle des statues avant de partir. Ils en avaient bien assez vu.

Tandis qu'ils avançaient le long du tunnel, Hugues vint se placer à côté de Talia.

— Sans toi, on serait tous morts, lui glissa-t-il.

— Je suis sûre que vous auriez trouvé une solution, grommela-t-elle.

Hugues secoua la tête.

— Tu as bien vu. Godrick a à peine égratigné ces statues avec son marteau et Sabae n'a pu les briser que grâce à toi. Ton songefeu est incroyablement puissant, Talia. Un pyromancien ordinaire n'aurait rien pu faire, face à ces monstres.

Elle rougit quelque peu, visiblement flattée.

— Bah, ça veut dire qu'Alustin sait ce qu'il fait, non ? répliqua-t-elle.

Ils poursuivirent leur chemin en silence. La quantité croissante de squelettes desséchés qu'ils devaient enjamber pour avancer ne les incitait guère à la conversation.

Chapitre quarante-et-un

Le sol était jonché d'ossements, pour la plupart fêlés ou brisés. Parmi les restes de toutes sortes de monstres, les squelettes humains se faisaient rares. Hugues faisait attention où il mettait les pieds, pour ne pas marcher dessus. À un moment, ils s'arrêtèrent pour discuter à voix basse de s'il ne valait pas mieux rebrousser chemin, mais aucun d'eux ne se sentait le courage d'affronter les statues. Cela faisait un certain temps qu'ils attendaient de trouver une voie secondaire ; jusque-là, le boyau se poursuivait sans embranchement.

À mesure qu'ils progressaient, l'anxiété des quatre novices croissait de plus en plus. Godrick était tellement tendu qu'il ne jurait même pas lorsqu'il se cognait la tête contre le plafond.

Hugues, quant à lui, ne parvenait pas à ignorer les innombrables traces brunes et sèches qui recouvraient un peu partout les formules magiques blanchâtres peintes sur les murs.

La quantité d'os qui encombraient la galerie finit par devenir suffisamment préoccupante pour qu'il envisage de tenter à nouveau sa chance contre les golems de marbre, mais une minute plus tard, le tunnel s'ouvrit dans une vaste caverne pourvue de deux sorties, si spacieuse que la lueur de leurs sorts de lumière atteignait à peine le mur opposé. Ici aussi, le sol disparaissait sous les squelettes, qui s'empilaient parfois en monticules de plusieurs mètres de haut. Au plafond pendaient de longues stalactites sous lesquelles se dressaient de hautes stalagmites, perçant le fatras macabre qui tapissait le fond de la grotte.

Hugues considéra les deux ouvertures qui se présentaient à eux. La première ressemblait à une simple continuation du tunnel dont ils venaient d'émerger, tandis que la seconde était beaucoup plus vaste.

Godrick examinait la caverne d'un air nerveux.

— Les stalactites et les stalagmites, ça s'forme pas sur du grès, lança-t-il d'un ton anxieux.

— C'est tout ce qui te préoccupe ? rétorqua Talia, visiblement très irritée.

— C'pas normal, marmonna Godrick.

— C'est juste le Labyrinthe, tenta de le rassurer Sabae.

— Je pense qu'on devrait continuer par le tunnel, dit Hugues. J'ai un mauvais pressentiment, avec l'autre.

— Alors, tes pressentiments, ce que j'en fais… répliqua Talia sèchement.

— Moi non plus, ça m'dit rien qui vaille, ajouta Godrick.

— Je suis du même avis, opina Sabae. Je préfèrerais éviter de passer par là.

— Si vous êtes tous contre moi… soupira Talia.

Elle s'avança vers Hugues et lui planta le doigt dans le gras du ventre.

— Mais si ça tourne au vinaigre, on saura à qui s'en prendre, gronda-t-elle.

Il attendit qu'elle regarde ailleurs pour se masser l'abdomen discrètement. Elle n'y était pas allée de main morte.

L'équipe était en plein milieu de la salle lorsqu'une rumeur distante, une sorte de pépiement crissant, leur parvint depuis la grande arche de la caverne voisine.

— Qu'est-ce que c'est ? demanda Hugues, en alerte. Encore des diablotins ?

— J'crois pas, répondit Godrick. J'sens pas leur odeur. On dirait plus… des fruits d'mer ?

Une nuée de petites créatures volantes fit soudain irruption dans la grotte, s'engouffrant à travers l'ouverture en nuage compact. À première vue, elles ressemblaient à des insectes, mais la façon dont elles papillonnaient avait quelque chose d'anormal.

Talia lança plusieurs éclairs de songefeu dans la masse, mais dut s'arrêter après quelques tirs. Hugues s'empara d'une bille de fronde, mais avant qu'il puisse sortir son arme, l'essaim s'abattit sur eux.

Ce n'étaient pas des insectes, mais des crabes à carapace orangée, dotés de grandes ailes de scarabée. Hugues poussa un hurlement de douleur en les sentant pincer sa chair exposée. Ses camarades se débattaient en criant, eux aussi.

— Baissez-vous ! aboya Sabae.

Hugues eut à peine le temps de se jeter à terre. Une bourrasque d'une puissance incroyable le frappa de plein fouet avant qu'il trouve une prise à laquelle s'accrocher. Le souffle le propulsa en arrière et il dérapa à travers les ossements jusqu'à heurter une stalagmite dépassant des empilements de squelettes désarticulés. Carcasses de crabes volants et morceaux d'os emportés par la tornade le martelaient de toutes parts. Se sentant glisser de nouveau, il voulut s'agripper de toutes ses forces à l'excroissance rocheuse, mais sa prise faiblissait progressivement. Enfin, alors qu'il allait lâcher, le vent magique se dissipa.

Il lui fallut une seconde pour se relever, couvert de bleus et de fragments de crabes écrasés. Sabae, debout au centre de la caverne, les mains jointes au-dessus de sa tête, paraissait exténuée. Godrick avait rattrapé Talia avant que l'ouragan ne l'emporte et s'était ancré au sol en enfouissant sa masse dans la pierre grâce à un sort. Une autre incantation lui permit de liquéfier le grès pour en retirer son arme.

— Par les cent clans des montagnes, c'était quoi, ça ? pesta Talia.

Un unique crabe volant avait échappé à la tornade. Elle l'incinéra en vol.

— Un sort de vent incontrôlé, répondit Sabae, l'air épuisée. Précisément ce que je suis censée apprendre à ne plus faire.

Godrick porta sa chemise à son nez et renifla.

— Hé, Hugues, tu penses que tu pourrais relancer ton tour de nettoyage ?

Il s'empressa de les débarrasser un à un des débris de crustacé qui maculaient leurs habits, puis ils se passèrent la sphère désodorisante. Au moins, il se rendait utile à quelque chose, songea Hugues amèrement…

Le groupe s'apprêtait à repartir lorsqu'une nouvelle créature apparut, sous l'arche de la grande caverne. Un autre crabe ; sauf que celui-ci mesurait plus de deux mètres de haut et devait aisément en faire quatre de large. Sans prévenir, il les chargea à travers le fatras d'os jonchant le sol.

Talia lui expédia un trait de songefeu, mais celui-ci s'évapora avant même de l'atteindre. Godrick et Sabae se campèrent sur leurs positions, prêts à affronter la bête. Elle canalisait déjà son mana en bulles de vent de plus en plus denses autour de ses poings, tandis que son compagnon d'entraînement brandissait haut son marteau.

Pour une fois, Hugues était paré au combat. Il avait encore la main dans sa besace et, lâchant la sphère désodorisante, il en tira prestement une bille enchantée. D'un geste fluide, il s'empara de sa fronde, la chargea et la fit tourner. Seul problème, la carapace du crabe géant paraissait terriblement épaisse. Il allait devoir trouver un point faible pour le blesser…

Dans la gueule du monstre, cela ferait certainement l'affaire. Il n'avait qu'à passer les mandibules.

Il prit une profonde inspiration, visa et relâcha la lanière au moment où il expirait. La pierre gravée s'envola, droit sur la bête…

Et le frappa sur l'avant de la carapace, complètement à côté de la bouche.

La détonation était suffisamment puissante pour fissurer son armure de chitine, mais pas assez pour le ralentir. Hugues fouilla de nouveau dans sa besace à la recherche d'une autre bille, mais avant qu'il ne puisse tirer une deuxième fois, la créature percuta Godrick et Sabae de plein fouet.

Le coup de vent de Sabae ne fit presque rien au crabe, qui expédia la jeune femme dans les airs d'un revers de pince. Heureusement, elle parvint à amortir sa chute en libérant un souffle en plein vol.

Godrick en profita pour abattre son marteau sur la carapace de la bête. La tête de l'arme ouvrit une large fissure dans la chitine, dont se mit à s'écouler un ichor bleuâtre.

Pourtant, le crabe était loin d'en avoir fini. D'un deuxième revers, il envoya l'immense garçon rouler dans les ossements. Godrick parvint à relever sa masse juste à temps pour bloquer un coup de pince, mais ne réagit pas assez vite pour éviter les autres membres de la créature. La pointe d'une de ses pattes lui perça la cuisse et il poussa un hurlement de douleur, lâchant son marteau pour attraper l'appendice qui lui transperçait la jambe.

Le crabe ouvrit sa pince en grand et frappa.

Pendant un instant, Hugues eut l'impression que le temps ralentissait. Ses doigts se refermèrent sur un de ses deux projectiles restants, qu'il sortit de sa besace. L'adrénaline lui donnait la sensation de bouger moitié moins vite, comme s'ils baignaient tous dans le miel.

À côté de lui, Talia poussa un cri inarticulé et ses tatouages s'illuminèrent, une fois de plus.

Sous le ventre du crabe, le fatras de squelettes disloqués s'anima soudainement.

On aurait cru des langues de flammes, poussant de chaque os en pointes fluctuantes qui frappaient aussi vite que des flèches. La fulgurante croissance osseuse perça le dessous du corps du monstre en de multiples points, avec une telle force qu'il fut soulevé de terre. Godrick s'éleva avec lui un bref instant, puis la griffe du crabe glissa hors de sa blessure et il s'effondra au sol avec un gémissement de douleur.

Au bout de quelques secondes, les ossements cessèrent de pousser, laissant l'odieuse créature coincée au sommet d'une haute colonne d'os acérés. La bête, enragée, battait l'air de tous ses membres, s'efforçant de détruire l'échafaudage macabre.

Hugues vit des fissures se former à la surface des os, mais pas sous l'effet des ruades de l'énorme crustacé ; elles partaient de la base du pilier et remontaient progressivement, mais surtout, luisaient du même éclat rougeâtre que les braises d'un foyer.

— Éloigne Godrick, haleta Talia. Ça va faire mal.

Elle s'écroula au sol.

Hugues commença par vouloir aller relever Talia, mais se ravisa et fila vers Godrick. Porté par l'énergie du désespoir, Hugues parvint à le faire se lever sur une jambe et l'aida à boiter sur quelques pas.

Une intense chaleur émanait maintenant de la colonne d'ossements. Même à cette distance, il avait l'impression de se trouver dans une forge, et suait à grosses gouttes.

—Lâche-moi, Hugues, hoqueta Godrick. Fuis, j'vais m'en sortir.

Il ne lui prêta aucune attention, se démenant pour le traîner du mieux qu'il pouvait.

— Hugues, je…

— Non, rétorqua Hugues tout en s'acharnant à l'aider.

Dans leur dos, la chaleur devint insupportable, presque douloureuse.

Godrick jeta un regard en arrière.

— À terre ! beugla-t-il en pesant de tout son poids sur Hugues pour le forcer à se coucher sous lui.

Une fraction de seconde plus tard, la structure d'os explosa dans une déflagration assourdissante.

CHAPITRE QUARANTE-DEUX

GUÉRISON

MÊME PROTÉGÉ PAR la carrure de géant de Godrick, Hugues sentit la vague d'air surchauffé leur passer dessus, et plusieurs esquilles d'os lui entailler la peau du bras. Il eut la sensation de perdre conscience un bref instant, mais quand il reprit connaissance, les fragments de squelettes et les morceaux de crabes retombaient encore en pluie dans la salle.

— C'est bon, Godrick, tu peux me lâcher, grogna-t-il.

Il n'obtint aucune réponse.

— Godrick ?

Paniqué, il se dégagea prestement de l'étreinte pesante du jeune homme. En voyant l'état dans lequel gisait son camarade, il eut le souffle coupé d'horreur.

L'arrière de sa chemise était parti en fumée et de nombreux fragments d'os hérissaient son dos, dont au moins un gros morceau qui dépassait d'une quinzaine de centimètres et s'était peut-être enfoncé très profondément. Ses brûlures faisaient peur à voir et sa peau était même carbonisée en certains endroits.

Hugues songea d'abord qu'il était mort, jusqu'à ce qu'il voie ses omoplates se soulever imperceptiblement sous l'effet d'une faible respiration.

— Non ! hurla Sabae en un cri déchirant.

Elle claudiqua jusqu'à eux, aussi vite que son plâtre de pierre le lui permettait, et se laissa tomber à genoux à côté de Godrick.

— Il respire encore, mais je ne sais pas s'il va tenir, bredouilla Hugues, rongé par l'inquiétude.

Sabae pleurait à chaudes larmes. Elle tendit une main vers la forme allongée de son partenaire d'entraînement, mais retint son bras juste avant de le toucher.

— Non… répéta-t-elle d'une voix faible et enrouée.

Elle plaça les deux mains sur le dos du jeune homme, appuyant les paumes au milieu des cloques et des entailles, et une forte lueur se mit à irradier d'entre ses doigts.

Hugues recula, estomaqué. Des lignes lumineuses se dessinaient partout sur le dos de Godrick. À mesure qu'elles s'étendaient, ses blessures se résorbaient ; les morceaux d'os glissaient hors des plaies, comme poussés de l'intérieur. Même le plus gros fragment fut expulsé, révélant une longue pointe à l'aspect terrifiant qui avait dû tout juste manquer de le traverser de part en part.

La trame d'énergie scintillante s'étira jusqu'à sa jambe meurtrie, formant un réseau de fils éblouissants autour du trou béant dans sa chair. En dessous, il cicatrisait à vue d'œil.

La lumière s'estompa et Sabae chancela, se rattrapant juste à temps pour ne pas tomber à la renverse.

En dépit des blessures qui subsistaient, Godrick semblait respirer beaucoup plus aisément. Il saignait encore un peu, mais paraissait se trouver dans un état stable. Sabae s'assit avec difficulté, puis adressa un regard empli de désespoir à Hugues.

— J'avais promis de ne jamais utiliser mon don de guérison, sanglota-t-elle.

— Tu viens de sauver la vie d'un ami, Sabae, lui dit-il. Tu n'as pas de honte à avoir.

— De toute façon, ça n'a pas d'importance, hoqueta-t-elle amèrement. On va tous mourir ici.

Hugues resta muet. Non loin, Talia se releva dans un fracas d'ossements entrechoqués.

Une colère nouvelle se mit à bouillonner en lui. Non pas envers le crabe géant, les statues ou même cet imbécile de Rhodes, sans qui ils n'auraient jamais fini dans cette situation. Non.

Hugues était furieux contre lui-même.

Son sentiment d'impuissance le plongeait dans une rage noire. Il avait beau être champion pour tracer des sceaux et concevoir des tours de magie basiques, quand ça comptait vraiment, il se révélait incapable de protéger ses amis.

Se détournant, il s'éloigna du groupe en levant devant lui un orbe lumineux tellement chargé de mana qu'il lui blessait presque les yeux.

— Hugues ? appela Sabae d'un ton hésitant.

Il l'ignora et alla inspecter l'arche d'où était sorti le monstre. Le haut tunnel s'ouvrait au bout de quelques mètres sur une grotte plus petite que la première, sans issue. Il ne décela aucun signe de la présence d'autres crustacés meurtriers – du moins pas vivants. Dans un plan d'eau reposaient des amas informes qui ressemblaient à des sacs d'œufs.

Piétinant avec hargne à travers les ossements, il retourna voir ses compagnons.

— Il n'y a plus de crabes dans l'autre caverne et elle a l'air plus facile à défendre que celle-ci.

Talia, qui boitait aussi, les avait rejoints.

— À quoi bon ? gémit Sabae. On ne sortira jamais d'ici.

— Hors de question d'abandonner, rétorqua Talia. L'échec n'en est un que si on jette l'éponge.

Sabae tourna vers eux un regard vide, puis acquiesça lentement.

À trois, ils parvinrent à traîner Godrick jusqu'à la caverne annexe, non sans peine. Presque immédiatement après avoir trouvé un endroit où l'allonger, Talia et Sabae s'effondrèrent de fatigue à ses côtés et se laissèrent emporter par un sommeil lourd. Hugues songea brièvement à réveiller l'une d'elle pour demander de l'aide, mais rejeta l'idée aussi vite qu'elle lui était venue.

Après tout, Godrick et elles avaient tout fait pour qu'ils sortent d'ici, pendant qu'il restait à l'arrière, sans rien faire. Hugues retira son grimoire porté en bandoulière et se mit au travail.

Pour commencer, il ancra plusieurs orbes lumineux au bout de diverses stalactites et stalagmites, afin d'éclairer les lieux.

Cela fait, il entreprit d'empiler les os les plus imposants qu'il pouvait trouver à l'entrée de la caverne secondaire. Cela lui prit quelques heures, mais en fin de compte, il parvint à construire une barricade d'ossements entremêlés en travers du passage. Cela n'arrêterait sûrement pas une créature agressive et déterminée, mais c'était toujours mieux que rien.

Il s'intéressa ensuite à la mare. Un simple tour de magie lui permit d'en vérifier la pureté ; sans être de la plus grande propreté, ils ne risqueraient pas de s'empoisonner avec. Il y remplit toutes leurs gourdes.

Enfin, il posa un regard méfiant sur les œufs de la bête.

L'image d'une formule s'imposa à lui : une variante du tout premier sort de lévitation qu'il avait imaginé, en beaucoup plus précis.

Délicatement, afin de ne pas les briser, il les sortit de la mare les uns après les autres. Une fois qu'il les eut éloignés du point d'eau, il se saisit d'un fémur et entreprit de les écraser jusqu'au dernier. Les sphères gélatineuses crevaient sous les coups de son gourdin improvisé, répandant leur contenu malodorant aux alentours et souillant ses habits.

Au bout d'un moment, le fémur finit par se casser en deux. Il jeta les deux morceaux de côté sans ménagement. Ses compagnons étaient tellement épuisés que tout ce vacarme ne les avait même pas réveillés.

Toujours agité, Hugues se mit ensuite à fouiller l'endroit, à la recherche de richesses d'un genre ou un autre, comme l'amulette prise sur le premier squelette du tunnel.

Il ne trouva pas grand-chose qui soit digne d'intérêt. De toute évidence, les crabes n'avaient pas beaucoup de discernement, et la notion de trésor devait leur être étrangère. Le peu d'objets de valeur qu'il découvrit devait avoir atterri ici par accident : quelques pièces d'or, une dague visiblement enchantée et un bouclier qui avait tellement souffert qu'Hugues doutait que les sorts dont il était imprégné fonctionnent encore.

Son maigre butin amassé, il s'attela à renforcer la barricade et à tracer des sceaux tout le long, afin de prendre toutes les précautions possibles.

Pour finir, quelques tours de magie lui permirent de nettoyer ses habits et ceux de ses camarades de l'ichor de crabe qui les maculait. La sphère désodorisante acheva de les débarrasser de la puanteur qui s'accrochait encore à leur peau.

Assis face à la mare, il contempla ce qu'il pouvait bien faire de plus. Aucune idée ne lui venait.

Alors il resta simplement prostré au bord de l'eau, perdu dans ses pensées.

Vraiment, il se sentait comme un incapable, un raté, impuissant à aider ses amis de quelque façon que ce soit. Ses billes de fronde enchantées n'étaient guère plus que des jouets sans grande utilité, surtout jetées en vrac dans sa besace, où il peinait systématiquement à les attraper. Contre les statues, il n'avait servi à rien. Les trois autres avaient dû lui sauver la mise. Pareil face aux crabes. Il n'était qu'un poids mort, un boulet.

Et d'ailleurs, s'il n'avait pas été avec eux en premier lieu, rien de tout cela ne serait arrivé. Rhodes n'aurait eu aucune raison de s'offusquer et de les attaquer. Ils ne seraient jamais tombés dans les profondeurs du Labyrinthe.

À chaque obstacle, ses amis avaient bravé le danger et prouvé leur valeur. Talia avait trouvé comment manipuler les ossements face au crabe. Godrick avait fait bouclier de son corps pour le sauver d'une explosion. Sabae, pour soigner Godrick, avait même brisé son vœu de ne jamais utiliser ses pouvoirs de guérison. Mais Hugues ? Il n'avait fait que les ralentir.

Une petite voix, dans les tréfonds de son esprit, tentait de lui rappeler ce sort de lévitation providentiel qui leur avait tous épargné une mort certaine. Mais sa colère l'empêchait d'écouter.

Plus il restait assis, immobile, plus sa fureur grandissait. Il se haïssait comme il ne s'était jamais haï auparavant. Ni sa tante, ni son oncle, ni ses odieux cousins, ni ses professeurs ineptes avant Alustin, ni même Rhodes ne méritaient autant de mépris. Le monde se porterait mieux s'il n'existait pas. Rien de bon ne pouvait venir d'un mage né à Emblin.

Sa rage enfla, encore et encore, jusqu'à ce qu'il ait l'impression qu'il allait exploser. Puis, d'un seul coup, elle s'évanouit, ne lui laissant qu'un grand vide intérieur.

Hugues fondit en larmes, incapable de se contenir plus longtemps.

CHAPITRE QUARANTE-TROIS

LE PACTE

LORSQU'IL PARVINT ENFIN à sécher ses larmes, Hugues avait perdu toute notion de temps. Il se sentait creux, comme si quelque chose s'était brisé en lui. Ses amis allaient mourir et rien de ce qu'il pouvait faire n'y changerait quoi que ce soit. Tout ça par sa faute. Quel bon à rien…

Il posa un regard déconfit sur les silhouettes assoupies de ses compagnons. Une soudaine réalisation le frappa.

Non. Il lui restait encore une dernière chance.

Il s'approcha à pas feutrés, afin de ne pas les réveiller, et prit son grimoire pour aller s'installer devant la mare.

Assis au bord de l'étang souterrain, il contempla l'épais volume un long moment, puis releva les yeux vers les reflets qui jouaient à la surface de l'eau.

La vision recelait une certaine beauté. Hugues n'avait aucune idée de combien de temps s'était écoulé depuis leur entrée dans le Labyrinthe, mais cela devait faire au moins une journée. Il se sentait sur le point de s'écrouler d'épuisement, chacun de ses muscles le faisait souffrir et il était couvert de bleus et d'égratignures. Il avait même une brûlure à la main qu'il ne se souvenait pas d'avoir reçue.

Pourtant, au beau milieu de ce labyrinthe des horreurs, cette mare lui apparaissait comme un havre de tranquillité. L'eau se ridait de vaguelettes paresseuses qui reflétaient la lueur de ses orbes d'éclairage, et il passa un long moment la tête penchée en arrière, à contempler les jeux de lumière sur le plafond.

Finalement, il prit une profonde inspiration et se résigna à ouvrir son grimoire. Petit à petit, il feuilleta le volume, en relisant attentivement les notes sur les divers sceaux qu'il avait conçus depuis son anniversaire. En arrivant aux pages blanches, il se mit à les faire défiler plus vite, sans parvenir à se résoudre à les tourner trop hâtivement.

Il atteignit la page qu'il cherchait, vers la fin. Celle où il avait recopié le contrat de démoniste du carnet de rituels interdits.

Hugues n'avait plus qu'un seul moyen de sauver ses amis. Son unique espoir était de passer un pacte avec un démon.

— Bakori. Bakori. Ba…

Chapitre quarante-quatre

Hugues allait prononcer les dernières syllabes du nom de Bakori lorsque quelque chose glissa à moitié hors de la couverture du grimoire et lui effleura la paume. Les sons se bloquèrent dans sa gorge.

Ce n'était que trois feuilles blanches, mais leur vision fit bondir le cœur d'Hugues dans sa poitrine.

Les pages de l'Index ; celles-là mêmes qu'il avait subtilisées dans la Grande Bibliothèque.

Lentement, d'une main tremblante, il les tira de leur pochette et les leva devant son visage. Le contrat démoniaque avait complètement déserté ses pensées.

Ces pages possédaient le pouvoir de le guider jusqu'à n'importe quel ouvrage de la bibliothèque…

Elles pouvaient mener Hugues et ses amis jusqu'à la sortie du Labyrinthe !

Fébrilement, il s'empara d'une plume et de son encrier de voyage, refermant le grimoire pour s'en servir de pupitre.

Il tremblait tellement qu'il renversa un peu d'encre sur le papier. Son esprit fusait en tous sens et il peinait à songer à un titre. Une idée lui vint, qui lui fit monter un sourire aux lèvres.

Les 74 Usages du Crottin de Dragon

La page demeura inerte. Hugues crut qu'il allait mourir de déception.

D'un seul coup, la feuille de papier s'éleva dans les airs et commença à se plier sur elle-même. Le processus lui sembla durer une éternité, mais à la fin, une simple grue en origami flottait devant lui.

Elle fila au-dessus de la mare, décrivit un large cercle le long des parois de la grotte, voleta autour de ses trois compagnons assoupis, puis revint vers Hugues.

À sa grande déception, elle se déplia et vint se poser sur la couverture du grimoire. Deux courtes phrases y figuraient :

Emplacement actuel inconnu. Impossible de localiser l'ouvrage demandé.

Tous ses espoirs, annihilés en quelques secondes. Furieux, il jeta les feuilles volantes de côté et rouvrit son livre de sorts à la page du rituel.

Il aurait dû s'en douter. Il n'y avait pas d'autre moyen. Pas de solution facile pour Hugues le Bon à Rien.

La mâchoire serrée, il inspira profondément par le nez et souffla longuement entre ses dents. Il ne lui restait plus qu'à invoquer Bakori.

Une soudaine hésitation s'empara de lui, attirant son œil vers les pages arrachées qui gisaient au sol, au bord de l'étang.

Son regard se posa de nouveau sur le diagramme du contrat.

Puis glissa jusqu'aux feuilles vierges.

Il y avait peut-être un autre espoir, si infime fût-il.

En proie à une grande agitation, il se mit à quatre pattes pour ramasser les pages de l'Index.

Que lui avait dit Alustin, le jour de l'Initiation, lorsqu'il avait appris à Hugues ce qu'était un démoniste ?

Un pacte pouvait être passé avec n'importe quelle entité douée de conscience.

Ou qui soit capable d'en développer une.

Son mentor n'avait fait aucun mystère du fait que l'Index appartenait au moins à la seconde catégorie.

S'asseyant de nouveau, il trempa sa plume dans l'encrier et en posa la pointe sous la réponse de l'Index.

Êtes-vous toujours connectée au reste de l'Index ?
Je suis l'Index.
Est-ce que cette page est toujours connectée à l'Index ?
Oui, bien que ses fonctions de localisation soient actuellement compromises.

Hugues leva sa plume. Sans même s'en rendre compte, il retenait sa respiration. Il écrivit de nouveau.

Je voudrais signer un pacte de démoniste avec vous.

La page en dessous de sa requête demeura blanche un long moment. Hugues patienta pendant ce qui lui sembla durer une éternité, bien qu'en réalité, cela n'avait dû prendre que quelques secondes. Il commençait à perdre espoir, de plus en plus certain que c'était peine perdue.

Puis, de nouveaux mots apparurent sur le papier.

Veuillez répéter.

Cela arracha un sourire à Hugues.

Je désire signer un contrat de démoniste avec l'Index.
Veuillez patienter. Traitement de requête inédite.

Hugues attendit, comme sur des charbons ardents. Il fallut près d'une minute à la page pour répondre. Cette fois, les lettres étaient encore plus épaisses, et la calligraphie légèrement différente, comme si un soupçon de personnalité y transparaissait. Hugues crut y déceler une certaine surprise, peut-être même un degré d'authentique stupéfaction.

Pourquoi souhaites-tu signer un contrat de démoniste avec l'Index ?
Je suis un novice et, suite à un accident pendant mon examen final de première année, je me suis retrouvé piégé dans les étages inférieurs du Labyrinthe. Mes équipiers sont blessés et à bout de forces. Passer un pacte de démoniste pour acquérir des affinités utiles est ma seule chance de les aider à sortir d'ici vivants.
Qui es-tu ? Tenter de se jouer de l'Index ou de le détourner de sa fonction normale constitue une grave infraction au règlement de la Grande Bibliothèque.
Je me nomme Hugues d'Emblin et mes camarades sont Sabae Kaen Das, Talia du clan Castis et Godrick, fils d'Artur Brisemurailles. Je ne cherche pas à me jouer de vous. Nous sommes

piégés au cinquième niveau du Labyrinthe, si j'en crois le démon qui veut me faire signer un pacte avec lui. Pour l'instant, nous avons trouvé refuge dans un endroit sûr, mais qui sait combien de temps cela durera ?

Un démon ?

C'est une longue histoire. Pour faire court, un démon du nom de Bakori qui erre dans le Labyrinthe m'a promis de m'accorder le pouvoir de sauver mes amis. Dans la mesure du possible, je préférerais ne pas avoir à signer de contrat avec un démon.

Compréhensible. Il est fortement déconseillé de passer de tels accords avec des démons.

Hugues commençait à soupçonner que l'Index possédait une conscience bien plus développée que ce qu'avait sous-entendu Alustin.

Cette requête est exceptionnellement inhabituelle. Accorde-moi quelques minutes pour en confirmer les tenants et aboutissants.

Hugues s'autorisa un sourire et se détendit quelque peu.

Cela ne constituait pas un refus.

Chapitre quarante-cinq

Le contrat

Il attendit de longues minutes la réponse de l'Index. Hugues n'avait aucune idée de combien de temps exactement, mais finalement, de nouvelles phrases apparurent sur le papier.

J'ai pu confirmer tes dires. Vous êtes tous les quatre portés disparus, mais les tentatives de vous localiser par divination ont échoué – rien d'étonnant, dans le Labyrinthe. Étant donné que ton statut de démoniste n'est pas de notoriété publique, il paraît improbable qu'il s'agisse de quelqu'un d'autre que toi.
Alors, acceptez-vous de signer un contrat avec moi ?
Je refuserais, en temps normal, mais il me semble que les circonstances l'exigent. Cependant, je dois d'abord te poser une question.

En lisant les mots « je refuse », Hugues eut l'impression que son cœur allait s'arrêter. La suite de la phrase lui rendit espoir à mesure qu'elle se complétait.

Demandez, je répondrai.
Pourquoi désires-tu signer ce pacte ?
Pour sauver mes amis.
L'Index mit un moment à répondre.
Très bien.

Hugues poussa un soupir de soulagement.
Alors, signons !
Non. Je veux bien accepter ton contrat, mais il nous faut d'abord établir précisément ses termes et conditions.
Comment ça ?

Encore une longue attente, puis une longue liste commença à apparaître sur la page, se poursuivant sur celle d'en dessous lorsqu'il n'y eut plus de place.

I. Le signataire jure qu'il est effectivement Hugues d'Emblin. Si un autre être qu'Hugues d'Emblin venait à signer ce contrat, une clause de désistement fatale serait appliquée à l'encontre de l'imposteur.

II. Hugues d'Emblin s'engage à ne jamais, en connaissance de cause, mettre en danger l'Index, la Grande Bibliothèque ou le personnel de cette dernière. Le non-respect de cette condition est susceptible de causer l'annulation totale du contrat. Selon la gravité de l'infraction, celle-ci pourrait entraîner l'application d'une clause de désistement fatale.

III. Hugues d'Emblin s'engage à ajouter au moins un (1) ouvrage à la collection de la Grande Bibliothèque chaque année. Cet ouvrage ne devra pas déjà figurer au catalogue de la Grande Bibliothèque. Un manquement à son devoir est susceptible d'entraîner l'annulation totale du contrat. Des aménagements dans la limite du raisonnable peuvent être accordés ; si Hugues d'Emblin est en voyage loin de la Grande Bibliothèque et ne peut revenir à temps, s'il est souffrant, malade ou indisposé, des circonstances atténuantes s'appliqueront.

Le texte se poursuivait ainsi, de paragraphe en paragraphe. En tout, il y avait près de trente clauses distinctes, qui déterminaient les comportements acceptables, les exigences de l'Index, et ainsi de suite. À la fin, une courte clause précisait :

Le mana d'Hugues d'Emblin sera conjoint à celui de l'entité rédactrice de ce contrat. Il obtiendra par conséquent les affinités appropriées, et recevra l'entraînement pour les utiliser efficacement.

Hugues posa de nouveau sa plume au bas de la page.

J'accepte.

Se saisissant de la deuxième feuille arrachée à l'Index, il commença à tracer le contrat recopié dans son grimoire, en ajoutant une série de formules conçues pour rattacher le diagramme aux clauses énoncées par l'Index.

Il ne restait plus qu'à signer. Le processus ne nécessitait pas de signature à proprement parler, ni de verser son sang, comme certains fabulistes le prétendaient. En réalité, les parties impliquées n'avaient qu'à canaliser leur mana dans les deux espaces vierges du diagramme prévus à cet effet. En temps normal, cela demandait que les deux signataires soient physiquement présents. Étant donné que la page sur laquelle il avait rédigé le pacte appartenait à la manifestation matérielle de l'Index, Hugues n'avait aucun doute que cela fonctionnerait.

Il souffla profondément, puis apposa son doigt sur l'emplacement qu'il devait toucher. Un unique mot s'écrivit en travers de la page, par-dessus le contrat.

Non.

La page fut arrachée des mains d'Hugues comme par une poigne invisible, voletant un bref instant au-dessus de l'étang avant de s'embraser en l'air. Ses cendres retombèrent en pluie sur l'eau, créant d'innombrables ridules à la surface de la mare.

Hugues demeura pétrifié, le regard braqué sur les fragments noircis du contrat, avant de baisser les yeux sur les feuilles qu'il lui restait entre les doigts. De nouveaux mots s'écrivaient, en dessous des clauses rédigées précédemment.

Cette formule de contrat est conçue pour les pactes avec les démons. Où l'as-tu trouvée ? Est-ce ce « Bakori » qui te l'a enseignée ?

Hugues s'empressa de relater par écrit comment il avait découvert le carnet de sortilèges interdits.

Fascinant. Je ne trouve aucune trace de cet ouvrage. Il ne devrait pas être rangé là où il l'était, mais dans une section bien mieux protégée. Ce mystère peut attendre, cependant. Au vu du danger dans lequel toi et tes amis vous trouvez, nous devons conclure le pacte rapidement ; je vais donc fournir la formule. Une fois que nous aurons signé, je vous demande, à toi et tes camarades, DE NE PAS VOUS AVENTURER PLUS LOIN. J'enverrai de l'aide pour vous secourir. Cela étant dit, je tiens à ce que tu comprennes que je signe ce contrat en dépit du bon sens. S'il existait un quelconque autre moyen de vous localiser, je n'aurais jamais accepté. Malheureusement, il semble que ce soit l'unique solution.

Hugues observa, fasciné, tandis qu'un second diagramme se dessinait de lui-même sur la dernière page en sa possession. Il ressemblait énormément à la formule du premier contrat, mais avec quelques différences notables, en particulier dans la façon dont l'énergie circulait entre les signataires. Quelques minutes plus tard, le nouveau pacte recouvrait la feuille de papier. L'espace vide réservé à la signature magique de l'Index se mit à luire.

S'efforçant de calmer son cœur qui battait la chamade, Hugues pressa le doigt contre la page et canalisa son mana dans la formule du pacte.

Une lumière blanche engloutit le monde entier.

CHAPITRE QUARANTE-SIX

VISION

HUGUES REPRIT CONNAISSANCE assis au milieu d'un vaste espace vide dont la blancheur trouble s'étendait à l'infini dans toutes les directions. Entièrement nu, il tenait cependant encore entre ses doigts les pages qui contenaient le contrat de démoniste et ses clauses. Il voulut ouvrir la bouche pour parler, mais avant qu'il puisse prononcer un mot, les lettres et figures thaumaturgiques couchées sur le papier se détachèrent de leur support, papillonnant dans les airs juste devant son visage, comme une nuée d'insectes.

D'une main tendue, il effleura les symboles en suspension. À leur contact, une soudaine décharge d'énergie lui arracha un chuintement de douleur. Il retira ses doigts, et constata la présence d'une cloque lancinante au bout de son index.

Puis, les mots et formules magiques fondirent sur lui, comme autant de flèches perçant sa chair.

Chaque impact faisait tressaillir son corps de vagues de souffrance bien au-delà des pires supplices qu'il était capable d'imaginer. Il sentait les symboles sillonner ses muscles et se tordre sous sa peau à mesure qu'ils se recopiaient en lui. Alors que ce calvaire semblait ne jamais devoir se terminer, la torture cessa d'un seul coup, aussi rapidement qu'elle avait commencé.

Haletant, Hugues était sur le point de défaillir. Il baissa les yeux sur son corps et réalisa que les formules magiques du pacte apparaissaient comme tatouées sur sa poitrine. Sous son regard ébahi, les cloques et brûlures disparurent, sans laisser aucune trace. La douleur lui enflammait également le dos ; sans qu'il puisse lire ce qui y était inscrit, il savait que c'étaient les clauses rédigées par l'Index.

Lentement, les symboles gravés dans sa chair s'évaporèrent, et l'immensité blanche qui l'entourait se dissipa progressivement.

Pourtant, il ne s'éveilla pas dans la caverne.

Hugues se trouvait désormais ballotté par le courant d'un fleuve furieux, incapable de distinguer le haut du bas. À chaque fois qu'il croyait discerner une lueur à la surface, les flots déchaînés l'entraînaient à l'opposé. Ses poumons le brûlaient. Alors qu'il battait frénétiquement des membres, essayant de nager à toute force, l'eau dans laquelle il se noyait se changea en vents si vifs qu'ils lui déchiraient la peau, puis en une avalanche de sable suffocante, puis en un enchevêtrement de lianes vivantes, puis…

— Hugues !

Ballotté en tous sens, malmené de toutes parts, il n'échappait à un déferlement de puissance que pour mieux plonger au cœur d'un autre, sans que chaque sensation ne dure plus qu'un instant.

— Hugues ! Réveille-toi !

Alors qu'il croyait être sur le point de se faire emporter par le courant pour de bon, il sentit une poigne d'une force infinie l'agripper et l'arracher à la tourmente.

Réveille-toi, Hugues. Tes amis ont besoin de toi.

CHAPITRE QUARANTE-SEPT

L'ÉVEIL

HUGUES S'ÉVEILLA EN sursaut, le souffle court. Il se sentait… différent. Le mana contenu en lui semblait plus consistant, plus présent que par le passé. Trois canaux, neufs, mais profonds, plongeaient désormais dans la source de son pouvoir. Il…

Il se releva brusquement, mais une vive douleur entre les deux yeux le fit retomber en arrière, paupières serrées. Une seconde plus tard, il réalisa qu'il venait simplement de donner un coup de tête en plein front à Talia, penchée sur lui.

— Hugues ! s'écria-t-elle. T'es réveillé !

Sans prêter attention à la douleur, elle se jeta sur lui pour le prendre dans ses bras, le plaquant au sol par la même occasion. Elle serrait si fort qu'il crut un instant qu'elle allait lui briser une côte.

— Quand on s'est levés, tu dormais. On aurait dit que tu faisais un cauchemar. T'avais des formules magiques qui brillaient sur la poitrine. On a essayé de te réveiller pendant des heures et…

Elle le relâcha, puis plongea son regard dans le sien, à seulement quelques centimètres de son visage.

Sans prévenir, elle lui assena une gifle d'une violence franchement excessive.

— Au nom de tous les fantômes des morts gelés dans une congère, qu'est-ce que t'as fichu ? On se faisait tous un sang d'encre !

Elle lui donna une deuxième claque, sur le haut de la tête, cette fois. Hugues leva les bras pour se protéger.

Profitant de l'ouverture, elle lui envoya un uppercut au ventre.

— Je croyais qu'on était potes ! T'as idée du mouron qu'on s'est fait, Hugues ? Non, mais…

Elle s'apprêtait à le frapper à nouveau, mais Sabae intervint et lui attrapa le poignet, retenant son coup. Elle passa l'autre bras autour de la taille de Talia, souleva la petite rousse, se détourna d'Hugues et la déposa sur le côté.

— Ce qu'essaie de dire Talia… soupira-t-elle. C'est qu'on était tous morts d'inquiétude. Est-ce que tu veux bien nous dire ce qui s'est passé, après qu'on s'est écroulés de fatigue ?

Elle lui tendit une main pour l'aider à se relever, et Hugues put enfin regarder aux alentours. Ils se trouvaient toujours dans la caverne, au bord de l'étang souterrain. Difficile de savoir combien de temps s'était écoulé, mais…

Sabae interrompit le cours de ses pensées en le prenant à son tour dans ses bras. Elle serrait un peu trop fort, elle aussi. Hugues se rendit compte qu'elle était vraiment beaucoup plus forte que Talia.

— Peux pas respirer, couina-t-il. Peux pas…

Elle le relâcha. Soulagé, il inspira à fond l'air frais de la grotte.

— Et moi ? Pas d'câlin ? lança Godrick derrière lui.

Il se retourna. Le grand gaillard était adossé à une stalagmite au bord de la mare, assis. Hugues sentit un sourire lui monter aux lèvres, ravi de voir son camarade un peu rétabli. En quelques pas, il le rejoignit, mais s'arrêta légèrement en retrait.

— Essaie de ne pas me fêler les côtes, s'il te plaît, Godrick.

— Dans c't'état, j'doute d'en être capable, plaisanta le jeune lithomancien.

Hugues se pencha vers lui pour lui donner une accolade amicale. Godrick tint sa parole et se montra étonnamment délicat – pour Godrick, du moins. Il ne lui avait certainement pas fait plus qu'une poignée de bleus…

Les filles vinrent s'asseoir à côté d'eux, et tous quatre restèrent ainsi, à contempler les eaux de l'étang.

— J'ai signé un pacte de démoniste, annonça Hugues.

Les trois autres tournèrent immédiatement vers lui des mines ahuries.

— Mais pourquoi… commença Godrick.

— Pas avec le démon, quand même ? s'indigna Sabae.

Talia, elle, se contenta d'un grognement de frustration inarticulé.

— Non, pas avec le démon. J'ai signé un contrat avec le Grand Index. Pour essayer de vous sauver.

Ils restèrent silencieux quelques secondes. Talia réagit en premier, l'air sidérée.

— T'as fait QUOI ? ! explosa-t-elle.

Il fallut un certain temps à Hugues pour tout raconter à ses compagnons. Une fois son explication achevée, ils passèrent quelques instants à considérer la chose.

— Et t'as eu quoi, comme affinités ? demanda Godrick.

— Je… hésita Hugues. Je… Euh… Je ne sais pas vraiment.

Encore une fois, ils le dévisagèrent tous.

— Tu ne sais pas ? s'étonna Sabae.

— Je n'ai pas pensé à demander…

— Tu n'as pas pensé à demander ? répéta-t-elle avec emphase.

Hugues ne savait pas trop quoi répondre à cela.

— Je… Euh… Je crois que j'en ai trois…

— Ben, c'pas mal, répliqua Godrick. Pas d'quoi avoir honte.

— Je parie que t'as une affinité avec la bêtise à l'état pur, grommela Talia.

Hugues esquiva un coup de coude, mais elle ne cherchait pas à le frapper avec beaucoup de conviction.

— Donc, tout ce qu'on a à faire, pour l'instant, c'est attendre, résuma Sabae.

— Après tout ce qu'on a vécu, je veux bien faire preuve d'un peu de patience, pour une fois, bougonna Talia.

Cette fois, tous les regards se tournèrent vers elle.

— Ouais, je peux être patiente, quand je veux ! rétorqua-t-elle. Quoi ? Qu'est-ce que vous avez à me regarder comme ça ?

Chapitre quarante-huit

Ils attendirent des heures et des heures, sans que rien ne se passe. Durant tout ce temps, ils discutèrent beaucoup ; d'abord, de la façon dont Talia était arrivée à maîtriser son affinité pour l'os sans aide, puis de la décision de Sabae d'utiliser à contrecœur ses dons de guérisseuse et du désir de Godrick d'achever son harmonisation, afin de ne plus jamais se retrouver aussi démuni.

Hugues offrit à Talia la dague enchantée qu'il avait trouvée, et le bouclier à Sabae (même s'il ne fonctionnait certainement plus). À Godrick, il présenta ses excuses de ne rien avoir pour lui. Cela parut amuser le grand jeune homme, qui lui assura que ça n'avait aucune importance.

Finalement, Hugues parvint à rassembler le courage nécessaire pour parler de ce qui lui trottait réellement dans la tête depuis si longtemps.

— Je suis désolé d'avoir été un fardeau pour vous depuis le début, lança-t-il. Si j'avais signé mon pacte plus tôt, j'aurais peut-être pu vous assister mieux que ça dans les tunnels, plutôt que de vous ralentir comme un boulet.

Sabae et Godrick le regardèrent d'un air surpris. Talia, furieuse, lui donna une nouvelle claque, encore plus fort qu'auparavant.

— Mais t'es pas un boulet, espèce de gros crétin ! rugit-elle.

— Je n'ai pas pu vous aider comme j'aurais dû, répliqua-t-il en se massant la joue. Peut-être que vous n'auriez pas été blessés si…

— Pour une fois, je suis d'accord, avec Talia, soupira Sabae. Parfois, tu es vraiment sot. Tu n'es pas un fardeau. Sans tes billes de fronde enchantées, on ne s'en serait pas tirés à si bon compte face aux diablotins du premier étage. Et puis, tu nous as tous sauvé la vie en arrêtant notre chute, quand on est tombés dans le conduit de mana.

— Et si tu m'avais pas soulevée pour que je grimpe à l'échelle de Godrick, je pense pas que je serais ressortie de cette fichue galerie d'art, ajouta Talia.

— Sans toi pour m'traîner loin du pilier d'os explosif de Talia, j'y serais passé, Hugues, insista Godrick. Tu m'as sauvé la vie.

— On s'est entraidés pour avancer, reprit Sabae. Si un seul de nous avait manqué à l'appel, on y laissait tous notre peau. Toi y compris. Il faut que tu arrêtes de ressasser que tu ne vaux rien, Hugues. Tu es l'un des mages les plus intelligents que je connaisse, et je suis heureuse de me battre à tes côtés.

— Pareil, acquiesça Godrick.

— Et moi, je te jure que si je t'attrape encore à te lancer dans une tirade comme quoi tu sers à rien, je vais te donner une raclée dont tu te souviendras… soupira Talia. Je pense que c'est le truc le plus énervant que j'ai jamais entendu.

Hugues esquissa un sourire timide. Du bout d'une phalange, il écrasa subrepticement une larme qui perlait à la commissure de ses paupières. Fort heureusement, ses amis furent assez gentils pour faire comme s'ils n'avaient rien vu.

— Merci à tous, pour tout, commença Hugues. Je…

Soudain, un craquement l'interrompit, de l'autre côté de la barricade d'os. Un grondement retentit dans la caverne voisine. Le râle d'une bête énorme…

CHAPITRE QUARANTE-NEUF

ATTAQUE !

ILS SE TURENT tous. Hugues se maudit intérieurement. Juste parce qu'il avait réussi à contacter l'extérieur et demander de l'aide grâce à son pacte avec l'Index, il s'était imaginé qu'il ne pouvait plus rien leur arriver. Abandonnant toute prudence, il n'avait pas songé à leur dire de parler moins fort ou de limiter leurs bavardages, alors même qu'il savait qu'attirer l'attention des créatures qui hantaient ces galeries pouvait signer leur arrêt de mort.

La chose de l'autre côté de la barricade effleura l'assemblage et plusieurs ossements s'en détachèrent, roulant au sol dans un concert de claquements. La bête était si proche qu'Hugues pouvait entendre sa respiration rauque.

Du coin de l'œil, il vit les tatouages de Talia commencer à s'illuminer. L'air se troublait autour des poings de Sabae, et Godrick avait déjà enfoncé les doigts dans la pierre.

La barrière trembla à nouveau et les tatouages de Talia luirent un peu plus fort. Les ossements qui la composaient se mirent à pousser vers le haut, obstruant rapidement toute l'entrée de la grotte. Bien vite, les fissures lumineuses apparurent à leur surface. Si la créature restait devant, peut-être que…

L'échafaudage d'os vola en éclats, fracassé par une forme indistincte. Les sceaux de protection d'Hugues déclenchèrent une série de détonations, qui n'affectèrent visiblement en rien la créature. Les excroissances générées par Talia s'embrasèrent, enveloppant de flammes leur assaillant pendant quelques instants. La chose se roula frénétiquement par terre afin d'éteindre le feu, puis se redressa.

Sa silhouette rappelait celle d'un loup, mais elle mesurait près de trois mètres au garrot, arborait d'épaisses écailles sur l'intégralité de son corps et possédait une gueule remplie de crocs si longs qu'ils dépassaient de sa mâchoire. Le monstre balaya la caverne du regard, puis posa ses yeux cruels sur eux.

Il chargea.

Une fois encore, Hugues eut la sensation que le temps ralentissait. D'un côté, Talia bombardait la créature d'éclairs de songefeu, tandis que Sabae se plaçait à l'opposé, levant son nouveau bouclier, prête à frapper. Plusieurs pointes de grès acérées surgirent du sol devant la bête, mais elle les pulvérisa sous son poids, sans se blesser ou même ralentir.

Hugues tendit instinctivement les mains devant lui, cherchant désespérément une solution. Pour une fois, son esprit en trouva une… Ouvrant les vannes d'un des nouveaux canaux qui plongeaient désormais dans ses réserves de mana, il redirigea le flux interne vers l'extérieur, sans même essayer de composer une formule, se contentant de laisser un torrent d'énergie brute se déverser à travers lui. Une étrange sensation s'empara de lui, comme si tout autour de lui, l'Éther ondoyait.

Un rayon de lumière aussi brûlant que du métal en fusion jaillit de ses mains tendues et frappa la bête de plein fouet. L'air lui-même sembla pousser un hurlement déchirant, torturé par la chaleur infernale qui irradiait de la déflagration et faisait perler la sueur au front d'Hugues.

En un clin d'œil, le monstre explosa, répandant tripes et boyaux dans toute la caverne en une pluie d'ichor répugnant.

La lumière s'estompa en clignotant et Hugues baissa un regard effaré sur ses paumes, avant de se tourner vers ses compagnons, sidéré.

Puis, sans un mot, il s'évanouit.

L'infirmerie

La première chose qu'Hugues nota en s'éveillant, c'était que le sol de pierre de la grotte lui paraissait remarquablement moelleux.

Ensuite, il s'étonna de réaliser qu'il était emmitouflé dans des couvertures. De ce qu'il se rappelait, il n'y en avait pas, dans le Labyrinthe.

Ouvrant les yeux en grand, il se redressa brusquement. Il se trouvait dans un lit qui n'était pas le sien, dans une pièce inconnue où s'alignaient des rangées de lits similaires. Une seule autre couchette était occupée ; Godrick y dormait, couvert de bandages.

— Il était temps que tu te réveilles, dit une voix.

Tournant la tête de l'autre côté, il découvrit Alustin, assis à son chevet, un livre sur les genoux. En fait, son mentor n'avait même pas levé les yeux de son ouvrage, et poursuivait sa lecture calmement.

— Monsieur, qu'est-ce…

— Pour la énième fois, je préfèrerais vraiment que tu m'appelles Alustin, le coupa l'archiviste.

— Mais monsieur… balbutia Hugues sans prêter attention à sa remarque. Que s'est-il passé ? Comment est-ce que j'ai… Comment est-ce qu'on est arrivés ici ? Où sont Sabae et Talia ? Pourquoi…

Alustin le fit taire d'une main levée, toujours sans abandonner sa lecture.

— Sabae et Talia vont bien, elles dorment simplement dans la section de l'infirmerie réservée aux filles. Quant à tes questions, j'y répondrai – et à toutes les autres qui suivront, je n'en doute pas – dans un moment. Pour l'instant, habille-toi et rejoins-moi dehors. Nous avons rendez-vous quelque part.

L'archiviste se pencha et tira de sous sa chaise un uniforme scolaire qu'il jeta sur le lit avec désinvolture, puis sortit de la pièce d'un pas décidé, le tout sans quitter son livre des yeux. En prenant les vêtements, Hugues trouva son grimoire, sa besace et sa dague du clan Castis, enroulés dans le pantalon, la chemise et la veste réglementaires de Fort-Céleste.

Il s'habilla sans tarder et rejoignit Alustin, de l'autre côté de la porte.

Alors qu'Hugues émergeait dans le couloir, son maître rangea son livre dans la sacoche dont il semblait ne jamais se départir et lui fit signe de le suivre.

— Avant de répondre à tes questions, je veux que tu me racontes ta version des évènements, lui dit Alustin. Ce qui s'est passé dans les cavernes.

Hugues ne se fit pas prier ; il lui relata tout, des diablotins du premier étage au combat avec l'horrible loup reptilien, en passant par l'altercation avec Rhodes, la rencontre avec le démon Bakori, les statues et les crabes.

Alustin conserva le silence tout du long, puis poussa un profond soupir. Au fil de leur trajet, Hugues avait commencé à comprendre qu'ils se dirigeaient vers la bibliothèque.

— Très bien, tu peux me poser tes questions, Hugues.

— Qu'est-ce qui s'est passé dans le Labyrinthe, après que je me suis évanoui ? répliqua-t-il immédiatement. Tout ce dont je me souviens, c'est que j'ai attaqué ce loup monstrueux avec un sort de… feu ? En signant un pacte avec l'Index, je m'attendais à une affinité avec le papier, ou quelque chose dans le genre.

Cela suscita un nouveau soupir de la part de son maître.

— Tu as exploité une affinité non harmonisée et tout juste obtenue pour lancer un sort dépourvu de structure. Comme si vider l'intégralité de tes réserves ne suffisait pas, tu as aussi drainé une part considérable du mana ambiant de l'Éther environnant. Ça a sévèrement surchargé tes conduits internes, en plus de te brûler les mains et les bras.

Hugues contempla ses mains. Elles semblaient parfaitement normales.

— Nous – à savoir, Artur Brisemurailles, Aedan Mordragon, Sulassa Mandemarées, moi et quelques autres – sommes arrivés moins d'une heure après que tu as terrassé le… difficile de déterminer de quoi il s'agissait, vu comme tu l'as réduit en purée. Les descriptions de tes camarades ne nous ont pas vraiment aidés à identifier la bête. Nous vous avons extraits du Labyrinthe. Depuis, vous êtes en convalescence. Tu es resté endormi presque deux jours, même avec tous les sorts de soin qu'ont déployés les guérisseurs de l'infirmerie pour te remettre sur pied.

Une fois dans la bibliothèque, ils se dirigèrent vers les escaliers qui s'enfonçaient vers les niveaux inférieurs et les archives interdites. Hugues nota qu'Alustin avait complètement ignoré ses interrogations quant à la nature de sa nouvelle affinité.

— C'est à peine concevable que vous ayez tenu aussi longtemps dans les profondeurs, Hugues. Personne n'a jamais entendu parler d'un groupe de première année qui soit descendu aussi bas et ait survécu pour s'en vanter. La plupart des mages confirmés n'oseraient jamais s'aventurer plus bas que là où on vous a retrouvés. Vous avez eu une chance incroyable, mais vous avez aussi reçu de l'aide.

— De l'aide ? répéta Hugues.

En dépit de sa confusion, il soupçonnait ce qu'Alustin entendait par là.

Pourtant, son maître garda le silence. S'avançant face à une porte couverte d'enchantements, il appuya la paume au centre d'une formule gravée et le battant s'ouvrit. De l'autre côté se trouvait l'immensité du caveau de la Grande Bibliothèque.

— Vous êtes sûr que j'ai le droit d'être ici, monsieur ? Vous nous avez dit que c'était trop dangereux pour nous et…

— Tant que tu es avec moi, ça ira. Et puis, l'entité avec qui tu as signé ton contrat réside ici. Il faut bien que tu fasses sa rencontre en personne.

Il mena Hugues sur un des balcons qui couraient le long de la circonférence de l'immense caveau, jusqu'au tome d'accès à l'Index le plus proche. Prenant une plume, il écrivit sur la page quelque chose qu'Hugues n'eut pas le temps de lire ; la feuille de papier se déchira et se plia en un minuscule pégase, qui partit devant. Hugues et son maître le suivirent.

— Monsieur, où est-ce qu'on… commença Hugues.

Alustin l'interrompit.

— Cela fait trop longtemps que je te cache la vérité, Hugues.

Il avait l'air un peu honteux, en prononçant ces paroles.

— Monsieur ? s'étonna l'intéressé.

— Dis-moi, Hugues, depuis combien de temps n'es-tu pas sorti de cette montagne ?

— Euh… hésita Hugues.

Il commençait réellement à se poser des questions.

— Depuis quand n'es-tu pas allé à l'extérieur ?

— Euuuh… Difficile à dire, monsieur, mais ça fait un bout de temps. L'entraînement pour le Labyrinthe m'a sacrément occupé.

— Depuis quand, exactement ? insista Alustin.

Hugues entrouvrit les lèvres, incapable de formuler une réponse. Il referma la bouche, confus. Le pégase s'était aventuré au-dessus du vide. Sous l'origami, une vaste plateforme s'assembla dans les airs, à mesure que des pavés flottants venaient se coller les uns aux autres. Il y avait assez de place pour une douzaine de passagers, ce qui laissait un espace plus que confortable à Hugues et son mentor. Dès qu'ils furent montés dessus, le plateau se mit à descendre.

— Je… Je ne suis pas sûr, finit-il par répondre.

Alustin le gratifia d'un regard plein de gravité.

— Depuis ton entrée à Fort-Céleste, personne ne t'a jamais vu sortir. Tu t'es arrangé pour sécher toutes les sorties de classe et tu as toujours trouvé un moyen d'éviter d'aller dehors avec tes amis.

Hugues se creusa la tête quelques instants. À son profond désarroi, l'archiviste errant avait raison : depuis son premier jour à l'académie, il ne s'était pas une seule fois aventuré hors de Fort-Céleste. Comment cela se pouvait-il ? Hugues adorait le grand air, pourtant. À Emblin, il avait passé la majeure partie de son enfance à battre la campagne !

Alustin tira de sa sacoche une série de dessins roulés sur eux-mêmes et les tendit à Hugues, qui entreprit de les inspecter. Leur plateforme passa devant une série d'étagères aux rayonnages chargés de toute une collection de livres apparemment faits de verre.

— Monsieur, ce sont les sceaux de protection de ma chambre… observa-t-il. Et ceux de mon ancienne chambre, aussi.

— Peux-tu me rappeler l'usage des formules surlignées en bleu, Hugues ?

— Elles… Euh… Hmmm…

Il avait beau se souvenir distinctement de les avoir ajoutées à ses sceaux, leur fonction lui échappait complètement.

— Ce sont des sceaux destinés à protéger tes rêves des intrusions externes, expliqua Alustin.

Hugues le dévisagea, incrédule.

— Mais pourquoi est-ce que je les aurais intégrées à mes tracés ? Et pourquoi est-ce que je ne les reconnais pas ?

Alustin demeura silencieux quelques instants.

— Te rappelles-tu le jour où je t'ai révélé que tu étais un démoniste, Hugues ?

— Oui ? répondit-il d'un air circonspect.

— Si tu te souviens, j'ai précisé qu'au moindre soupçon de corruption démoniaque, j'aurais été forcé de prendre des mesures drastiques…

— Oui, répéta Hugues, avec encore plus de méfiance. Vous m'avez aussi assuré que ce n'était pas le cas et que je n'avais rien à craindre.

— J'ai menti, répliqua Alustin. En vérité, tu es en contact avec un démon depuis ton tout premier jour à Fort-Céleste.

Hugues leva vers Alustin un regard stupéfait, tandis que la plateforme continuait sa descente à travers le gigantesque caveau.

— Mais… non, monsieur, je vous jure ! s'écria-t-il.

— Si, Hugues, soupira son mentor. Mais ce n'est pas ta faute. Les démonistes sans pacte sont très vulnérables aux manipulations psychiques des entités susceptibles de leur offrir un contrat. Les démons sont particulièrement adeptes de ce genre de ruses, et font tout ce qui est en leur pouvoir pour asservir des novices comme toi. Depuis ton arrivée à l'académie, ce démon que tu as rencontré dans les profondeurs t'influence subtilement. Depuis le début, il cherche à faire de toi son agent.

Hugues détourna les yeux, laissant son regard errer dans l'étendue titanesque de la Grande Bibliothèque. À leur hauteur, un pont monumental constitué de rayonnages débordants de livres courait en travers du coin de la salle le plus proche.

— C'est à cause de Bakori que tu n'as jamais quitté la montagne. En sortant, tu aurais échappé à son emprise mentale, et rien ne garantissait que tu serais revenu de ton propre chef, poursuivit Alustin. C'est lui qui t'a poussé à t'isoler de plus en plus.

— J'ai toujours été timide et inadapté, répondit amèrement Hugues. Ce n'est pas lui qui m'a rendu comme ça.

— Non, mais il a exacerbé tes angoisses. Il a amplifié ta solitude, ton désespoir et tes difficultés à pratiquer la magie ; ça ne fait aucun doute. Tout cela, dans le but de te rendre vulnérable. C'est Bakori qui t'a suggéré où trouver cette entrée de la bibliothèque avec les sceaux dégradés, et encore lui qui t'a guidé jusqu'à ce recueil de sorts prohibés, pas l'Index.

Hugues suivit du regard un golem d'origami en forme de mouette s'enfuir à tire-d'aile, pourchassé par un vol de grimoires affamés.

Il avait la boule au ventre, en songeant à tous ses mauvais instincts au cours de l'année passée et à tous les choix regrettables qu'il avait pu faire en conséquence.

— Une fois dans le Labyrinthe, il a pu se permettre d'intervenir beaucoup moins subtilement. Ces intuitions qui t'ont guidé dans certaines directions ? Des idées implantées par Bakori.

— Vous ne pensez pas qu'il vaudrait mieux ne pas trop dire son nom, monsieur ? hasarda Hugues d'un ton craintif. Pour ne pas attirer son attention ?

Alustin esquissa un sourire dépourvu de joie.

— Aucun risque de ce côté-là, Hugues. Tu étais le seul dont il pouvait entendre les appels, et uniquement grâce aux sorts qu'il avait placés sur toi. Fort heureusement, ses envoûtements ont été brisés au moment de la signature de ton pacte. Peu d'effets magiques sont capables de résister à une telle interférence.

La luminescence bleutée qui baignait les tréfonds du caveau se rapprochait. Cela paraissait inconcevable à Hugues qu'ils aient pu descendre si rapidement, vu la vitesse à laquelle se mouvait la plateforme. Pourtant, le balcon par lequel ils étaient entrés devait se trouver plusieurs kilomètres au-dessus de leurs têtes, désormais.

— Évidemment, c'est lui qui t'a indiqué la pièce secrète au-dessus du siphon de mana où il s'est présenté à toi. Rhodes a été manipulé, lui aussi, guidé jusqu'à toi par les hordes de diablotins de Bakori. Rétrospectivement, nous aurions dû mettre fin à l'examen dès les premiers rapports d'élèves ayant rencontré des diablotins dans les tunnels. Je n'en reviens pas qu'il n'y ait eu aucun mort, cette année… Après, Bakori n'a eu qu'à amplifier ton sentiment d'impuissance, à mesure que vous avanciez dans le Labyrinthe. On dirait bien qu'il a failli t'avoir, dans cette caverne où nous vous avons retrouvés. Mais…

Alustin laissa la phrase en suspens.

— Mais ? le pressa Hugues.

— Tu lui as tenu tête. Depuis tout ce temps, tu lui résistes.

— Comment ça ?

— Tu te protégeais contre lui, reformula Alustin.

Hugues apercevait des formes indistinctes dans la luminescence trouble, en contrebas. Des objets réguliers aux angles nets, bien ordonnés, mais en mouvement constant.

— Tu avais beau ignorer qu'il te manipulait, ton subconscient se rebellait contre ses ingérences. Tu lui résistais instinctivement, avec tant d'acharnement que tu en es même venu à inclure dans les sceaux de protection de ta chambre des formules pour l'empêcher d'envahir tes rêves, sans t'en rendre compte. En fait, je pense que certaines de tes capacités inhabituelles sont le résultat direct de son intervention. Jusque-là, je n'avais jamais entendu parler d'un démoniste dont la propension à exercer sa force de volonté s'étendait à la conception de sceaux. Pour la plupart, ceux qui partagent tes talents les appliquent à d'autres usages – magie de guerre, sorts d'entrave, bannissements, ce genre de choses. Il se peut qu'inconsciemment, en te défendant contre Bakori, tu aies appris à imposer cette force de volonté par le biais de tes sceaux.

Hugues se remémora sa brouille avec Talia, le jour où elle avait découvert son repaire. La nuit avant qu'il ne retrace ses sceaux de protection, il avait souffert de terribles cauchemars. Il acquiesça lentement. Puis, une question lui vint.

— Mais… comment savez-vous tout cela, monsieur ?

— Pour l'essentiel, c'est de la déduction de ma part, en me basant sur des indices circonstanciels et ce que j'ai pu apprendre par d'autres personnes. Cependant, il serait malhonnête de nier que… je te surveille depuis… un certain temps. L'une de mes affinités est la télesthésie.

Hugues adressa un regard ébahi à son maître. À sa connaissance, c'était la première fois qu'il évoquait la nature de ses pouvoirs à l'un de ses disciples, même s'ils suspectaient tous qu'il possédait plusieurs affinités. Mais surtout, la télesthésie constituait un don rarissime pour un mage de bataille : proche des affinités de photomancie, cette discipline permettait à un sorcier, plutôt que de manipuler les propriétés de la lumière, de visualiser des endroits lointains – ou, au minimum, de voir sur d'incroyablement longues distances. Un tel pouvoir était aussi inhabituel que précieux, mais complexe à maîtriser et à utiliser.

— C'est à cause du démon que vous ne nous avez rien dit de vos affinités ? demanda Hugues.

Alustin se contenta de sourire et pointa du doigt par-dessus le rebord du plateau sur lequel ils se tenaient.

— Voici l'Index, lança-t-il.

La plateforme s'enfonçait dans la brume bleutée. Hugues en était sûr, ils ne pouvaient pas être descendus aussi vite ; et pourtant, autour d'eux le brouillard lumineux s'épaississait à vue d'œil.

Cette vapeur, quoiqu'incroyablement dense, n'avait pas véritablement de couleur propre. L'éclat bleuté qui émanait des profondeurs de la Grande Bibliothèque provenait de ces objets mobiles, à l'intérieur. Tandis qu'ils descendaient, Hugues tendit la main à travers la brume. Elle opposait une résistance presque imperceptible, si faible qu'il ne s'en serait sans doute pas rendu compte s'il n'y avait pas prêté une intense attention.

Désormais qu'ils étaient immergés dans le brouillard, Hugues commençait à distinguer plus nettement les formes mouvantes : engrenages, chaînes, essieux et d'autres objets plus étranges encore se dessinaient à travers des voiles de vapeur opaque. Tout autour d'eux, ces pièces mécaniques éthérées tournaient, bourdonnaient et pivotaient sans cesse. Elles étaient comme faites de lumière solide légèrement teintée de bleu. Dans ce brouillard à couper au couteau, Hugues ne parvenait pas à déterminer de quel matériau il pouvait s'agir. Des étincelles bleuâtres fusaient au loin, de temps à autre, illuminant les volutes denses d'éclairs passagers. Individuellement, leurs mouvements erratiques paraissaient parfaitement aléatoires. Mais, dès lors qu'il considérait les déplacements de plusieurs étincelles, il lui semblait percevoir dans leur comportement une mystérieuse logique, sans pour autant être capable de l'expliquer. L'Index s'avérait aussi bien plus silencieux que ce à quoi il s'attendait. Le grondement des machineries se résumait à un murmure lointain et les soudaines effusions lumineuses ne produisaient que de légers sifflements.

— Bonjour ? hasarda Hugues. Index ? C'est moi, Hugues.
Aucune réponse.

— Vous êtes là ? reprit-il. J'ai passé un contrat avec vous, à travers vos pages.

Toujours rien.

Ce fut Alustin qui brisa le silence. Il avait l'air nerveux.

— Il y a un autre mensonge que je t'ai raconté, Hugues.

Hugues lui jeta un regard où pointait un soupçon d'indignation.

— L'Index n'est pas réellement vivant. Il n'est ni doué de volonté, ni juste semi-conscient. Ce n'est qu'un dépôt d'informations. En fait, il a même été explicitement conçu pour ne jamais développer d'identité propre. Ses créateurs estimaient le risque trop grand. Son bon fonctionnement dépend en réalité d'un lien avec un esprit unique d'une immense puissance. C'est cette entité qui le dirige et lui confère un semblant d'intelligence.

Hugues en resta bouche bée.

— Qu'est-ce que ça signifie, monsieur ? finit-il par demander d'une voix tremblante.

Ils continuaient de s'enfoncer à travers l'Index, et la brume se dissipait peu à peu.

— Ce n'est pas avec l'Index que tu as signé un pacte, Hugues, mais avec celle qui le contrôle. Ton contrat te lie à Kanderon Crux, notre haute archiviste.

Chapitre cinquante-deux

Kanderon Crux

Hugues resta bouche bée face à Alustin jusqu'à ce qu'ils émergent des brumes qui régnaient dans les entrailles de l'Index. Immédiatement, son regard fut attiré par la haute silhouette de celle qui ne pouvait être autre que Kanderon Crux, couchée sur une vaste estrade de cristal bleu. En dessous de cette plateforme, Hugues ne discernait rien de plus qu'une noirceur sans fond, nimbée de brouillard elle aussi, mais privée des lueurs qui animaient les mécanismes de l'Index. Relevant les yeux du grimoire qu'elle consultait, Kanderon Crux tourna vers lui le visage sévère d'une femme d'âge mûr.

Seulement, sa tête à elle seule était aussi haute qu'Hugues tout entier.

Il se trouvait en présence d'un sphinx géant avec des traits féminins, un corps de lionne et une paire d'ailes d'aigle gigantesques jaillissant d'entre ses épaules. De l'encolure à la croupe, Kanderon Crux mesurait plus d'une vingtaine de mètres de long, sans compter la queue. Ses proportions rappelaient celles d'un fauve, quoiqu'avec des membres plus épais et puissants que ceux d'un lion ordinaire, et son pelage roux profond aux reflets ambrés créait un contraste saisissant avec ses yeux, d'un bleu intense.

Plus que tout le reste, ses ailes suscitèrent immédiatement l'émerveillement d'Hugues ; contrairement aux illustrations de sphinx qu'il avait pu contempler dans ses bestiaires, les siennes n'étaient pas couvertes de plumes, ni même faites de chair et de sang, mais taillées dans le cristal. Habitées de reflets bleutés, elles faisaient écho aux rouages éthérés de l'Index et, étrangement, donnaient l'impression de receler des profondeurs encore plus vertigineuses. La finesse de ces assemblages ne pouvait être que le fruit du travail d'un artisan hors pair, à moins qu'elles n'aient poussé ainsi… Quelle qu'ait pu être leur origine, elles se mouvaient et frémissaient comme de véritables ailes. Chaque fois que leurs plumes cristallines s'effleuraient les unes les autres, elles produisaient un concert à peine audible de tintements harmonieux.

Bien qu'elles fussent repliées dans son dos, Hugues estimait que leur envergure devait dépasser la longueur du corps de leur propriétaire, et peser bien plus lourd. En vérité, elles pesaient certainement plus lourd que tous les bâtiments du village natal d'Hugues réunis.

L'assemblage flottant sur lequel Alustin et lui se tenaient vint s'arrêter au bord de la banquette monumentale de Kanderon. De la pointe d'une griffe, elle referma son livre dans un claquement sourd.

Alustin s'avança, montant sur la plateforme cristalline avant de mettre un genou à terre, tête baissée. Hugues s'empressa de l'imiter. Du coin de l'œil, il surprit le pégase de papier qui les avait menés ici s'envoler vers les brumes lumineuses en surplomb.

— Haute archiviste, salua Alustin.

— **Hugues d'Emblin**, répondit-elle, ignorant le bibliothécaire.

Les mots de Kanderon Crux le frappèrent de plein fouet, avec toute la force d'un coup de poing au ventre. Même agenouillé, le jeune démoniste faillit perdre l'équilibre. La voix du sphinx résonnait dans son esprit, dans ses os, jusque dans ses réserves de mana.

— **Mes excuses**, reprit-elle plus doucement.

Le volume qu'elle employait pour s'exprimer demeurait assourdissant, approprié pour une créature plus grande que la plupart des maisons humaines, et Hugues en ressentait encore les vibrations spirituelles, mais c'était beaucoup plus supportable ainsi.

— **C'est la première fois que j'accepte de signer un pacte avec un démoniste. Tout cela est très nouveau pour moi.**

— Ce… Ce n'est rien, euh, maî- euh, haute archiviste, balbutia Hugues.

— **Maîtresse Kanderon suffira amplement, Hugues.**

Il trouva enfin le courage de relever la tête pour plonger son regard dans les yeux de saphir inflexibles du sphinx.

— **Je me nomme Kanderon Crux, haute archiviste de la Grande bibliothèque de Fort-Céleste, sphinx du Cristal vivant et dernier membre fondateur de l'académie à résider en ce monde. Avant ta requête, Hugues, j'ai toujours refusé les supplications de ceux qui voulaient passer un contrat avec moi. Sais-tu pourquoi j'ai accepté ta demande ?**

Hugues demeura silencieux quelques instants, avant de réaliser qu'il ne s'agissait pas d'une simple question rhétorique. En vérité, il se remettait encore du choc d'entendre Kanderon prétendre avoir participé à la création de l'académie – cela lui donnait au minimum un demi-millénaire d'existence, certainement beaucoup plus. Il fit non de la tête.

— Non, maîtresse Kanderon.

— **Essaie toujours**.

Hugues se creusa les méninges.

— Pour m'empêcher de me mettre au service de Bakori ?

Kanderon pouffa avec dérision. Son souffle passa sur Hugues comme une puissante bourrasque.

— **Je dois reconnaître que contrarier les plans de ce vil démon n'est pas pour me déplaire. Je croyais l'avoir annihilé il y a des siècles, et découvrir qu'il a survécu est une grande source de vexation. Mais non, ce n'est pas pour ça, Hugues**.

Elle continuait de le fixer, sans jamais cligner des paupières.

— Mais alors… Pourquoi ? Pourquoi moi ? Je n'ai rien de spécial.

Un son terrifiant monta soudain de la gorge de Kanderon, entre raclement et rugissement. Après une seconde d'horreur, Hugues réalisa qu'il s'agissait d'un rire.

— **Rien de spécial, Hugues ?** s'esclaffa-t-elle. **Pendant pas loin d'un an, tu as réussi à combattre l'influence d'un démon presque sans aide. Tu as même mérité l'attention d'un de mes élèves les plus doués. J'étais certaine qu'il n'accepterait jamais d'apprenti.**

Alustin esquissa une moue blasée.

— **Toi et tes amis maniez des techniques occultes bien au-delà de la portée de la plupart des mages confirmés. Est-ce qu'Alustin a pris la peine de vous expliquer à quel point vos** dons sont exceptionnels ? Sur une douzaine d'oniromanciens, on n'en compte rarement plus d'un qui soit capable de manifester des rêves avec fiabilité. Parmi ceux-ci, il y en a encore moins qui maîtrisent les arcanes du songefeu. Que ton amie des clans barbares y parvienne, en dépit de ses tatouages pyromantiques ? C'est inconcevable. Quant à la petite manieuse de tempêtes, elle combine avec succès la stratification du mana, l'incantation sans formules et une série de techniques de canalisation toutes plus instables les unes que les autres. C'est un miracle qu'elle ne se soit pas tuée. À ma connaissance, le style de magie qu'elle est en train de développer est parfaitement unique.

Kanderon se pencha en avant, approchant son immense visage.

— Et toi, Hugues... Tellement désespéré de prouver ta valeur, au point d'entreprendre une tâche généralement réservée aux archimages. Certes, nombre de sorciers composent leurs propres formules, mais apprendre à les improviser dans le feu de l'action ? Seule une poignée de mages à travers le continent disposent de ce talent. Même Alustin en est incapable. Si j'avais su ce qu'il manigançait, je lui aurais catégoriquement interdit de te l'enseigner. Tu n'as pas idée des désastres que vous auriez pu causer...

Une fois de plus, Hugues demeura bouche bée, puis jeta un coup d'œil à son mentor. Alustin faisait de son mieux pour éviter son regard.

— Le don d'Hugues pour les sceaux ne provient pas simplement de sa capacité à matérialiser sa volonté en tant que démoniste, intervint l'archiviste errant. Dès qu'il a appris les formules nécessaires au tracé de sceaux de protection, il a prouvé son talent naturel pour les recombiner afin d'obtenir des résultats inédits. En toute logique, cela s'imposait comme l'étape suivante.

— Lui enseigner à créer ses propres sorts en laboratoire, peut-être, rétorqua Kanderon. Mais comme ça, sans autres précautions ? Ce n'est plus de l'ambition, mais de la folie pure.

En dépit de ses critiques acerbes, Hugues crut déceler une pointe de fierté dans ses remontrances.

—Alors, c'est pour ça que vous m'avez choisi ? hasarda Hugues. Mon talent pour les formules ?

Kanderon se tourna vers lui.

— **D'autres démonistes pourvus de dons tout aussi impressionnants m'ont déjà sollicitée par le passé, Hugues. Il ne suffit pas d'être puissant ou de sortir du lot pour s'attirer mes faveurs. Je tenais simplement à souligner que je ne m'associerais en aucun cas avec un minable. De toute évidence, je t'estime digne de ma protection.**

Hugues baissa le regard, mais l'ombre d'un sourire lui plissa les coins des lèvres.

— **Non, Hugues, ce qui m'a convaincue d'accepter ta requête, c'est que tu n'avais aucune idée de qui j'étais, des pouvoirs que je pourrais t'accorder, ou même de l'utilité de notre contrat. Tu as tout risqué sur un pari à l'aveugle et, plus que tout, tu l'as fait par pur altruisme : pas pour ton propre bénéfice, mais pour sauver tes amis.**

Hugues sentit le sang lui monter aux joues.

—Au fait, euh… Je me demandais…

— **Oui ?**

— Quelles sont mes affinités ? J'en ai utilisé une dans le Labyrinthe… C'était… terrifiant.

Kanderon gloussa avec désinvolture.

— **Il s'agit de l'affinité la plus destructrice que je t'ai accordée. On l'appelle communément magie des étoiles, même si je préfère le terme de magie stellaire. C'est une catégorie proche des affinités solaires, quoique distincte.**

Hugues ne put réprimer un sourire en songeant à Héliothrax, la dragonne solaire, première entité avec laquelle il avait sérieusement envisagé de signer un pacte.

— **Une fois que tu auras atteint l'harmonie, elle te conférera des capacités offensives hors du commun. Cependant, je dois t'avertir : ne t'appuie pas trop dessus. Les sortilèges d'astromancie consomment des quantités de mana… astronomiques. Il te faudra des années avant de pouvoir en** lancer plus qu'une poignée par jour. **Même moi, je dois me montrer économe**.

C'était légèrement décevant, mais Hugues ne s'en plaindrait pas. Avant de rencontrer Kanderon, il n'avait encore jamais entendu parler de magie stellaire.

— **La deuxième devrait, je l'espère, te sembler évidente**.

Hugues la considéra d'un regard hésitant, puis fit non de la tête.

Cela suscita chez le sphinx un profond soupir, aussi puissant qu'un vent de tempête.

— **Une affinité avec le cristal, ce que tu aurais aisément pu deviner en prêtant attention à mes ailes, mon estrade, et aux mécanismes de l'Index…**

— Une affinité avec le cristal ? répéta Hugues. Est-ce que c'est l'équivalent des affinités d'acier par rapport à celles de fer, mais pour la roche ? Une version plus puissante, mais plus spécialisée ?

— **Une comparaison… qui n'est pas entièrement inexacte**, acquiesça Kanderon. **Cependant, tu es encore loin du compte. Nous en discuterons une autre fois. Pour l'instant, je me contenterai de dire que c'est sans doute celle des trois que je t'ai conférées qui te sera la plus utile. Elle donne accès à de nombreux sorts défensifs, quelques usages offensifs, et tout un éventail d'effets aussi polyvalents qu'efficaces. Tu pourras même développer de nouvelles techniques absolument fascinantes en matière de création de sceaux.**

Tout cela plaisait énormément à Hugues.

— **Quant à la troisième… C'est plus compliqué. Elle est étroitement liée aux affinités spatiales, mais profondément différente par bien des aspects.**

Hugues n'avait jamais entendu parler d'affinités spatiales. Il ouvrit la bouche pour interroger Kanderon, mais celle-ci poursuivit sans faire attention à lui.

— **On l'appelle parfois – à tort – une affinité labyrinthique, étant donné qu'elle est employée pour la construction de la plupart des labyrinthes. Je l'ai utilisée pour bâtir cette bibliothèque, par exemple, et certains archimages s'en servent pour la création de dimensions privées. On lui accole aussi** l'adjectif « dimensionnelle », mais mon terme préféré est celui d'affinité planaire. Son usage le plus élémentaire consiste à créer des espaces extradimensionnels.

Elle se pencha en avant, son visage de géante à quelques centimètres à peine d'Hugues. Il prit soudain conscience qu'en dépit du fait que la plupart des dents de Kanderon avaient apparence humaine, elle possédait des canines bien plus longues et acérées que le reste, et sa gueule était largement assez grande pour le dévorer en une seule bouchée, si elle le désirait.

— Ce n'est pas une affinité naturelle ; personne n'en dispose à la naissance. En temps normal, elle ne peut être qu'apprise. Et peu importe l'étendue de tes capacités hors du commun, je t'interdis formellement de t'en servir sans mon autorisation, sous aucune circonstance, et quelle que soit l'ampleur du sort que tu pourrais être tenté de lancer. Neuf mages sur dix qui essaient de développer une affinité planaire y perdent la vie, et je n'ai aucunement l'intention de te laisser commettre la même erreur. Ce serait un gâchis de mes enseignements.

Le cœur d'Hugues battait la chamade. Il avait le souffle court.

— Pourquoi… Pourquoi est-ce si dangereux ? demanda-t-il en acquiesçant timidement.

— **Regarde sous ma plateforme, Hugues**, lui ordonna-t-elle.

Il s'avança précautionneusement jusqu'au bord, pour contempler les ténèbres embrumées.

— **Saurais-tu en estimer la profondeur ?**

— Non, reconnut Hugues.

— **Moi non plus. À l'origine, je voulais faire de cette salle une modeste annexe à une bibliothèque où nous commencions à manquer d'espace. Suite à des interactions imprévisibles avec les énergies du Labyrinthe, cette annexe a continué de s'agrandir au fil des ans. Non seulement lorsque nous y ajoutons de nouveaux ouvrages, mais aussi de sa propre initiative. La bibliothèque se procure même des textes sans notre aide ; des livres qui, à notre connaissance, ne proviennent pas de notre monde. La magie planaire est incroyablement difficile à maîtriser et ne fonctionne presque jamais comme on l'espère.**

Kanderon le scruta d'un air inquisiteur encore quelques instants, puis se rassit, laissant un peu plus d'espace à Hugues.

— Est-ce que notre contrat me conférera d'autres pouvoirs, à part ces affinités ? demanda-t-il.

Le sphinx haussa un sourcil interloqué.

— **C'est possible, mais cela prendra certainement du temps, si cela doit se produire. Nous évoquerons ton entraînement et tes obligations plus en détail un autre jour. Il nous reste quelques questions à aborder. Alustin, veux-tu bien me présenter la pierre ?**

L'archiviste tira de sa poche un petit objet qu'Hugues reconnut presque instantanément : le pendentif qu'il avait trouvé sur un squelette, dans le Labyrinthe.

— **Ceci, Hugues, est ce que l'on appelle une pierre de dédale**, déclara Kanderon. **Il s'agit d'une gemme naturelle, quoiqu'extrêmement rare. La plupart servent une même fonction : lorsqu'elles passent suffisamment de temps dans un labyrinthe, elles commencent à canaliser le mana qui parcourt de tels lieux. À terme, elles permettent à leur porteur de se repérer plus efficacement au sein de ce labyrinthe et peuvent conférer d'autres pouvoirs plus étranges. Cette pierre est restée de très longues années dans notre Labyrinthe. Si c'était tout, il s'agirait déjà d'un artefact rarissime, susceptible de t'être très utile à l'avenir. Cependant... tu l'avais sur toi au moment de signer notre contrat. Je ne sais par quel procédé, mais elle s'est liée à toi lorsque nous avons scellé notre pacte.**

Alustin lança le bijou à Hugues, qui l'attrapa au vol. Il s'en dégageait une légère chaleur.

— J'ai déjà dû mentionner que tes réserves de mana anormalement grandes te permettraient peut-être de passer plusieurs pactes de démoniste, dit-il. Je ne m'attendais pas à ce que cela se produise avant bien longtemps et, pour être franc, je n'ai aucune idée des effets d'un pacte avec une pierre de dédale, ou même si le fait de s'être liée à toi via un autre contrat lui conférera une conscience propre, comme c'est parfois le cas.

— **C'est un mystère pour moi aussi, et l'incertitude est une des sensations que j'affectionne le moins,** grogna Kanderon. **Nous garderons cet artefact à l'œil. Néanmoins, il serait injuste de te le confisquer. Alustin t'apprendra les sorts nécessaires à la maintenance d'un objet magique sous contrat – à commencer par un charme qui te permettra de le localiser n'importe où.**

Hugues serra la pierre dans son poing, puis la rangea dans sa besace, avec sa sphère désodorisante et ses billes de fronde gravées.

— **Deux dernières choses, Hugues. Tout d'abord, ne t'imagine pas que, parce que tu as réussi à briser l'emprise que Bakori avait sur toi et que tu es désormais sous ma protection, il arrêtera d'essayer de te manipuler. En plus d'être un adversaire redoutable, ce démon n'est pas du genre à tolérer qu'on se refuse à lui et peut conserver une rancune pendant des siècles. Ce serait dans l'intérêt de tous que tu t'en tiennes aussi éloigné que possible.**

Hugues fit oui de la tête, puis releva un regard anxieux vers Kanderon.

— Et l'autre chose ?

— **Sur le chemin du retour, Alustin va t'expliquer en détail les dangers que présente la gravure de sceaux sur des projectiles en l'absence des formules de compensation appropriées. Tu as énormément de chance que ces billes de fronde n'aient pas déjà explosé dans tes poches. Jette-les dans le vide, s'il te plaît.**

Hugues posa un regard choqué sur sa besace, puis en sortit délicatement ses deux dernières billes enchantées et les laissa tomber par-dessus bord, dans les profondeurs embrumées.

— **Nous reparlerons bientôt, Hugues. Et, un dernier avertissement ; sous ma tutelle, je pense que tu viendras à considérer Alustin comme un professeur laxiste et peu exigeant.**

Face à cette perspective, Hugues déglutit avec difficulté.

Chapitre cinquante-trois

Hugues posa les coudes sur la balustrade de pierre et inspira à pleins poumons.

Il se tenait sur l'un des balcons surplombant le port de nefs des sables, face à l'Erg Sans-fin. La sensation du soleil et du vent sur sa peau le comblait de joie. Depuis tout ce temps, il ne s'était jamais rendu compte à quel point avoir accès au grand air – mis à part une fenêtre – lui avait manqué.

En bas, aux quais de Fort-Céleste, un navire lâchait tout juste les amarres. De petits drakes du désert dansaient entre ses mâts tandis qu'Hugues le contemplait d'un regard presque envieux.

— Bientôt, ce sera à nous de voguer sur les dunes, déclara Sabae. Quand Alustin nous emmènera faire ce voyage dont il ne cesse de nous parler.

— Je sais, répondit-il. Mais je n'arrive toujours pas à supporter l'idée de passer plus de temps que nécessaire enfermé.

Talia pouffa et lui donna une petite bourrade dans les côtes.

— Et moi qui croyais que tous les gens d'Emblin étaient aussi pâles que toi ! s'esclaffa-t-elle. Je pensais que si tu refusais de sortir, c'était que t'avais peur de prendre des coups de soleil !

Hugues se massa le flanc d'un air penaud, tandis que ses amis se joignaient au rire de Talia.

— Mais alors, ils t'ont dit quoi, après ? finit par demander Godrick.

Il était en train de leur raconter sa rencontre avec Kanderon Crux.

— Pas grand-chose. Ils m'ont un peu sermonné, puis Alustin m'a raccompagné jusqu'à la sortie.

Tous quatre demeurèrent silencieux un long moment. À sa surprise, Hugues se rendit compte que ce blanc dans la conversation lui procurait une impression de confort, et non de gêne, comme d'habitude. Si, quelques mois auparavant, on lui avait affirmé que non seulement il deviendrait un véritable sorcier, mais aussi le disciple d'un mage de bataille et le protégé d'un sphinx antique, Hugues leur aurait… Non pas ri au nez, car il n'en aurait jamais eu le courage, mais il les aurait pris pour des fous.

Et si on lui avait dit qu'il se ferait des amis ? Des amis qui, en plus d'être des mages d'exception, se tenaient prêts à défendre Hugues et à le soutenir ? Des gens qui pensaient qu'il valait quelque chose ? Il n'y aurait pas cru une seconde.

Hugues inspira à nouveau, remplissant ses poumons avec félicité, avant d'expirer longuement.

Il pourrait presque s'habituer à cette vie.

* * *

Podium

DISCOVER MORE
STORIES
UNBOUND

PodiumEntertainment.com